Best Time

白 马 时 光

知更鸟女孩

—5—

遗失的羽毛

〔美〕查克·温迪格 著 吴超 译

THE RAPTOR & THE WREN

百花洲文艺出版社
BAIHUAZHOU LITERATURE AND ART PRESS

图书在版编目（CIP）数据

知更鸟女孩 . 5, 遗失的羽毛 / （美）查克·温迪格
著；吴超译 . — 南昌：百花洲文艺出版社，2018.9
ISBN 978-7-5500-2985-9

Ⅰ . ①知… Ⅱ . ①查… ②吴… Ⅲ . ①长篇小说—美
国—现代 Ⅳ . ① I712.45

中国版本图书馆 CIP 数据核字（2018）第 199083 号

江西省版权局著作权合同登记号：14-2018-0223
THE RAPTOR & THE WREN by Chuck Wendig
Copyright © 2018 by Chuck Wendig
Published by arrangement with Dunow, Carlson & Lerner Literary Agency, through The
Grayhawk Agency
Chinese Simplified Character translation Copyright © 2018 by Beijing White Horse Time Culture
Development Co., Ltd.
All Rights Reserved.

知更鸟女孩 5：遗失的羽毛　ZHIGENGNIAO NÜHAI 5: YISHI DE YUMAO

〔美〕查克·温迪格 著　　吴超 译

出 版 人	姚雪雪	
出 品 人	李国靖	
特约监制	王 瑜	
责任编辑	袁 蓉　叶 姗	
特约策划	王 婷	
特约编辑	李 肖	
封面设计	陈 飞	
版式设计	王雨晨　赵梦菲	
封面绘图	So.PineNut	
版权支持	韩东芳	
出版发行	百花洲文艺出版社	
社 址	南昌市红谷滩世贸路 898 号博能中心 Ⅰ 期 A 座 20 楼　邮编 330038	
经 销	全国新华书店	
印 刷	河北鹏润印刷有限公司	
开 本	880mm×1230mm　　1/32	
印 张	8.75	
字 数	230 千字	
版 次	2018 年 9 月第 1 版第 1 次印刷	
书 号	ISBN 978-7-5500-2985-9	
定 价	42.00 元	

赣版权登字：05-2018-357
版权所有，侵权必究
发行电话　0791-86895108　　　　　网 址　http://www.bhzwy.com
图书若有印装错误，影响阅读，可向承印厂联系调换。

致所有米莉安的粉丝，在你们这些满嘴脏话的歹徒之辈和
离经叛道之人的帮助之下，我才得以完成此书。

第一部分

饶舌者和模仿者

美国的湿热之地

米莉安站在佛罗里达州她妈妈的家门口，巫师车停在身后。她刚到。尽管这里空气潮湿得仿佛能拧出水来，但她嘴巴里却仍旧是一股亚利桑那州尘土的味道，干燥得犹如海滩上的沙子。巫师车的引擎盖下氤氲冒着蒸汽，离报废不远了。她在电话里这样说。

加比在另一头回答："牛仔总有一天会失去他的马。"

"我不是牛仔。"

"那只是一句谚语。"

"是谚语吗？我从没听过。"

加比顿了顿，说："可能是我编的吧。"又顿了顿，"去你妈妈家真的没问题吗？"

米莉安很想告诉她：怎么会没问题？我脑子废了，心凉了，巫师车也完蛋了。我身边没有一件事是正常的。我他妈需要你，需要路易斯，谁都行，总之我不想一个人孤零零的。可这些话都被她憋在肚子里，她只是皱了皱眉，说道："没问题。"

"如果需要的话，我可以过去。"

"不用。"这两个字她几乎是吼出来的，"别，没事。我想一个人静静。"撒谎，但这个谎话她对自己说了无数遍，说到连她自己都开始相信了。"我要进去了，待会儿再说。"

"我很想你。"

我也想你，她只在心里说。

米莉安随即挂断电话，走进了屋里。

1 炼狱和监狱

当下。

游戏：埃及打老鼠（纸牌）。

对手：丽塔·谢尔曼斯基。

地点：佛罗里达州德尔雷比奇，已故的伊芙琳·布莱克的老房子，如今该房子归其女儿米莉安所有。

时间：八月下旬，亚利桑那事件后数月，晚上7:35。

天热得要命，到处都黏糊糊滑溜溜的。空调的蜂鸣犹如锯椰子的小电锯。

米莉安的脑子有点掉线，好像和身体之间总有三秒钟的延迟。她用意志力强迫眼睛左看看右看看，命令她的手伸向桌子上的扑克，又敦促屁股在不舒服的餐厅椅上换了个姿势。可大脑每发出一道指令，要隔三秒钟之后，她的身体才会像条刚刚睡醒的老狗一样开始执行。

这是葡萄酒在作祟。

她讨厌葡萄酒，那是妈妈喝的东西，味道说白了和醋没什么两样。她认为葡萄酒就是一种味道酸酸的溶液——葡萄汁变质后的产物。但她妈妈却嗜之如命。在酒上，米莉安是过来人，但如今却也染上了同样的习惯。她会到大西洋街上的某个小酒庄买一瓶廉价的红葡萄酒，回到家里一口气喝光。

真恶心啊，像喝尿一样。她讨厌这种感觉。

可她还是一滴也没有浪费。

米莉安闭上眼，让鼻孔张开，从弥漫在脑袋周围的烟气中吸了一缕到肚子里。这味道闻起来像生命，像死亡，像癌症，像全身所有神经的突触一齐向她呐喊。

"你他妈的也可以来一支啊。"丽塔说。

这是一个再平常不过的提议，但却伴随着一个强制性的动作：丽塔抖了抖她那包新港香烟，让那些棺材钉似的过滤嘴朝向她。

同平时一样，米莉安摇了摇头。

"不了。"她果断说道，从她嘴里飞出的这两个字也感觉湿答答的，"你要知道，现在保持健康才是我的追求。"

丽塔从鼻腔里喷出一缕烟气。"难怪喝起葡萄酒了，那玩意儿有什么好，跟奎宁水①差不多。"

"葡萄酒对人有好处，毕竟是果汁，而酒精又有抗菌作用，绝对有药用价值。医生说——"她伸出一根手指以强调她的观点，可却忽然忘了自己的观点是什么，"医生说你他妈还是闭上嘴老老实实洗牌吧，臭丽塔。"

那老女人的嘴唇仿佛被鱼钩钩住了一样向上翘了翘，发出一声冷笑。丽塔·谢尔曼斯基现年72岁，如何形容她的样貌，恐怕连一流的作家也要头痛。想象一副骨架，每根骨头上都粘了薄薄的一层牛肉干，外面再用一张柔软的橙色鹿皮裹住。不过她的精神倒是相当矍铄，看起来神采奕奕，身体紧绷得犹如拉直的锚索，原本褐色的皮肤变成了橘黄。

---

① 奎宁水是由苏打水、糖、水果提取物以及奎宁调配而成的液体。经常被用来与烈酒调配成各种鸡尾酒。

这女人打网球、打高尔夫、打壁球，打我不知道是什么鬼东西的匹克球，还玩冲浪板。可与此同时，她抽起烟来像烟囱，喝起酒来像得了糖尿病的斗牛犬，骂起人来就像为了寻找早就被人盗空的藏宝箱而在人间游荡的海盗的幽灵。她嗓音沙哑，好似蚊子振动翅膀，但这副嗓子和她刺耳的纽约口音倒十分相配。

丽塔还能再活八年。

她死得毫无痛苦，甚至还有点好笑。一天夜里她上床睡觉，梦见自己爬到了帝国大厦的顶上。大风吹得她老泪纵横，死神就在这个时候索了她的命，温柔得像个老练的扒手。她再也没有醒来。如此看来，丽塔还真是个走运的死老太婆。

"得了，"米莉安刺激她说，"继续玩牌。"

"我们还有时间吗？"

"我呸，什么话？我们当然有时间，默文又不会跑到哪儿去。"

丽塔那画出来的眉毛向一侧挑了挑。"会的，亲爱的。"

"快点切牌吧。"

埃及打老鼠游戏的规则是这样的：每个玩家手握相同张数的纸牌，谁都不准偷看自己的牌面。玩家一个挨一个将手中的牌一张一张面朝上丢入牌池。游戏的目标是赢得底仓中的牌和对方玩家手中的牌。如果你出的牌与对方是同一点数或花色，则可以用手拍底仓中的牌。第一个拍到底仓的玩家可以清仓。或者，如果一名玩家打出一张花牌，对手则有数额不等的机会也打出一张花牌（K：三次机会；Q：两次机会；J：一次机会），若未能打出花牌，则第一名玩家清仓获胜。

你瞧，这游戏跟埃及屁关系没有，跟老鼠也扯不上边儿。

这是丽塔最拿手的游戏，玩起来跟拼命似的。不管是出牌，还是拍仓，她的动作都迅猛如闪电。最让人看不下去的是，她下手超狠，力道之大好像要拍死一只黄蜂。

米莉安将一张方块4压在了一张梅花4上，按照规则，两人又要抢拍。她难得身体和脑子同步了一次，手起掌落。啪！她抢先拍到了底仓。然而丽塔的巴掌紧随其后。啪！

米莉安的手背像挨了一板砖，她疼得急忙缩回手。"我那死去的妈呀！"她一边叫，一边拼命晃着手，仿佛这样就能甩掉那灼痛的感觉。"你个老东西，又不是真的打老鼠！"

然而丽塔却不以为意地耸了耸肩，好像就这她还手下留情了似的。"亲爱的，要是在过去玩这个游戏的时候，我会戴上我的结婚戒指，让钻石朝下。你要是挨那么一下，我保证能在你手上戳个洞，让你血染牌池——可谁说过什么了吗？"

米莉安又抿了一口葡萄酒，嘴里顿时充满了葡萄干的味道，还有愤怒的味道。她龇牙咧嘴地说："原来你过去都这么黑。怎么，难不成你参加了什么埃及打老鼠联盟？烟雾缭绕的地下室，黑钱从这个人的手转到另一个人的手？意大利暴徒？中国黑帮？光明会①？"

"这么说吧，我这辈子也算叱咤风云咧。"

"得了吧，丽塔，别他妈卖关子了，跟我说实话吧。"

丽塔抽了一口她的新港香烟，眼珠子在皱缩的眼皮底下闪了一下光。"你话太多了，这样我们可没办法打牌。"

于是她们继续玩下去。来来回回，花牌压在花牌上，手打在手上，底仓一会儿归这个，一会儿归那个，再过一会儿又回来。丽塔显然占了上风。每次赢的都是她。米莉安醉眼迷离，动作迟缓，手想抽筋，可是丽塔，尽管已经开始喝第四杯加了奎宁水（只加了一丁点儿）的杜松子酒，却什么事都没有，似乎连疼痛都感觉不到。

最终，丽塔赢了。

游戏结束。

"时间差不多了，"丽塔说，"默文快该翘辫子了。"

---

① 光明会是 16 世纪罗马一些有识之士为了反抗天主教会的迫害、与教会进行真理的斗争而成立的一个秘密组织。

　　米莉安望了望丽塔身后厨房里放在微波炉上的时钟。她得眯起眼睛才能阻止蓝色液晶显示屏上那些数字的晃动，感觉就像凭借意念控制蚂蚁。那才叫恐怖呢，她想。蚂蚁？我呸。

　　终于，时钟上的数字安静了下来。已经快八点了，丽塔说得没错，默文的死期到了。

　　"我问你一件事吧。"丽塔说。

　　"无可奉告。"

　　"你在逃避什么？"

　　"我没有逃避什么，"米莉安掩着嘴巴打了个嗝，"我一直老老实实坐在这里啊，我他妈安静得就像一只海参。"

　　"你大晚上喝酒。"

　　"不，准确地说，我是从中午开始喝酒的。我是一个有原则的人，中午之前喝酒那是酒鬼才干的事。"这就是她的逻辑，她认为自己能够忍到下午才喝酒是她不同于酒鬼的主要标志。

　　"你早上出去散步。"

　　"我早上去跑步。老人才散步。"

　　"你没有工作。"

　　米莉安冷笑一声，道："多新鲜啊。"

　　"但从你布满血丝的眼睛里我还是看出来了，你在逃避什么，亲爱的。也许只是心理上的，但逃避就是逃避，谁他妈都否认不了，你听见了吗？"

　　干瘪的嘴唇再次裹住烟嘴儿，又一口浓烟喷薄而出。米莉安糊涂了，犹如迷失在浓雾中的一艘小船。我在逃避什么？我没有逃避啊。我现在多像一条受惊的小鱼，一动不动，期盼着可怕的鲨鱼能从我身边安详地游过。她有太多事不愿意想了，可强迫自己不去想就意味着她正在想——路易斯；他的未婚妻萨曼莎即将命丧路易斯之手；米莉安死去的妈妈；米莉安的前任女朋友加比；那个小男孩儿艾赛亚；米莉安在亚利桑那沙漠中的经历；她死了，可又没死；群鸟为她缝合伤口，好像她是迪士尼王国里的邪恶公主；随后又惊闻自己有外伤性脑损伤。

"去他妈的！"米莉安说着就要站起来，"时间到了。"

"还早。"

"时间到了，我要走了。你去不去随你的便。"

丽塔耸耸肩。"我去，我想拿回属于我的东西。不过我得先去撒个尿。"

2 返祖现象

恼人的不是热度，而是湿度。他们就是这么说的。米莉安一直不理解——热就是热，不管是把你架在火上烤，还是放在锅里煎，痛不欲生的感觉都是一样的。

随后她便领教了八月里的佛罗里达。

这种感觉不像是被放在锅里煎，而更像是被煮，被你自己的汗水煮。像被挂在魔鬼的阴囊下。哦，还有那要命的潮湿。油乎乎的汗水和臭味儿，你无论如何都摆脱不了，潮湿的感觉紧贴着你，犹如木乃伊身上的裹尸布。因此当米莉安来到外面时，迎面袭来的热浪让她感受到了地狱的呼吸。

她皱起鼻子徒劳地抗拒，突如其来的恶心使她的肚子里翻江倒海。她的头发已经长长了些，漂染的颜色只剩下乌鸦黑。她把手插进发丝撩一撩，试图散一散热，但没用。

这里地处亚热带。此时她独自一人站在这片郊区的街上，望着坐落在棕榈树荫和一片紫薇色中的平房和小屋。耳边有无数昆虫在鸣叫——蟋蟀和纺织娘的大合唱。

噪声，热浪，晦暗的光，孤独的感觉。这一切全都扑向她，好似要把她压到漏斗的底部，淹死她。再过六个月，路易斯就将在他婚礼的当天晚上杀死萨曼莎。再过两年，加比有可能自杀。接下来便是亚利桑那事件之后那个名叫玛丽·史迪奇的通灵师留给米莉安的信：*你得反其道而行之。不管发生过什么，做过什么，反着来就行。使你变成现在这个样子的东西，你真想摆脱它？那么，亲爱的米莉安，你必须得让自己怀孕。*为了寻找这个据说能帮助她解开诅咒，并摆脱这见鬼的灵视能力的人，米莉安不知花了多少时间，足迹更是遍及全国各地。难道这就是她苦苦寻觅的答案？怀孕？真是见了鬼了。

你还不如直接说让人干一炮得了，玛丽·史迪奇，你这个居心不良的臭婊子。

我不能怀孕。前车之鉴还历历在目呢，上次怀孕毁了我的人生。再者说了，你能想象米莉安成为一个母亲吗？把孩子交给一群饥肠辘辘的吉娃娃看管还保险些呢。

养活一个孩子，需要一个村子；而毁掉一个孩子，只需要一个米莉安。

她深感自己百无一用，这感觉像打在她心口的一记重拳。肚子里的葡萄酒已经在搅动翻滚，此刻忧伤和沮丧又来推波助澜，米莉安双膝软绵绵的，似乎随时都可能跪倒在地。她无法阻止路易斯杀死他的新娘，无法把加比从自杀中拯救出来，也无法从完全没有头绪的未来中拯救自己，她甚至连图森法院大楼里那些无辜的人都无法拯救。她为这个世界带来过一点点改变吗？她为自己，或为那些被困在她生命的飓风里难以脱身的人们带来过一点点改变吗？*我一无所有，也一无是处，*她心想，*就像长在剪草机上的乳头，或者会走路的衣架饭囊。*她孤单得可怜，就连入侵者也弃她而去。那个幻想出的浑蛋已经好几个月没有骚扰过她了。

丽塔忽然出现在她身后，一只手冷不丁地放在了她的肩膀上——瘦骨嶙峋，但打牌时却虎虎生风的那只手。

"你看起来像见了鬼一样。"丽塔说。

"不，"米莉安说，但她抑制不住自己声音中绝望的颤抖，"没有见鬼，只是在等你。"

"亲爱的，你喝多了。不过我们待会儿再说这个，现在——"

"默文。"

"对，默文。"

默文·德尔加多住在同一条街上，和她们隔着三户人家。他住的是平房，房子周围装饰着上千个风铃，铁的、木的、贝壳的，即便最柔和的微风吹过，也能让他的家叮叮当当响成一片，像童话里的仙境。

默文的详细资料如下：

他有两子三孙，全都住在别的州。妻子五年前死于肺癌。其本人现年78岁，已经退休。过去曾在海军任职，后在航空公司做飞行员。默文其貌不扬，体形很容易让人联想到摞在一起的两个老土豆。他有拇囊炎，先不说这个。实际上，这家伙百病缠身，这咱也按下不提。他还患有髋部疼痛病、骨质疏松症、胫骨MRSA[1]感染、肝脂含量爆表等。此外，他还考虑买个漂亮的电动轮椅，可以坐在上面逛沃尔玛。这一切，米莉安全都了解，因为她已经和这个小老头儿打过一段时间的交道。然而当他们聊到鸟类的话题时，那感觉就像中了头彩。鉴于她现在拥有驾驭鸟类头脑的能力，因此她不介意对它们多了解一点。而默文是个鸟迷。（比他对风铃的迷恋更甚。）他能一连几小时滔滔不绝地聊鸟。他喜欢白鹭和麻鸦，还有其他佛罗里达的本地鸟类，而且他也喜欢鸣禽。他曾对米莉安说："我最喜欢的鸟是知更鸟。它们保护雏鸟的本能特别强烈，而且它们还能发出许多种婉转动听的叫声。"这是他上次和米莉安聊天时说的，当时米莉安已经微醉，说话可能有点出格，她吼着对他说知更鸟是鸟类里的奇葩，毫无自尊，毫无特性，连属于自己的

---

① MRSA：耐甲氧西林金黄色葡萄球菌。

叫声都没有，这种鸟就他妈该死，喜欢这种鸟的人也全是傻蛋。

说完她一跺脚便走了，留下默文目瞪口呆，不知所措。

那件事让她内疚万分。

现在已经无所谓了，因为默文五分钟之后就会死掉。

默文是怎么死的呢？大致是这样的：最初是头疼，那是他这辈子最疼的一次。说不定现在已经开始疼了。他抱着自己的脑袋，可却感觉不到脸或头皮，好像在他肩膀上的不是他的头，而是一个哈密瓜。接下来是出血性脑中风，这是一颗看不见的子弹。他瘫倒在地，脑袋撞在厨房里的瓷砖上。随后他的双腿开始不停地抽搐，像失控的木偶一样，因为操纵木偶的人犯了癫痫病。然后他就死了。

总体而言，他死得蛮快。

但他死得并不平静，这米莉安比谁都清楚，除了丽塔和其他极其少有的特例——死亡对任何人而言，都是痛苦不堪的。通往死亡的路上没有幸福可言，只是痛苦的等级各有千秋罢了。有人用驾鹤西游来表示死亡，听上去很美，甚至让人向往。然而事实可不是这样，死亡是很残酷的。有的人临死之前大口大口地吐血，他们要经历数分钟、数小时甚至数天的痛苦煎熬才能最终合眼。他们大小便失禁，一声接一声地咳嗽，仿佛吸进肺里的不是空气，而是玻璃碴子。他们在死之前还可能会产生幻觉。对于每个人而言，死亡的感觉各不相同，却又千篇一律。*我们都是同一场暴风雪中的雪花一片。*

她们一起走向默文的家。米莉安大摇大摆地走在街上，丽塔小声提醒她躲到阴影里。米莉安冲她竖了竖中指，可她不得不承认这老女人提醒得对。她没什么值得高调的，于是迅速逃离了路灯的光芒。她们悄悄蹚过一片蕨类植物，好溜进默文家巴掌大的后院。

"那我进去？"

"我留在这儿干我的事。"丽塔说着点上一支烟。

"我们可以换一换。这次你进去，我留在这儿望风。"

丽塔耸了耸肩。"算了，望风我比较在行。祝你顺利，亲爱的。"

"老狐狸。"

"小婊子。"

有道理，米莉安默认了丽塔的说法，便不再计较。

她摇摇晃晃地走过默文家房后的露台。这里的一切都井井有条，散发着干净质朴的味道。默文平时亲自给院子除草。反正他也没别的事可做。（自己又何尝不是呢？米莉安忽然想起妈妈的后院，那里现在已是杂草丛生，而且房子还欠着一大堆的各种费用，所以他们给断了电，还有别的等等。）

露台上安的是落地玻璃门，她试着打开一扇。

该死，门锁着。她又试了几次，以免门只是因为这里潮湿的空气而粘住了，但结果仍是一样。

人喝醉了之后有一个好处，就是胆子大。你的两个肩膀上分别驮着代表谨慎的天使和代表莽撞的魔鬼，如今天使醉死在酒杯里，魔鬼便能为所欲为了。而此时此刻魔鬼给米莉安的建议是：瞧，露天边上有块漂亮的火山岩石，拿它砸玻璃正合适。

她欣然照做了。

露台的门哐啷一声碎了。

声音很刺耳。

米莉安不在乎，站在院子那头的丽塔急得直给她打手势，可她视而不见。米莉安的手这会儿倒出人意料地不再哆嗦，她从砸烂的窟窿伸进去手，打开了门锁。可当她收回手时，手掌在月光下却反射着亮晶晶的血光。

玻璃割到手了？她很纳闷儿。但显然不是，因为血是从她手掌上的许多小坑中冒出来的，就像水从海绵孔隙中渗出来一样。她掌心的皮肤是被磨烂的。她忽然意识到，罪魁祸首是那块疙疙瘩瘩的石头。

随便啦。她在牛仔裤上擦了擦手，走进了屋里。

默文对鸟类的痴迷程度从他家里的装饰便可见一斑。一张深蓝色沙发后面的墙上挂着一幅画，画中是三只长尾鹦鹉，画风颇具罗伊·利希滕斯坦①的神韵：粗大的卡通线条和连环画点描法相结合。墙纸和整间屋子很不调和：画的全是树啊，树枝啊和栖息的鸣禽。不过米莉安到这儿来可不是为了他的油画和墙纸。

她穿过厨房，工作台后露出默文的脚后跟。鲜血沿着瓷砖上的凹槽慢慢地流淌，他的双腿一动不动，说明他已经去了另一个世界。

（她不太相信另一个世界的说法，因为那不科学，但鉴于她拥有的这种超自然的能力同样无法用科学来解释，所以她内心始终怀着一种谨慎而隐秘的恐惧，也许人死之后确实会进入各种各样更可怕的领域。倘若真有地狱存在，那她一定正坐着火箭往那里去。可转念一想，她已经在佛罗里达了，地狱又能可怕到哪儿去？）

米莉安在这个长得像两颗土豆一样的老家伙身边蹲下。他头发稀疏，就像在长满雀斑的头皮上搭了几根线。灯光下，他的皮肤看上去一点也不黑，倒是黄得吓人。他的尸体上没有屎或者尿的气味。米莉安不由得打心眼儿里替他高兴：**好样的，默文，好样的。**对于那些在死的时候仍能保持尊严的人，她总是心怀敬意。

她轻轻合上他的双眼——默文的眼白此时已经红得像碾碎的覆盆子。"我很想给你学几声鸟叫送送行，"她对他说，"可那会让我看起来像个白痴。"

她用手背轻轻碰了碰默文的胳膊，好像在鼓励他加油。莫名其妙。

好了，现在该干正事儿了。

事实证明，老年人多的地方，发财的机会就多，至少对米莉安这种拥有奇葩超能力的人是如此。她搞不懂自己为什么没有早一点想到这个法子。（也许，头脑中一个微弱的声音说道，你还没有不幸到极点。）正如人们所说，佛罗里达是上帝的等候室。这附近住的多是老年人，许

---

① 罗伊·利希滕斯坦（1923—1997）：美国画家，波普艺术大师。

多都已风烛残年，有些还是独居。另外，住在类似街区的老年人通常都很富有：钱多，值钱的东西多，最妙的是，药多。（医生给这些老人开药就像发糖似的，关键是每天都像万圣节。）米莉安要做的就是探明他们的死期，并在他们死后及时出现大捞一把。

她只需挨家挨户地去敲门，随便介绍一下自己就搞定了。她把精心设计的笑容钉在脸上，在声音之中注入几分温度，从这一家走到那一家，虚情假意地打个招呼，握握手。（喝点柠檬水，听一个又一个关于痛风的故事，翻一本又一本厚厚的发黄的老相册。许多老年人都很寂寞，渴望有人找他们聊天。他们中大多数人的故事都很无聊，但偶尔也能碰到点新鲜的。住在兴旺大道那头的弗兰克·沃纳基见到米莉安还不到五分钟就爆出了猛料，他说他曾用弹弓打死了一个邮递员。米莉安立刻便来了精神，拜托，换谁不想听听呢？但后来才发现那是他小时候的事情。他在他家的后院里拿弹弓打青蛙，石头不小心击中了邮递员的额头，邮递员摔倒时磕在马路牙子上，脑袋上破了个洞，结果六天后，他因为脑出血死在了医院。）

搬到她妈妈这栋老房子的第一周她就玩起了这一套。房子一侧隔六户人家住着个离异的女人，名叫梅瑞塔·希金斯。梅瑞塔不属于和蔼可亲那一类——天啊，绝对不是，应该说她是反着来的。她是个脾气暴躁的富婆，靠写烹饪书籍赚钱。她年纪也不算老，才68岁。米莉安在人行道上"不小心"撞到了她，发现两晚之后，她就会因为主动脉夹层而去见上帝。

被撞了之后，那老娘们儿骂了米莉安一句"小贱人"——随口骂一个素不相识的路人是再正常不过的事情了，但米莉安的目的却已经达到。等你死了我再去找你，米莉安在心里说，到时候我要从你家拿走一件纪念品，就当是回敬你的羞辱吧。她自然没有食言，那天下午，米莉安如约而至。梅瑞塔到浴室洗澡，她的心脏突然像被撕碎了一样疼痛，结果她就死在了浴缸里。她刚断气，米莉安就吹着口哨走进了另一个房间，看中什么拿什么。墙上的照片？卧室梳妆台里俗丽的蓝宝石耳环？嘿，嘿！别忘了厨房。这女人专写烹饪书对吧？这次米莉安算是见了世面，梅瑞塔的厨房漂亮极了——花岗岩工作台面，白色橱柜，一应器具看起来很有法国范儿，又充满异域风情——

就在米莉安扎着脑袋看抽屉里各式各样的挖球器、榨汁器和一大堆精美的量杯时，有人在背后清了清嗓子。

丽塔·谢尔曼斯基就在这里登场了。

丽塔是梅瑞塔的邻居，她刚好来找梅瑞塔吃晚饭。尽管丽塔声称她是梅瑞塔的朋友，其实她并不怎么喜欢后者。但做朋友是一回事，吃饭是另一回事。

丽塔质问米莉安在干什么。

米莉安如实相告，因为那会儿她已经有点醉醺醺了。

"住在这里的那个女人死在浴室了，我是来偷东西的。"她轻咳一声，随后又补充说，"不过我只拿一样东西。之前她曾对我出言不逊，所以我想从这儿拿走一样东西，当作留念。"这些话刚一出口，她就后悔了：*也许我该撒个谎的。*"她骂我是贱人。"

丽塔耸了耸肩说："这样的话，她的药归我。"

看到米莉安惊讶的脸，她继续说道："别这么看我，亲爱的。是你在占死人的便宜，我只是随个大流而已。况且她人已经死了，那些药迟早会被扔进马桶冲掉。"丽塔若无其事地摆摆手，转身走进浴室搜梅瑞塔的药柜去了。

从那以后，她和这个老家伙就合起伙儿来了。

米莉安从未解释过她是如何知道别人会在什么时候死的，但她很快就在社区里的第二个死者——比尔·诺兰——身上证明了自己的特异功能。比尔住在两个街区以外，他在花园里被水管绊了一跤，结果摔断了脖子。这件事令丽塔对她的超能力深信不疑。

这是多年前米莉安满世界流浪时采用的一种更为安全稳妥，也更人性的做法。她对自己说，她已经成长了，是个大人了。她们只偷现金，不偷信用卡；只偷没有任何标记的珠宝首饰，至于结婚戒指或祖传遗物，则从来不碰，因为死者的遗属也许会想留作纪念。

丽塔拿走药，并把它们低价卖给那些缺少药品，但又付不起高昂药费的老年人。（"我们他妈的简直是在劫富济贫，"丽塔说，"有点行侠仗义的味道啊。"米莉安不多说，也不多问，她只安安静静地拿走她那一半。）

默文是她们搭伙后的第五个劫掠对象。

米莉安决定先去搞药。这是她们收益最高的硬通货，而默文本身就是个药罐子，他的药柜说不定比歌星的还要有排场呢。

然而走向浴室的途中，默文卧室里的某样东西引起了她的注意。

一根杆子上垂下一个钟形的影子。

米莉安走进昏暗的卧室，掀开蒙在钟形物上面的深蓝色罩布。

但布下蒙着的并非一口钟，而是一个装着一只小鸟的鸟笼。那小鸟体形玲珑，黄色羽毛，在笼子中央的一根木棍儿上蹦来蹦去，叫个不停。

金丝雀。

一时间，米莉安的心思有些游移，就像用湿手抓一块肥皂，前一秒还抓在手中，而下一秒却溜走了。她眨眨眼睛，隐隐有种真空的感觉……紧接着，她已经进入了小鸟的视角望着她自己。真人米莉安的脸上好似戴了一张瓷面具，仅露出两只乌黑的眼睛。她的头发乱糟糟地披散在肩膀上，但她的眼神有些迷离，嘴巴微微张开一条缝。她不由得想：*如果我变成了鸟，而鸟变成了我，会怎样呢？*（米莉安想象着自己被小鸟上身的肉体徒劳扑扇着两条胳膊在镇上左冲右撞，同时还噘着干巴巴的嘴唇发出古怪叫声的情景。）但米莉安的意识能够感觉到小鸟仍然留在它的体内，她们共享着一个小小的躯壳。她能感觉到它的意识，也能感觉到它的沮丧——困在牢笼里，不知疲倦地鸣叫不是为了爱情或欢愉，而只是因为无事可做。它的每一首歌唱的都是对自由的向往。

这时，灵魂转移的感觉结束了。米莉安猛吸了一口气，她再次从人类的视角注视着小鸟。

她打开鸟笼。小鸟却没有急着飞走，它先是跳到笼子门口，而后才张开柠檬黄的翅膀飞出笼子，飞出房间。

再见了，金丝雀。

米莉安继续去找她的药。

默文的浴室里，老年人该有的东西一应俱全。他的马桶上有扶手；浴缸里有淋浴座，旁边还额外加了一级台阶，好方便进出浴缸；痔疮膏就放在水池上，此外还有开塞露、治疗关节炎的软膏。天啊，她暗暗惊叹，衰老是多么悲哀的一件事啊。你浑身上下所有的器官都在走下坡路，蛋蛋松弛，乳头下垂，心脏衰弱，头脑混沌。每个零件都不老实，就连屁眼儿都想外翻出来凉快凉快。

得了，生死之事，想再多也没用，她都快烦死了。喝下那么多廉价的美乐葡萄酒，她可不是为了坐在这里思考那些老家伙和他们松弛的屁眼儿的。

药柜找到了，它就挂在水池上面。四四方方，中规中矩，门上带镜子。米莉安打开柜门，里面的存货果然没让人失望。丽塔交代她要留心特效药，不过这个老默文啊，他简直有个药仓：

左洛复，劳拉西泮，扑热息痛。丽塔说她的客户特别需要这三种药，一种治疗抑郁，一种治疗焦虑，一种止痛。

其次是一些常用药。治疗甲状腺疾病的左甲状腺素；治疗胃酸反流的质子泵抑制剂；治疗骨质疏松的骨维壮。

另外还有一些不常见的药品，服下之后，你唯一能做的就是祈祷它们的副作用不要大于疗效。

米莉安一边得意地用口哨学着金丝雀叫，一边把大瓶小瓶的药物装进口袋。

关上药柜门时，她忽然觉得不对劲。

镜子里，她肩膀后面有张脸正盯着她。怎么回事？可惜她的脑筋转得很慢，很慢。愣了半天才反应过来。

有人！

她只是在惊鸿一瞥中看到了默文的脸——脸颊上布满深色的皱纹，瘀青的双眼在水池中游动——

紧接着，她的脑袋火箭般冲向了镜子。咣！镜面上多了一个硕大的蜘蛛网。嘭！大脑撞击着颅骨。她眼冒金星，耳边好似放起了烟花：噼噼噼啪啪啪。一双大手——默文的手——揪着她的一撮头发，使劲向后扳她的脑袋，然后再次向前撞去。接着又一次。脑袋再一次被拽回来时，她看见玻璃上已是鲜血淋漓。

明晃晃的碎片哗哗啦啦落进了水池。

她拼命喘着气，忽然想起图森那个医生的叮嘱：她的脑袋经不起更多的折腾了，要小心保护。哦，她保护得可真好，再撞一次，她的大脑就要变成豆腐花了。米莉安死命抓住水池两边，抬腿向后猛踢了一脚。默文"哎呦"一声，米莉安的肩头飘来一股充满死鱼味儿的口臭气，随后默文把脸伸到米莉安眼前，整个身体从后面压上来。

他恶狠狠地瞪着她说："想偷我的东西？"

米莉安满嘴是血，她咆哮着仰头向后撞去。头盖骨撞上了默文的鼻梁，感觉软塌塌的，就像撞上了一块肥猪肉。

"那是我的药！"他含糊地吼着，但却毫不松手，并再次按着米莉安的脑袋向前撞——

她拼命抵抗——

她脖子里的肌腱像太妃糖一样拉伸——

默文反手扳住她的下颚，用力下拉——

她胳膊上的肌肉紧张得好似绞刑架上的套索——

默文把她的脑袋使劲往下按，她张开的嘴巴已经和水池龙头齐平。

她想闭上嘴，但默文的手劲儿很大，相当大，她根本无可奈何。就这样，冰冷坚硬的水龙头缓缓滑进她的嘴唇，冲破抗拒的牙齿。她用舌头徒劳地抗拒着，但龙头嘴儿立刻戳破了她的上颚。舌尖上感觉到了更多的血。她疼得眼泪汪汪，拼命抑制着呕吐的冲动。

默文那死人般的手伸向了水龙头的手柄开关。

他想打开水龙头。

他想淹死我。

米莉安不敢再耽搁了，她伸手到水池里摸了一把，抓起了一块锋利的镜子碎片。

随后她朝着自己的右肩后面猛力刺去。

玻璃插进了默文的脸，他像杀猪一样惨叫起来。按着米莉安的双手松开了，胳膊在空气中乱舞。他的脚绊在马桶边的栏杆上，身体不由得后仰倒向浴缸。他的后脑勺咣的一声砸在地铁砖①上，在砖面上砸出了一道闪电般的裂纹。血沿着他的头皮和脖子缓缓淌下，他的身体也随即无力地瘫在浴缸里。

"你以为你能甩掉我。"他说，但声音极度扭曲，根本不像出自默文之口。这不是她认识的某个人的声音，而是他们所有人：路易斯、阿什利、伊森·基。这声音模糊中透着伤感，好像他下嘴唇上淌着焦油一样的东西，而这黏黏的东西上还沾着羽毛。他又开口了，这一次声音更大，且用疑问的口气道："你以为你能甩掉我？"

是他。入侵者。

她那幻想中的老朋友又回来了。

"去你的！"米莉安骂道。

"想我了吗？"入侵者问。他脸部皮肤下的骨骼动来动去，发出诡异的嘎吱嘎吱的声响。她看见了路易斯柔软的黄褐色的小胡子，看见

---

① 地铁砖（subway tile）是一种面积较小的长方形瓷砖，常用于卫生间和厨房，因首次亮相于纽约地铁站，故而被称作地铁砖。

了阿什利自鸣得意的冷笑，看见了伊森·基正注视着她的冷峻的双眼。他的脸不停地变化，时而膨胀，时而收缩，皮肤像不平静的湖面，涟漪阵阵。

"我和你已经结束了。"

"怎么会，"他咕哝说，"你知道怎么摆脱我，可你做不到。"他的脸鼓起来，又凹下去，像烤炉里的面包。现在盯着她的人变成了玛丽·史迪奇。她的眼睛里沾着黏糊糊的头发，嘴唇黑得像焦炭。说话的时候，她的嘴巴里会冒烟。"贱人，你的子宫烂得像个破花瓶，已经粘不回去，伤口也无法缝合了。你是河里的暗礁，命运的敌人。你废了，宝贝儿。而那河，乖乖，正在疯狂地上涨，它汹涌澎湃，像条饥饿的巨龙。"

米莉安冲他吐了口血水，冲她，冲它。入侵者不闪不避，任由血点砸在脸上。

"即便仅凭这个能力，我也不必受你摆布。"她说。

"那只能祝你走运了，米莉安。"

"我不想再见到你了。"

"可我们还是见面了。"

"老娘不干了。吃屎吧你！"

她大步走向浴室，门关着，把手无法活动。入侵者吃吃偷笑，声音湿答答的，就像得了鼻炎，或从泥泞中拔出靴子。那是疾病和沼泽的声音。

米莉安用肩膀撞门，用脚踢门。门纹丝不动。她叫喊着，用双手拼命扳把手。

"看见了吧？如果我不答应，你是甩不掉我的。"

她转身面对入侵者，举起了拳头——

那幻觉，或幽灵，或魔鬼，随便是什么东西，总之，它坐在浴缸里，正不断膨胀。皮肤在拉伸，撕裂。眼睛像猪嘴里的苹果一样鼓凸出来。最恶心的是皮球一样的肚子，肚皮上有波纹来回滚动，伴随着咕噜咕噜的声响，仿佛在消化什么东西，或者消化不良。

这时，其中一个眼珠子弹了出来，咕嘟一声掉进了浴缸。

那敞开的眼窝里钻出了一只金丝雀，羽毛上沾满了泡沫，看上去滑溜溜的。它张开嘴巴，发出刺耳的叫声。入侵者的身体忽然爆裂开来，放出几百甚至上千只金丝雀，它们瞬间占领了整个浴室。米莉安震惊得大叫起来。一切变成了黄色，到处是羽毛，尖锐的喙啄着她的皮肤，小爪子像玫瑰的刺一样在她浑身上下乱抓乱挠——

3　没治了

粗重的喘息。

醒了。

米莉安从床上一下子坐起来。（我妈妈的床，她想。）她惊慌失措地摸摸自己的脸。尽管头痛欲裂，可她的脑袋安然无恙，就连在默文家的镜子上撞了好几回的脑门儿也完好无损，什么伤都没有。嘴巴里鲜血的味道依旧清晰，可当她用舌头舔上颚的时候，发现那里同样好好的。

上帝呀，刚刚那一切难道都是幻觉？她知道灵视偶尔也会误导她，使她分不清幻象和现实。可是，她到底经历过没有？默文死了吗？这一切是真是假？她记得自己去过图森，那里的医生告诉她说，她有TBI——外伤性脑损伤，是由反复的脑震荡引起的。他还笑着对她说："你这人基本上没治了。"

她的脑袋瓜子终于还是破了吗？

她站起身，此时仍是深夜——黑暗糊住了百叶窗。她的脚指头碰到了一个红酒瓶，酒瓶应声滚到了一边。

米莉安摇摇晃晃地走进客厅。

"你醒了。"

这近在咫尺的声音吓得她差点尿裤子。

说话的人不是丽塔。

"格罗斯基？"她惊讶地问道。

那大家伙坐在躺椅上，身体向前倾着，双手按着膝部。躺椅旁边有个皮革公文包。不，应该是个电脑包。装手提电脑用的，她想。

"今晚又冒险去了？"

她回答："为什么这么说？托马斯·理查德·格罗斯基特工，我不明白你的意思。"

"隔几家，默文·德尔加多。"他用拇指指了指窗外。透过窗帘，米莉安看到了闪烁的红蓝警灯。

"我没杀他。"

"好吧。"

"你是因为他的事来找我的？我睡多久了？"

"那不是我来这里的原因。"他咕哝了一句，站起身来，"据我推断，他已经死了好几个钟头了。我开着租来的车刚在他房前停下，就看见一个老女人去扶你。看你的样子已经醉得七七八八了，如果不是她扶着，你恐怕连路都走不稳。我问她你从哪儿回来，可那老太太不知哪儿来的火气，出口就问候我妈妈。"

听起来像丽塔。

"我，嗯……"米莉安一脸迷糊，她蹙起眉，不解地直挠头，原本就乱糟糟的头发更加惨不忍睹，"那你到我家来干什么？"

"救你的小命啊，这是其一。"

"我可看不出来。"

"你这小信的人啊，"[1] 他笑着说，"我去德尔加多家跟那些警察简单聊过几句。你知不知道他家的露台门被砸烂了？用火山岩石砸的。石

---

[1] 原文为 "Ye of little faith"，小信的人，意为"相信耶稣的心不够的人"。——编者注

头上有血迹，有意思的是，你要是看看你的手，会发现手掌里有不少小伤。"他耸了耸结实的肩膀，"我想这应该不是巧合吧？"

她低头瞧了瞧，掌心里有一道道痂，看着就像用干酪擦擦过一样。"哦，你说这个。"

"这么说，你不希望我阻止他们去做血液检测咯？我可是做得到的，在这个地方，我的权力还是管点用的，上次咱们在佛罗里达打交道时我就用过。你没有杀默文？"

她下巴紧绷。"没有。"

"他是自然死亡？"

"出血性脑中风，死得像山泉水一样自然。"

"咱们谈谈吧。我想和你做个交易。"

"我不跟人做交易。"

"就算帮你挡住德尔雷警察局也不行？"

米莉安憋着一肚子火，用脚尖钩来一张早餐椅坐下。她用一种单调的犹如机器人的声音说道："行，求求你快跟我谈吧。我都迫不及待想听听你的提议了，尤其在——"她瞥了一眼微波炉上的时钟，"他妈的，凌晨三点半？"

格罗斯基坐直身体。他的体格几乎要把衣服撑破，他穿了一件不显眼的马球衫，颜色有点像海泡石，看着不怎么正经。在佛罗里达人的眼中，海泡石通常说的是那些看起来恶心、污浊，颜色像精液的泡沫。

"我在写一本书。"他说。

"牛×。我猜猜你写什么，心灵鸡汤？减肥指南？"

"说吧，尽情嘲笑我的体重吧。医生说了，块儿头大不是问题，身体健康才重要。"

"谁是你的医生？麦当劳大叔吗？"

"我身体很好，懂吗？我的所有指数都正常，我比你还要健康呢。"

她微微蹙眉，仿佛被戳到了痛处。"嗯，好吧，算你赢了。"

"这本书，"他继续说道，"是关于非主流连环杀人犯的。不是那种轰动全国的大案子，而是鲜有记载的，经常被人们忽视的边缘性杀人案，以及一些悬案和其他未解之谜。"他一边说，一边从包里掏出一台笔记本电脑。他掀开屏幕，显示器中的蓝色光芒使他的脸看起来格外冷峻。"你看过纪录片《制造杀人犯》吗？眼下真实案例比较吃香。"

"好极了，恭喜你，希望你能拿到电视台合约。不过你可要留心，好莱坞最是无情无义。"

"我希望人们能从这本书里看到你。"

"像蝴蝶标本那样夹在书里？"

"作为一个专题。或许可以是访谈，或者干脆给你写一个完整的章节，多点也没问题。"

"不行。"

"你听我说——"

"我不是连环杀人犯。"

格罗斯基一愣。他脸上的笑容怪异得可怕，米莉安感觉像被什么猛禽啄了一口。他笑容背后的含义不像是要杀了她还吃她的肉，而更像是说"我知道一些你不知道的东西"。

"从某些方面来说，你是。"

"卡尔·基纳才是连环杀人犯。"

"那你呢？"

米莉安吞了口唾沫。我只是普通杀人犯，她心里想，但却没有说出口。"我不想出现在你的书里。"她回答。

"那你跟我说说卡尔·基纳的故事吧，或者上次你来佛罗里达时究竟发生了什么，或者说说科罗拉多州的威尔顿·史迪奇。我们可以把书的重点放在他们身上，而不是你的身上。"

"哦，现在变成整本书了？你死了这条心吧，格罗斯基。我不想出风头，更不想出名。我只是个无名小卒，我喜欢现在这样。"

"那我可要告诉你一个坏消息了，米莉安。"

她不解地瞪了他一眼。

他把笔记本电脑掉转过去，让屏幕朝向她。

4 啊哦，意大利面

"你知道红迪版块吗？"他问。

米莉安扬了扬一侧眉毛。"是和性有关的吗？"

"不是。你瞧，这儿有个网站叫红迪网，人们可以在上面创建论坛、留言板、不同主题的公共空间。这些论坛就叫红迪版块。"

"这他妈的跟我有什么关系？"

他咂了一下舌头。"别这么草率嘛。你看这个。"

米莉安使劲眨了眨惺忪醉眼，而后眯着眼睛凑近屏幕。她看到一个不知所云的词。

"蠕动意面①？"

"对，这就是我说的那个论坛。"

"算了，我就当现在这一切都是幻觉，我要删掉这一段。因为我从不觉得意面有多么吓人。况且这和我没有任何关系，虽然我偶尔也吃意面，可是蠕动意面听起来好恶心。"

---

① 蠕动意面即 creepypasta，是指网上流传的一些类似都市传说的令人不安的故事。其范畴较广，恐怖故事、黑色幽默、超自然故事都可以列入其中。

"不，蠕动意面指的是网上的事。一般都是发端于网上的恐怖故事，而后被复制粘贴到了社交媒体上，比如瘦长鬼影或淹死鬼本。也就是现代人读的传说故事。"

"随便，我反正没兴趣，网上无聊得很。"

"你应该感兴趣才对，因为你就在上面。"

格罗斯基点了点屏幕。他食指戳到的地方有个标题：死亡天使录像——图森惊悚视屏。

"视频的'频'字打错了。"

"我知道，那不是重点。你点一下。"

"我不点。我想回去睡觉。"

"米莉安，你就是他们说的死亡天使啊。"

米莉安半信半疑地点了一下鼠标。屏幕顶端是另一个视频的链接，下面是密密麻麻的评论区。她先看视频。

视频为俯拍画面，她推断是用手机拍摄的。整段视频只有短短二十秒钟，画面比较模糊，还打了马赛克。拍摄者应该位于高处，比如二楼或三楼的窗户。米莉安愣了愣才意识到自己在看什么：画面中站着一个姜黄色头发的男人，手里举着枪；一个女人走进镜头，她面容憔悴，衣衫不整。米莉安一下子就认出来那是她自己。这时画面中闪过一个黑影，仿佛是鸟的翅膀，它扇动着从男人的下巴位置划过，红色的血液喷溅而出，他的枪掉落在地，米莉安看着她自己捡起了枪，成群的鸟几乎占据了整个画面。

视频结束。

她的手不由自主地颤抖起来。

她的心脏重重击打着胸骨，仿佛急着要逃出去。

她想说点什么，可是说什么呢？她动了动下巴，却说不出一句话。结果她把电脑拉近自己，开始浏览下面的评论。

killervamp：看着像假的，有没有专家鉴定过？

Jackhole99：这不是假的，是真的。而且和一个政府阴谋有关联——搜索"末日风暴"。政府特工秘密清除边缘民兵组织，避免"韦科惨案"悲剧重演。但有人碰巧拍了视频，于是就有了这一幕。注意看的话，你会发现死亡天使好像是为美国政府服务的。有没有黑客高手？中国的、俄罗斯的、国内的？可以试着黑进政府服务器，看能不能找到相关证据。这是大脑控制实现的升级版，纳粹和克格勃喜欢搞的玩意儿。

scamspikes：估计是某部即将上映的恐怖片里的片段吧？

Scarlet-tanager99：死亡天使会拯救我们所有人，我知道她是谁。

UncaFester：不可能是她——死亡天使同一时间出现在宾夕法尼亚州的洛克海文。

FentanylFrank：最新目击，上周，宾夕法尼亚州福尔斯克里克。

pyroclast：嘿，这是什么玩意儿，是不是还有更多？

Jizzwailer42：没错，这只是个开头，后面还多着呢。

一个新的链接，米莉安点了一下。

打开的是一个文字页面。白底黑字。

突然之间，她的心仿佛停止了跳动，就像一只小鸟被一只手紧紧攥住。她看到一连串曾经在她人生中出现过的地名和人名：图森、科尔布伦、迈阿密、彼得·莱克、费城某个ATM机上的摄像头、考尔德克特学校，还有其他很多很多。其中一个帖子写道：死亡天使——阿拉斯加？另一个说：睡魔和天使——洛杉矶？下面一个：天使降临埃尔玛。

米莉安全神贯注地蹲在笔记本电脑前，时间从她的指尖不知不觉地溜走，整个世界被压缩在她和屏幕的光亮之间。网上什么内容都有，谣传、推断、事实，彼此混杂。但有一点她可以确定——她留下了踪迹。虽然并不明显，但对于成群的网络狗仔而言，那些细微的线索就像通往神秘野餐地的蚂蚁的路径。这些帖子最后又把她带回了红迪网，她琢磨着人们对她的各种臆测：她是善是恶？有些人认为她是人类，是连环杀手，是政府刺客或间谍，是失败了的基因试验品。或像某些引导濒死之人安安静静离开人世的护士。还有其他一些较为边缘的推测：天啊，她是吸血鬼；她是真的天使，或魔鬼，或女神，或幽灵，或以虚拟现实的形态存在的矩阵中的错误代码。他们还分析了她头发颜色的变化。一个帖子说那是她试图掩盖身份的做法，但遭到了一部分人的嘲讽，他们言之凿凿地说她是克隆人，不同颜色的头发代表着不同的克隆体，就像电视剧《黑色孤儿》里那样。

"克隆人？克隆你妹！老娘可是独一无二的。"米莉安嘴里嘟囔着。

这期间，格罗斯基也没有闲着，他进进出出好几次。他和外面的警察聊了几句，把他们打发走，后来又在米莉安的冰箱里找来找去。但米莉安对这些背景噪声全部充耳不闻，她的脑袋正扎进兔子洞里呢。

金色的曙光开始钻进百叶窗，米莉安靠在椅子上，浑身发抖，努力克制着哭泣的冲动。

她忽然感觉自己像被扒光了衣服，赤条条地站在无数人面前。她一向认为她的天赋异禀和她做过的事都是极其隐秘的，而这个网站却让她感觉自己像颗沾满血的耀眼的钻石：她的所作所为，那些流过的血和逝去的生命，如今变成了另外一群人的饕餮盛宴。

她成了那群自以为是的网络探子炮制阴谋论的理想素材。

更糟糕的是，这以前是专属于她的秘密。尽管怪诞，却也珍贵。

为了这个秘密，她战斗过，经历过生死。它属于她，而且迄今只有寥寥几个人真正见证过她的能力：路易斯、加比、格罗斯基。从某些方面来说，她感觉自己的确像个幽灵，以一种隐秘的方式影响着人生，将命运玩弄于股掌，时不时和死神开个玩笑。但她的过去从来都是神不知鬼不觉的，至少她这么认为。

他们还没有锁定她的身份，也没有搞清她做过的那些事或这一切的意义。但假以时日，他们终究会把各种线索拼凑出一个雏形。可转念一想，也许连她自己都不知道她是谁。也许这一切都是妄想出来的，也许她真的是政府刺客，也许格罗斯基是一直在背后操纵她的人，所以他才会一次又一次地出现在她面前。

真是没治了。

她气呼呼地"哼"了一声，把电脑移开了。

靠在躺椅中打盹儿的格罗斯基醒过来。"啊？你……呃，看完了？"

"看完了。你都开始打呼噜了。"

"我有睡眠呼吸中止症。"

"你果然很健康。"

他没理会她的嘲讽，走过去坐在桌前。"你还好吧？"

"我好得不得了。"她言不由衷地说。她用舌头舔了舔干涩的嘴唇，使劲眨回了眼泪。

"你之前不知道？"

"不知道。"

"那这对你的冲击可不小。"

"我他妈的感觉……"她一巴掌拍在电脑上，就像愤怒的狗熊一掌打下黄蜂的巢穴，"我快气死了，我讨厌……被曝光的感觉，特别讨厌。他们不知道我是谁，我是谁也跟他们没关系。我不是供他们狂欢的玩具。"

"还有更多呢。"

"我还有看的必要吗？"

"呃，还是看看为好。"

她闭上眼睛，身体仿佛缓缓爬上了过山车的第一个高峰，五脏六腑全是紧绷的感觉，她很清楚，上升的速度越慢，意味着下落的速度越快。她很想安安稳稳地坐在椅子上，咬紧牙关，默不作声，纹丝不动，直到这令人心惊肉跳的感觉过去。别理它了。坐车，坐飞机，坐船，随便用什么方法赶紧逃离这里。找一座孤岛，一座荒山，或一个洞穴，从此不问世事。

可她最后却说道："那就看吧。"

格罗斯基如她所愿。

5 福尔斯克里克

格罗斯基重新打开红迪网，找到了关于宾夕法尼亚州福尔斯克里克事件下的评论。那是上周的事。

这时他关掉浏览器，从电脑中拖出一个文件夹。米莉安看到里面有许多照片和文档。

他点开一张照片。

照片里，一个死人靠在一面墙上。墙是木镶板墙，破旧不堪，水渍斑斑，鼓凸变形严重。男子的蓝色牛仔衬衣上全是血，仿佛他把一桶葡萄汁打翻在了自己的身上。衬衣上有许多割裂痕迹，每处宽一两英寸。

"刺伤。"米莉安说。

格罗斯基点点头。"对。"

她凑上前去。死亡男子的额头上似乎写着字。不，等等，是刻在皮肤上的。格罗斯基点了一下鼠标，屏幕中出现了另一张照片。

这是一张特写。

五个字，尽管前半个字被湿漉漉的头发掩盖着。

河水在上涨。

震惊，困惑，米莉安禁不住发出动物般的声音："我去！"

"见过？"

她眨眨眼睛。"对，这是上周的事？"

"没错，你想不想去喝杯咖啡？"

"妈的，太想了。咱们走吧。"

6 黑咖啡

"你不饿？"

"不饿。"她说。她的脸笼罩在从手心咖啡杯里冒出来的热气中。

格罗斯基耸耸肩。"那你亏了。味道好极了。"

他像个鉴赏家一样小心翼翼切着他的蔬菜煎蛋卷。米莉安是个正经吃货，通常若是你把一份早餐放到她面前，她得用尽全部意志才能克制住自己不会像头猪一样一头扎进食物里。而格罗斯基吃饭的样子却格外优雅：他会用刀轻轻切掉一小块食物，再用叉子叉住，不紧不慢地送入口中，而后他还会像个背书的老学究一样闭上眼睛品味片刻，并发出一连串享受至极的声音：嗯，啊，哦。每一口都如此淫荡销魂。

真他妈烦人。

她勉强假装着表面的平静，心里却仿佛有一千只羊驼奔腾而过。餐厅里充斥着各种杂音：叉子撩拨着碟子，咖啡壶亲吻杯子，许多人的喃喃低语像群交的男女交糅在一起。这是一家典型的佛罗里达餐厅，其内部装饰畸形得令人发指，就好像你把一只粉红色的火烈鸟和一把深蓝色的草坪椅熔化在了一起。

终于，她实在受不了了。

"别他妈吃了，你看着就像在上你的食物。"她怒不可遏地说。

他嚼到一半停了下来，随后缓缓咽下口中的食物才放下叉子。他用餐巾轻轻擦了擦脸，斜眼看着她。"好吧。你在照片里认出了一些东西，对不对？"

"对。"

"你发现了什么？"

米莉安犹豫了，她猜不出格罗斯基在玩什么鬼把戏，他为什么会突然出现在这里？米莉安很想相信他，可她已经没有力气再相信任何人，甚至她自己。

最终，她只好承认道："那句话，我见过。"

"河水在上涨？"他小声念道。

"对。"

"什么意思？"

她瞟了他一眼。"你要写到书里？"

"不，除非你希望。"

"FBI能容忍你把当前案例写进书里吗？"

他笑了笑。"我已经不在局里干了。"

"什么？"

"我离职了，退休了，怎么说都行。他们很早就开始调整工作重心了，现在大部分人手都放在国内反恐上，也许你不相信，主要对付的就是你在亚利桑那州惹上的那类疯子。"他说完向后一仰，找了个很舒服的姿势，一副如释重负的样子。米莉安既感到意外，又觉得不安。显然他没有米莉安那样的烦恼，自然能够云淡风轻。"他们偶尔仍会找我当顾问，毕竟连环杀手依然存在，只是抓他们现在已经不是头等大事了。"

"还是那句话，他们不介意你写书？"

"又不是什么机密，我写的也不是俄罗斯间谍。这是执法者的事，没人会反对。况且我在局里还有朋友，他们知道我不会让他们难堪。"

她舔了舔嘴唇。"我下面要告诉你的事情，不准写进书里。"

"好吧。"他举起双手，证明自己手里并没有钢笔、录音机或别的，"什么事？"

"你知道我能干什么。"

"可能吧。"

"可能吧？你还记得韦尔斯吗？还记得啪啪吗？还记得亚利桑那吗？你会握着圣诞老人的手问他是不是真的吗？"

"我只是随口一说。"

"随便了。我的这种能力不仅仅局限于接触，或幻觉。我有个不速之客，一个入侵者，它是——你猜怎么着，我到现在也搞不清楚它是什么东西。也许只是幻觉，可我觉得没那么简单。它居然知道一些我自己都不知道或者根本无从知道的事情。我怀疑它是别的东西，完全独立于我的东西，比如幽灵，或者魔鬼。虽然我也不确定这些东西是否真的存在，可是……妈的。"她用掌根使劲按压着双眼，直到眼前冒起金星。这实在让人抓狂。米莉安已经思考了几百甚至上千遍，可始终想不出个所以然来。说出来都像天方夜谭。

"你说的这个东西想干什么？"

"我不知道。也许我知道，它想让我做我该做的事。"

"你该做的事？"

"对。我有灵视的能力，我能看到人们因为无形的命运而死亡的样子。可我偏偏不信邪，我要和命运叫板，我就是要逆天改命。就好比命运是一条河，我就是投进河里的一块石头。"

"河？就像河水在上涨里面的河？"

"那是入侵者告诉我的。扯上考尔德克特学校和知更鸟杀手之前，我在一个汽车旅馆房间里时，入侵者第一次出现了。它看上去很像我，哦，它朝我吐了一口脏水，然后就开始说悄悄话。河水在上涨，米莉安。它说的倒也是实情，因为风暴来临，大雨过后，河水自然会涨。后来我发现埃莉诺·考尔德克特试图淹死一个名叫劳伦·马丁的女孩儿，也就是雷恩。我跟着她们下了河，我和那女孩儿差点都死掉。"但我的朋友路易斯把我们救了上来。路易斯，六个月后就将杀死他自己的新娘。这件事我还没有告诉他。为什么呢？她为什么不告诉他？这是她心里最不愿面对的一个结。她继续说道："考尔德克特死了，相信你应该知道。"

格罗斯基点头。"是，调查局也正在查，案子很棘手。埃莉诺·考尔德克特、卡尔·基纳、厄尔·贝克、埃德温，整个家族惨遭灭门，虽然这一家人恶贯满盈，死有余辜。大量证据表明，他们从事了许多见不得光的罪恶勾当。但问题是调查局一直没查清楚到底是谁干的。"

"你查到什么了吗？"

"当时也没有。但后来我查到了一点线索，遇到你之后。"

"但你没有向局里汇报。"

他微微一笑。"在科学行为部里，我们每个人都有自己偏爱的理论，它指导着我们每个人的工作。可是说到通灵，唉，我没有证据啊。我最大的收获就是遇见了你。韦尔斯的案子中我已经故意把你删掉了，现在再加进去可没那么容易。"

"谢谢。"

"别谢我，我可不是为了你。我之所以那么做，是因为我根本说不清楚，我找不到合情合理的解释把你放进那些匪夷所思的事件中。死亡幻觉、鸟类的反常举动，照实说的话，会毁了我的前途。"

米莉安耸耸肩，喝了口咖啡。"那现在怎么办呢？"

"我是这样想的。福尔斯克里克死掉的那个家伙并不是唯一的受害者。我们发现了更多的尸体。而且我认为那些尸体可能和你无关，但他们都和目击死亡天使有关。"

"神化的我？"

"对。"

"这么说，有人假冒我的名义在外面肆意杀人？"

"或至少在模仿你的风格。"

"不管是什么人干的，总之，他们一定知道入侵者。"或者他们就是入侵者，这念头好似一根冰柱插进她的心窝。有那种可能吗？倘若入侵者并非幻觉呢？

倘若入侵者确有其人？

又一个通灵师？一个可以钻进她脑袋里的人？

她的手不由得开始发抖。她连喝了几口咖啡，好驱走积聚在胸口的冰冷。"我想去那儿。"

"去哪儿？"

"福尔斯克里克镇。"

"去那儿干吗？"

"不知道，我就是想去。事件才刚刚发生不久，对吧？如果有人冒充我，"——说不定此人也和入侵者有着千丝万缕的关系，或者此人就是入侵者——"不管是谁，他总会留下点蛛丝马迹吧，说不定人还在那儿呢。再者说了，要是网上那些半吊子都开始看出猫腻了，那要不了多久，你那些同行也会有所发现。到时所有的矛头都会指向我，我可不希望看到那种局面。不管冒充我的是什么人，他们必须得收手了。"

"你打算阻止他们？"

她喝下最后一口咖啡。"对。"

"那咱们就去福尔斯克里克，我这就订机票。"

"别！"她说得太猛，差点把咖啡给呛出来，她擦了擦嘴，"天啊，千万别。不坐飞机。"

"有过不愉快的经历？"

"可以那么说。我们开车去。"

格罗斯基点点头。"收拾东西吧，你说走咱就走。"

7　遗失的羽毛

　　米莉安还没有完全成为她妈妈卧室的真正主人。没错，她睡在那里，但属于她的也只有那张床，其他所有东西都维持着妈妈生前的样子，且同样死气沉沉。她无心整理妈妈的遗物。（是没勇气，一个微弱的声音嘲讽道。）衣橱里仍旧装满妈妈的衣服，但如今米莉安不得不翻一翻那些抽屉，寻找一件她遗失了的东西。

　　她在抽屉里翻出了沙滩T恤，老年七分裤，几乎能当降落伞用的大号内裤，看着就叫人难受的湿沙土色的巨型钢圈胸罩。这些都不是米莉安要找的东西。

　　她要找什么呢？

　　这要从图森的医院说起。当时医生从她身上的伤口中取出了一样东西——一根长长的黑色羽毛。她曾差一点死在沙漠中，是一群鸟用草和石头堵住了她的伤口，并替她缝合。如今想到那次经历，她仍心有余悸，仿佛被一辆时速80迈的大卡车直接撞上。她晃了几晃才让自己站稳脚跟，没有一头栽倒在地板上。医生把那根羽毛放进了一个细细的瓶子里，瓶口还塞了软木塞。

她把装羽毛的那个瓶子带到了这里。

她把它放在了某个地方，但现在却想不起来了。

按道理应该和她的东西放在一起，而她的东西就堆在梳妆台旁边。她仔细地搜索着，像一个生物学家在冒着热气的大象粪便中寻找他丢掉的钥匙。现在她有点疑惑，难道她把它放进了妈妈的抽屉？会吗？如果米莉安喝醉了酒，那应该是不排除这种可能的。

可她找了半天仍然不见瓶子的踪影。一个抽屉，又一个抽屉，另一个抽屉，突然——

米莉安不由得捂住了嘴。

"不会吧。"她小声说。

看到抽屉深处的那个东西时，她不由得一阵恶心。

一根振动棒，一瓶润滑液。

米莉安惊讶得后退了一步，心里像吃了苍蝇似的说不出是什么感觉。"拜托。"说不定还有一股烟草和除臭剂的味道。她用脚小心翼翼地合上抽屉，深吸了几口气才把恶魔继续关在永恒的牢里。

房间外面传来开门关门的声音。

"是我，丽塔。"一个声音叫道。

"我在里面。"正在搜我妈妈的宝贝。

丽塔探进脑袋，她戴了一副打牌的人经常戴的护目镜。"办案的人走了？"她问。

"他不是办案的。"

"表面不是，但骨子里是。"她拍了拍心口的位置，而后冷笑一声，点着了一支烟，"他是警察，对不对？"

"是联邦调查局的。"

"那更糟糕。"她干瘪的嘴唇在那细长的致癌物上嘬了一口，吐出一团烟雾，"我能闻出他们身上的味道，我有这个天赋，一英里开外只要有警察我就能知道。他们就像干净内裤上沾的一点屎。去他妈的，他盯上我们了吗？”

"丽塔呀丽塔，你他妈的让我怎么说你呢？"她感觉这老女人灼热的目光几乎要在她身上戳几个洞，就像用大头针戳破水泡一样，"没有，他没盯上咱们。"

"那就好。"她"哼"了一声，随即问道："你干什么呢？"

"找东西。你看见一个瓶子没？里面装着一根黑色的羽毛？"

"抱歉，亲爱的。"

"妈的。"

丽塔的目光从米莉安移到梳妆台，最后又移到地板上的背包。"你要走？"她问。

"是。"

"逃避那群执法者？"

"不。"反正暂时还不是。"我有事要到北边去，和我妈妈的遗产有关。我朋友——"

"那个蠢货？"

"嗯，那个蠢货。我和他要开始一段公路旅行了。"

丽塔眯起眼睛。"这和咱们偷药的事儿没关系？"

"没关系。"

"好。不过我猜咱们的生意也该散伙了。"

米莉安转身靠在梳妆台上。"我还有一个目标，我知道有个人也快不行了，如果你想去捞一笔。"

"我洗耳恭听。"

"不过我有个条件。"

"说。"

"我想知道你到底是谁，或者曾经是个什么人物。"

丽塔假装不好意思地说："我没听懂。我就是一个搬到佛罗里达住的纽约老太太啊，除此之外，我还能是什么呢？"

"放屁。你绝对不简单，你玩纸牌的样子像个职业杀手，还有你说话的腔调。别装了，你肯定有故事。"

"我的故事不值一提。"

"我想听听。"

丽塔耸了耸肩。"我以前是和阿里·蒙克还有斯迪奇·戈德斯坦一起混的，听说过吗？犹太帮？斯迪奇经常敲诈不虔诚的东正教徒，当然，也就是收点封口费，好替他们保守秘密。阿里做钻石生意，我还当过一阵儿他的女朋友，直到后来他在高地被人开了黑枪，据说是牙买加人干的，但我知道是意大利人。所以我接手他的生意干了一段时间，挣了点钱，过了一阵儿快活日子。现在我已经退休了。"

"你以前给犹太黑帮走私钻石？"

"算是吧。"

"行啊，丽塔，你个老家伙深藏不露啊。"

"低调一点可以吗？咱们两个半斤八两。"

"嗯，好吧。"

"我已经满足了你的条件，现在该说了吧？谁要死翘翘了？"

米莉安放低了声音——为什么，她也不知道，总觉得这样显得尊重，不会对死人或将死之人造成不敬。"你还记得住在红树林大街上那个长得像稻草人一样瘆人的家伙吗？牙齿像尖桩篱笆的那个，平时喜欢穿褐色外套，口袋里还老是塞着一条红色方巾。"

"马尔科姆，呃，巴恩斯？伯恩斯？"

"伯恩赛德。"

"哦，对，对。那是个十足的怪胎，看着就像木乃伊，走路老是伸着胳膊，嘴巴里哼哼唧唧的，好像很高兴，又好像很忧伤，而且特别喜欢夸夸其谈。"丽塔三言两语便将那人描述了一通。她睁大双眼，胳膊僵硬，脸上皮笑肉不笑。

"就是他。他有骨癌。"

丽塔眨了眨眼。"哦，原来如此，你瞧我这嘴贱的。"

"每个人都会死，丽塔。那家伙已经78了，他也算寿终正寝了吧。"

"你说得对，去他妈的木乃伊屁股。我敢打赌，他家里一定有不少药。"

"这就等着你去发现了。"

米莉安叹了口气，开始把衣服胡乱塞进一个旅行袋。

丽塔站在原地。"你跟我说句实话。"

"说什么？"米莉安不解地问。

"这次出去，你是要逃避什么，还是要寻找什么？"

"我还不知道。"一阵莫名的恐惧令她浑身僵硬，"要是打赌的话，我会说两方面都有。"

"我能给你一点建议吗？"

"我能不听吗？"

"除非你把我的嘴还有你的耳朵都堵上。"

"那好吧，你说。"

丽塔最后吸了一口烟，随即用拇指和食指掐灭了烟头儿。她舔了舔嘴唇说："人们总说人生苦短，其实不对，人生很漫长。分钟，小时，日，月，年，一环扣一环，不停地循环下去。你经常想，完了，就这样了，我活不过30，或40，或50、60、70。可你活到了。但我们所做的不过是在路上不停地踢易拉罐，并期盼有朝一日能踢出点花样，可人生不是这样的。如果你有事情需要处理，有问题需要解决，那就别耽误时间。管他什么破事儿烂事儿，亲爱的，越早搞定越好，不是因为人生太短，而是因为人生太长，而那些问题不会自己消失。它们会像雪球一样越滚越大，并像一条饿疯了的狗一样追着你。你明白了吗？"

"我明白了，丽塔。"

"多保重，米莉安。"

"我还会回来的。"

　　"如果做不到的事情，就不要轻易许诺。"说完她把什么东西丢给了米莉安：一包烟。"带着吧，万一你不想戒了呢。"

　　"去你的，丽塔。"

　　"去你的，亲爱的。"

　　她们相视一笑，随后丽塔转身走了。

第二部分
北迁的宾夕法尼亚候鸟

8　河即是路

　　从佛州的德尔雷比奇到宾州的福尔斯克里克，开车最少需要十八小时。加上一大堆不可预知的交通因素，时间可能会更长。格罗斯基说夜里他们可以在北卡罗来纳停车，米莉安坚决反对。

　　路上大多时候她都沉默不语，坐在格罗斯基这辆四门福特轿车的副驾上，她头枕着车窗玻璃，望着外面一闪而过的像油彩一样模糊的世界。她偶尔会把手搭在仪表板上，撑起胳膊，让空调中的凉风从腋下钻进衣服给自己降降温。

　　每当她这么做的时候，格罗斯基就忍不住会笑，她便狠狠瞪他一眼。于是他问："你没事吧？"

　　"我能有什么事？"她假装若无其事地回答。

　　"你看上去有点心神不宁。"

　　"只是这种感觉……"*这种感觉就像和路易斯一起旅行。我坐在副驾，他开着车，高速公路或乡间小道犹如黑色的沥青河向我们身后疾速奔流。或者，像她和加比驾车驰骋在无垠的沙漠，驶向远方，驶向未知的某处。*她迫切地想要给他们两个或任意一个人打个电话。"没什么。"

米莉安心事重重欲言又止的样子让格罗斯基非常不安，他暂时沉默下来，双手在十点和两点位置牢牢抓着方向盘，安安静静地开着他的车。

但米莉安的心同样无法平静。她感觉身后有股强大的压力，好像有什么东西也在沿着这条沥青河不顾一切地追赶她，且急欲钻进她的身体，把她撕个粉碎。一阵恶风，或者魔鬼。入侵者在黑夜里骑着单车，他想慢就慢，想快就快，因为不管她的速度是快是慢，他总能追得上她。

这困扰不单单来自入侵者，她尚未解决的所有问题都如影随形地跟着她呢。路易斯一直是她最头痛的，留给他的时间不多了。死神又一次盯上了他，只是这一次他不是受害者。

而是杀手。

他要杀死他的未婚妻。

他会把她淹死在浴缸里。

她会拼命挣扎，但却无济于事，她最终会死在他的手里。

根据米莉安对诅咒的理解，现在游戏的规则已经十分明显，如果要救萨曼莎，她只能杀了路易斯。

而这显然是不可能的。

她做不到，也不愿做。用脚指头想想也不难理解，她怎么会呢？也许萨曼莎活该被路易斯杀死。

米莉安紧张得绷直了腰。那女人的痛苦和恐惧是显而易见的——路易斯愤怒得像头野兽，他的脸红得好似被攥紧的血袋。她的第一反应是：*去他妈的，她该死。* 而转念一想：*如果你眼睁睁地看着她死，那你就成了帮凶。* 同时还有许多别的念头：如果路易斯杀了萨曼莎，他会不会被警察抓到？他会坐牢吗？万一杀害萨曼莎的不是路易斯，而是别人，一个戴着面具或伪装的人，这可能吗？知更鸟杀手显然知道如何模仿别人的声音。她想到有人以她的名义到处杀戮，还把入侵者的话语刻在死者的脑门儿上。

她想打电话给路易斯。也许这是明智的做法，打电话给他，在死神抵达之前通知他。现在给他打电话并不困难，跟他挑明，告诉他她知道的一切。可她没有这么做。她可以给加比打电话，问问她和艾赛亚的近况，也许可以问问她的意见，让她帮忙，或者来跟她做个伴。

不。米莉安同样没这么做。

她告诉自己，高尚的做法是不把他们牵扯进来，歌里是怎么唱的来着？没有我，他们过得会更好。也许是真的。但这个决定也是出于自私的考虑，让他们置身事外也就意味着米莉安可以假装没有改变他们的人生。她可以继续存在于自己一厢情愿的幻觉中，好像她从来没有给这两个人造成过任何伤害——一个独眼大汉不久将杀死他的新娘，一个脸被割花的姑娘如今带着一个仅靠触碰就能杀人的小男孩儿。米莉安闯进他们的生活，就像一辆货车冲进了孤儿院。

背对杀戮很容易。离开也很容易。

他们继续赶路。

一百英里已被甩在身后。两百。夜晚接替了白昼。米莉安任思绪漂流，不仅仅在脑海中，也包括头脑之外。世界上充满了鸟类：鹅、白鹭、黄鹂、数不清的秃鹫、遮天蔽日的乌鸦。她可以向它们伸出手，找到它们，触碰它们，甚至还能短暂地控制它们。她现在越来越擅长了。可她同时又不免忧心忡忡，就像在默文家里她一下子就钻进了那只金丝雀的脑袋里，以前她可从来没这么做过，好像她根本无法控制。尽管她大半辈子都在做着相反的事情——放手，而米莉安却骗自己说她喜欢控制，并自称是个不可救药的控制狂。

入夜不久，格罗斯基在一家麦当劳餐厅外停车买咖啡。虽然米莉安一再表示她不饿，但他还是给她买了个汉堡和一份薯条。即便在她像头饥饿的熊吃掉一只山羊一样把所有食物都吞进了肚子后，她仍然坚持说自己不饿。格罗斯基没说什么，他喝着咖啡，重新驱车上路。

终于，米莉安说："跟我说说死掉的那个家伙吧。"

"嗯？"

"死者。"她嘴里含着食物说，随后她点点自己的脑门儿，"这里刻着字的那个家伙。他——"她咽下一大口汉堡，"——他是什么人？"

"哦，他叫马克·戴利，是杜布瓦购物中心的保安。离异，有两个孩子，分开监护。他死在当地一座湖后面的小屋里。"

"他自己的小屋？"

"嗯嗯，是他自己的，另外，他还在北边租了套联排式住宅。"

"有没有非法勾当？不良嗜好？犯罪记录？家里有没有可疑的东西？"

"我还记得一篇报道，邻居说他和他老婆曾经闹过一场矛盾，似乎还动了手。但后来没有指控，不久他们就离婚了。怎么了？"

她舔了舔粘在手指上的盐，味道真好，她恨不得把手指吃下去。"好奇而已。不管这家伙是什么来历，他的死肯定是有原因的。"

"你也不会无缘无故杀人，对吧？"他的眼睛扫过昏暗的车厢，就像头灯从水洼上一掠而过。

"格罗斯基，别逼我。"

"每个人偶尔都需要逼一把，米莉安。"

9 林中小屋

　　福尔斯克里克与米莉安在宾夕法尼亚州乃至在全国见过的许多小镇并无太大不同，镇子不大，地形高低起伏，开车要不了多久就能从这头穿到那头。小镇以白色为主，看起来不算特别贫穷，但和中产阶层还有差距。三分钟之内他们经过了三座教堂，且分属不同的教派。显然这里的人们需要某种寄托，而这种寄托就是想象中的天神。因为天神比他们的工作、家人、未来，甚至从水龙头里流出来的水都更值得信赖。

　　他们经过一家陈旧的五金店，一个零售中心，一座摇摇欲坠的维多利亚式的老房子，一栋庭院破落的单层平房，一道铁丝网围栏，一条拴在门外的罗威纳犬，一块遍布低矮灌木和砾石的空地。

　　小镇把他们吞进肚子，又从另一头拉了出来。他们就像一颗穿过死人心脏的子弹，小镇很快就被成片的松树吞没在身后。"不错的小镇。"格罗斯基说。

　　米莉安可没上他的当，她望着窗外，眼里只有那些矗立在黑暗中的常青树。

　　没过多久，道旁的树不见了，一大片朦胧的湖水进入视野。一座破烂不堪的码头歪歪扭扭杵在被水藻覆盖的湖面上。小屋位于湖对岸，一条公路沿着岸边蜿蜒曲折地钻进了林子。

他们找到了马克·戴利的小屋。小屋虽然破败俗气，但保存还好，墙体是用深色原木搭建的。格罗斯基把车停在一个铺着沙砾的停车场上，关掉了发动机。不知何处传来风铃叮叮当当的声响，米莉安大脑中忽然蹦出一个奇怪的想法：也许在天上的某处，刚刚死掉的默文·德尔加多已经长出了翅膀，或者穿上了裤子。

他们钻出车子。空气很湿润，地上软绵绵的。潮湿的木头和湖水的鱼腥味儿争相钻进米莉安的鼻孔，她随着格罗斯基走向小屋，途中经过一堆花盆，可惜盆内无花无草，只剩下干燥的土壤。

弧形门廊前拉着警方的警戒条，门上挂着"犯罪现场，禁止入内"的牌子。格罗斯基用脚挑起一个破烂门垫的一角。"经验告诉我，他们通常会把钥匙放在这里。"他挑起警戒条，米莉安拿起钥匙，打开了门。

死亡的气息轻而易举便找到了她。虽不明显，但切实存在。这气息永远也不会消散。死亡就像猫尿和烟气，它们能钻进一切东西，进去后便不再出来。小屋里弥漫着一股酸臭味儿，就像半英里外的高速公路上被卡车撞死的小鹿。

小屋很简陋，所有东西尽收眼底。基本上它就一间房。床摆在墙角，厨房在另一头，还有一个小隔间，看起来像是厕所。

米莉安踮脚迈过一条脏兮兮的红地毯，经过一个小火炉，随后便看见了：眼前犹如铺开了一张三维立体画，看似杂乱无章的画面中包含着别具一格的形象。木头上的血迹很难辨认，但它们依旧维持着原来的样子。血迹很散乱，就像罗夏墨迹测验，使得木头的颜色更深、更红。地板上也有，就在死者曾经坐过的地方，勾勒出了双腿的轮廓。

"没有反抗。"她说。

"嗯？是。"

"那证明这里不是现场，杀人现场。"

格罗斯基佩服地轻轻鼓了下掌。"了不起，你当侦探也绰绰有余了。"

"我更习惯解决杀人案发生之前的事，而不是之后。"

"凡事都有第一次嘛。"

"他们没有找到杀人凶器吗？"

格罗斯基正色看着她。"实际上，他们找到了。"

"是什么？"

"一把刀。"

"废话，我当然知道他身上的洞不是叉子戳出来的。"

"他们在尸体旁边发现了一把弹簧刀，廉价的中国山寨货。"

她的心往下一沉，她知道接下来会听到什么。

"有意思的是，从部分伤口来看，凶器和知更鸟杀手所用的凶器有点相似。会是巧合吗？"

我以前有过那样的一把刀。

但现在却不知下落何处。自从她把它扎进卡尔·基纳的腿，就再也没见过它的影子。她原以为知更鸟杀手就是基纳，是单独的一个人，没想到却是他们一大家子。接着是贝克那个浑蛋，他用她的刀在考尔德克特学校抹了一个保安的脖子。

保安，马克·戴利也是保安。妈的！

感觉像个圈套，和上次一样，贝克就曾经想要嫁祸于她。可他们这么做是痴心妄想，按照这一系列事件的走向，似乎还没有人直接把矛头对准她，因为很明显，这些杀手，呃，太明显了。可是如今，她依然感觉脖子上像套了根绳子，且绳子在越收越紧。

这背后大有文章。

可她却毫无头绪。

但谁也无法否认这一系列事件之间的关联。

眼前的污迹，空气中的味道，死亡的阴影，这些都让她倍感压抑。她需要避一避。

米莉安大步走出小屋，任凭格罗斯基在身后大呼小叫，她也置若罔闻。脚下是松针铺就的地毯，踩上去会发出嘎吱嘎吱的声响，它们很滑，米莉安走进树林时差点摔了一跤。她边走边思考，试图拨开笼罩着她的疑团。风从四面八方吹来，卷起落叶和松针。

有人杀了马克·戴利。马克是商场保安，已经离婚，也许有过家庭暴力的历史。难道这就是他该死的原因吗？还是因为别的？不论杀手是谁，此人显然知道入侵者说过的话。杀手还用了她的刀——至少是相似的一把刀，这应该不是巧合。会吗？而这一切都发生在——这里离考尔德克特学校有多远呢？向东两小时？难道这又是巧合？而且这里距离她的家也不算远。

一股强烈的冲动像板砖一样砸向她的脑袋，甚至连她自己还没有反应过来时，她已经掏出了丽塔给她的那包新港香烟。她用颤抖的手指迫不及待地从盒里抽出一根致癌物，塞到嘴唇之间，然后——

她没有火。

该死的，她没带打火机！

米莉安懊恼得差点吼出来，她用已经湿润的嘴唇嗑碎了烟头。这更加激怒了她，抓狂之余，她把嘴上的烟卷儿连同整包烟都丢进了林子。"去你妈的！"她一脚踢起一片松针，又一脚踢飞一颗石子。她挥舞着胳膊在空气中乱打，直到气喘吁吁，不得不用手扶住了一棵树。

于是，她手掌粘上了黏糊糊的松脂。

她看了眼自己的手掌——这是她砸默文家玻璃门时用的那只手，被火山岩石擦得伤痕累累的那只手，当然，现在已经结满了痂。然而，如今她的手掌被搞得黏糊糊的，她咆哮起来，试图除掉那些松脂，但结果却是另一只手也变得黏糊糊的。这时她注意到一处痂，她想都没想，一下子把它扯了下来。顿时渗出来一个红色的血珠子，它越变越大，越变越大。血洞中似乎插着一根刺状的东西，应该是另外一处痂吧。

米莉安想撕掉它，可被鲜血浸湿的伤处滑溜溜的，怎么都捏不住，她只好用指甲去刮——

可这没那么容易，至少不可能刮一次就搞定。痂很尖，像骨头，但又没那么硬，更像角质。她拔呀拔，拔呀拔，每一下都疼得手指一阵哆嗦。她的强迫症犯了，不拔掉它誓不罢休。忽然，她开始抠伤处周围的皮肤，并拿手指用力挤捏，直到更多的血汩汩而出——

噢耶！她捏到了，于是开始缓缓往外拉，拉，拉⋯⋯

她能感觉到手指里面有东西在向外移动，就好像她的骨头在移位。她疼得龇牙咧嘴，手指向内蜷缩，像死掉的蜘蛛的腿。

她从伤口中拔出了一根长长的滑溜溜的东西，且一侧还带有漂亮的流苏。一根羽毛。不是黑色，而是淡褐色，上面沾满了血。一根到头，居然还连着另一根，首尾胡乱打着一个结。此时疼痛的感觉已经达到白热化，从手掌疼到胳膊，又疼到肩膀。她的心脏像装在笼子里的金丝雀一样狂跳不止，但她忍痛继续往外拉着。

伤口不断拉伸，仿佛有什么东西呼之欲出。米莉安咬紧牙关，感觉自己既像产妇，又像助产士。很快，她从肉里拔出来的东西已经有手掌那么大了。她知道这很不可思议，但无所谓了。

渐渐地，眼前显现出一只鸟的雏形。它比乌鸦小一点，但比山雀大一点。首先出来的是尾巴上的羽毛，接着是爪子，肥嘟嘟的肿胀的肚子，小小的脑袋，直到一整只鸟出现在手掌上。黑色的血像瀑布一样从手掌一侧流下来，落在厚厚的松针上。

她托着一只死掉的知更鸟，橙色的肚子，棕色的羽毛，脑袋上有个洞，无遮无拦，可以从脑袋的一头看到另一头。鸟嘴张开着。

有人在她肩膀上低声说道：

"干得漂亮，杀手。"

米莉安转身就是一拳。

嘭！格罗斯基惨叫一声，捂着鼻子连连后退。"我×！"他手指间淌着血，气呼呼地吼道，"你发什么神经？"

米莉安低头看着自己的手。

没有洞，只有几道老疤和一点点松脂。

没有死掉的知更鸟。没有羽毛。什么都没有。

我他妈的一定是疯了。

"你确实疯了。"格罗斯基说。这时米莉安才意识到她把自己脑子里想的话给说了出来。"你干吗打我？"

"我不知道。"她撒谎说。

"该死的，咱们回小屋里去行不行？"

小屋，充斥着死亡的痕迹。一个死人，被一把疑似属于我的刀给捅死了……这时她忽然想到了什么。

"你，"她说，"你没有告诉我全部。"

"什么？"

"别跟我装，浑蛋，你知道的比你告诉我的要多得多。刚才在小屋的时候，说到凶器和我以前用的刀相似的时候，你一点都没有觉得奇怪。这说明你早就知道！你故意瞒着我这些关键线索，难不成也想伺机捅我一刀？你的表现就像参加真人秀，处处迎合着摄像机，只为了拍到我——"

震惊的表情。

不，不是摄像机。

忽然，她像一群蚊子似的扑向他，手在他浑身上下的每个口袋上都拍一遍，丝毫不顾他的鼻子还流着血。格罗斯基极力抗拒，但她毫不客气地在他裤裆里顶了一下。格罗斯基"哎哟"一声弯下了腰，也就是这个时候，米莉安找到了她想要的东西。

它就藏在格罗斯基卡其色裤子的屁股口袋里。

"数字录音机？"她举在手中问。机器开着，亮着绿灯。格罗斯基徒劳地去抢，米莉安后退一步躲开了。"你敢偷录我？"

"米莉安，不是你想的那样。"

"不是我想的哪样？这算什么？一个圈套？你想骗我承认杀人，好录下来针对我？"

"不，我——"

"去他妈的，去你妈的。"她大步走出林子，走向小屋，走向湖边。格罗斯基虽然走得很慢，但仍然没过多久便追了上来，并苦苦哀求。

"嘿，求你了，别这样……那是高档录音机，我花了不少钱呢。"

"但愿你买的是防水型的。"说完她用尽全力丢了出去。录音机旋转着，在空中划出一道弧线，扑通一声钻进了湖里。

"我去！"格罗斯基双手按在膝盖上，心疼得脸都移了位。

"看来不防水。"

"对，不防水。"

"把钥匙给我。"

"什么钥匙？"

"你的车钥匙。我要把你的车开走，你留在这臭水塘旁边好好反思反思你的所作所为。"

"不行，我不给。"

"你信不信我能打到你怀疑人生？钥匙，快给我。"

"你能听我解释吗？"

"不听。钥匙。"

"我是为了写书才出此下策！全是为了书。我是不会提你名字的。还有，我……我没有从调查局辞职。我不是辞职，是他们……他们开除了我。"

"开除你？"

"你还记不记得我说过每个人都有自己偏爱的理论？但我永远不会

向局里报告通灵巫术这类屁事儿。"他叹息着说，"但事实上，我报告了，而且我对此非常着迷。所以他们认为我的脑子不正常了。"

"也许你的脑子确实不正常了。"

"也许吧。可这些东西全是真的，我看得出来。你就是活生生的例子。"

"你想错了，白痴。"她嘴里说着，但脑海深处却也不由得开始动摇。她越来越倾向于相信这一切只是脑损伤之后的幻觉，一个可怕的假说把所有恐怖的事情绑在了一起。然而这一切感觉又如此真实，不是吗？"可我不是你的书。我是一个人，一个被某种我自己也不理解的东西纠缠住的人。你未经我的允许就偷偷录音，难道你不该事先征求我的同意吗，浑蛋？更何况你还有很多事情瞒着我，这我没冤枉你吧？"

他费力地咽了口唾沫，点点头说："没有。"

"那就把你知道的全都告诉我。"

"好吧。"

"不过——"她低头看了看粘满松脂的手，"我得先去洗一下手。"

说完她扭头向小屋走去。

10 镜子的秘密语言

米莉安阔步从马克·戴利死掉的地方走过，径直钻进厕所。厕所和一个壁橱差不多大，而且是个堆肥式的厕所。水槽就是一个铁皮箱子，在这种鬼地方，她没有挑剔的理由，为了洗手，她硬着头皮拧开了水龙头。

龙头里流出来的竟是热水，她被烫得大叫一声，缩回了手。试图关上水龙头时，把手掉了。毫不意外。

厕所里顿时蒸汽弥漫。

随后，水管中咕咕响了几声，又喷出几滴水，最后停了下来。没水了。河水不再涨了？

米莉安嘟囔着，在水槽内壁上擦了擦手，无论如何，她都想尽快把掌心里黏糊糊的东西清理掉。水蒸气渐渐消散。

这时，镜子上出现了一条神秘的消息。字是用指尖写的，看样子应该写上去很久了，只是蒸汽的缘故才重新显形。

消息只有三个字，全部大写字体。

嘿，疯子。

米莉安弯腰吐在了便池中，抬起头时，字还在。蒸汽散尽，镜子也清晰起来，那三个字才慢慢淡去。

她知道模仿她的人是谁了。

死 者

马克·戴利奄奄一息。在酒吧里，那女孩儿给他下了药，现在他靠在自己小屋的墙上，身上血流如注。他动不了，药力还没有过去，所以他只能眼睁睁看着鲜血往外冒。他的身体就像一块吸满水的海绵被渐渐压扁。

当然，除此之外，他还能看到加害他的人。那个姑娘。她在他面前来回踱着步，脸色苍白，黑色的头发中间有几绺红色，白T恤，沾着血迹的破牛仔裤。她不停地走来走去，走来走去，嘴里碎碎念着什么，不时用手狠命揪自己的头发，马克甚至担心她会把头皮揪下来。他想说话，想问问她这么做究竟是为了什么，可他的嘴巴里仅能发出咕噜咕噜的声音，因为一开口便有黏黏的液体顺着嘴角流下来。

她在与人争论，可这里并没有其他人。

终于，她似乎厌倦了，跺着脚走进厕所去洗手。蒸汽像幽灵一样从敞开的门里飘出来。他听见她在镜子上写字的声音：吱，吱吱，吱吱。此时的马克·戴利正俯身凝望着死亡的深渊。跌下去之前他想：**也许这是我罪有应得**。

11 谋杀之歌

距离我们最近的可以过夜的地方是五英里外的一家破旅馆。那里没有任何惊喜可言——破旧的维多利亚式房子，破旧的维多利亚式家具，稀奇古怪的套房名字（栀子花、玫瑰园、霉菌、特别的悲伤），每走三步就能碰见一只猫，当然，还有一个奉行素食主义的店主老太太，她会为你做一顿甘蓝煎蛋卷早餐。他们进去时，米莉安首先向她声明：她不需要早餐，格罗斯基不是她的丈夫，还有那几百只猫中胆敢有一只碰到她，她就把它丢到窗外去。老太太很不高兴，直接把他们轰了出去。

他们又沿路走了十英里才找到一家建于1976年的贝斯特韦斯特酒店。米莉安让格罗斯基开了两个房间。"你打呼噜。"这是她的理由。

"好吧。"

随后她来到格罗斯基的房间，要把他把知道的全部说出来，否则就把他切碎了当早餐吃。

格罗斯基叹口气，开始老老实实地交代。

"马克·戴利被人下了药，所以才没有反抗的痕迹。"

米莉安一颤。"我猜猜，是克他命①吧。"

"对，你怎么知道？"

在科罗拉多的时候，有个臭婊子对我下过这种药。她在心里说。当时她还在满世界寻找玛丽·史迪奇的下落，在科罗拉多西部，她遇到了一个女人。有意思的是，这女人对她相当迷恋。她叫梅洛拉，对外假装是米莉安的妹妹。米莉安跌入湍急的河流时，梅洛拉正被她的男朋友按进浴缸。她再一次感觉到，所有发生的这一切似乎都是她过去的投影：梅洛拉也是一个崇拜者；她和知更鸟杀手一样，也戴着鸟面具。

男朋友想把她淹死的浴缸里。

路易斯要把萨曼莎淹死在浴缸里。

面具。

克他命。

廉价弹簧刀。

这就像一首歌词不断重复的蹩脚的歌。一首残酷的谋杀之歌，而她恰恰是歌曲的主题。

"还有什么？"她问格罗斯基。

"我们认为这个杀手已经流窜作案三个月了，到目前为止，共有五名受害者。"

"存在某种模式吗？受害者都是什么人？"

格罗斯基又叹了口气。"大部分是男性，多为白人。年龄跨度较大，地理覆盖半径一百五十英里。案子之间并没有太多相同特征。"

"他们全是被刀具刺死的吗？"

"有两个是。"他从包里掏出一沓文件，"鲍勃·本德，44岁，卡车司机。鱼刀刺中眼睛——"

和路易斯曾经的遭遇有点像。

---

① 克他命，即氯胺酮，又称 K 粉，是一种麻醉剂，有致幻的副作用，已被其他麻醉剂替代，但常被一些吸毒者使用。

下一页。"丹尼·斯廷森，60岁，惨遭割喉，最初说是用剪刀，但后来伯克斯县的验尸官说有可能是钢丝钳。"

那正是我杀死卡尔·基纳的手法。最初的知更鸟杀手。

"接下来是哈莉·琼·雅各布斯，她是死者中唯一的女性，37岁，死于点22口径的小手枪，从耳朵打进去的，子弹留在脑袋里，像色盅里的色子一样。"

哈里特·亚当斯也是这样死在我手上的。她心肠歹毒，是英格索尔最得力的杀手。她以为自己冰冷又专业，可她的残酷背叛了她。残酷和冰冷没关系，残酷是炽热的。

"然后呢？"米莉安问。

"西姆斯，维兰德·西姆斯，18岁。我想应该是死得最蹊跷的一个，也是脖子上——"

"我猜猜，"她一阵反胃，"烧烤叉？"

格罗斯基的眼神印证了她的猜测。"对，你又是怎么知道的？"

"我，呃……"她口干舌燥，一时竟有些词穷，"这改天再说。"

我在长滩岛用烧烤叉干死了一个家伙，也是叉的脖子。那人戴着墨镜，一身黑衣，手里还拿着枪。他准备洗劫半个商店，而更过分的是，他想打死在店里推车的沃尔特，那是个对谁都没有说过一句难听话的好孩子啊。临死之前，黑衣枪手对米莉安说了几句话：你也听到那个声音了吗？你才是最爱惹事的那个人。

谋杀之歌继续吟唱。

"再后面就是马克·戴利了，"格罗斯基说，"下面的你都知道了。"

她仿佛吞下了一大团东西，牛黄石或结石。她很清楚那是焦虑和恐惧。"这中间是有共同点的，五个人的死一定是出于某种原因。杀手绝对不是随机杀人。"

"连环杀人一般都不是随机的。"

"可这不是——"她意识到不管怎么解释都没用。格罗斯基的世界是讲求逻辑的，任何细微的出入都需要一个合理的解释。"雷恩不是连环杀手。"

格罗斯基一脸迷惑，就像熊盯着镜子中的自己。"雷恩？谁啊？是你跟我说的那个叫劳伦，呃——"

"马丁，劳伦·马丁。也就是雷恩。是她干的。"

"你怎么知道？"

"我说不清楚，但我就是知道。"她拍了拍胸脯，"只有这样才说得通。河水在上涨？嘿，疯子？"

"什么意思？嘿，疯子？"

"写在镜子上的字，就在戴利的小屋里。"

"这能代表什么呢？"

"这是她以前对我说过的话。"

他探身向前。"如此说来，这是她留给你的信息咯？你处在案子的中心？"

米莉安耸耸肩。"我似乎是所有事的中心，大块儿头。"

"那接下来呢？你说了算，我们按照你的路子来。下一步去哪儿？我们怎么能找到她？"

"首先，我们需要查一查受害者之间的关系。警察忽视了这一点，他们肯定漏掉了什么。我们就从戴利开始。"

"好。"

"他在别处还有房子，对不对？联排式住宅是吗？"

"对，但不是他自己的，是租的。"

她站起身。"那咱们走吧。"

"我们能先填填肚子吗？"

"不是吧？胖子还要吃东西？"

"米莉安，是人都得吃饭。不然怎么活呢？我们需要食物来维持新陈代谢，控制血糖水平，还给我们的大脑提供养分——"

"你他妈在写作文吗？我们待会儿再吃。"

"好吧。"

"这才像话。"

12　受骗联排式住宅

　　这栋房子已经老得不成样子，从下到上都在腐烂，仿佛大地正在把它回收。门廊摇摇欲坠，蓝色的外墙上全是斑斑驳驳的水渍。无人管理的花圃杂草丛生，里面还长出不少蘑菇。但如果只看上半部，房子还算可以。门廊是木质结构的，用木质栏杆隔开。两侧各有一门，让人一眼就能看出这是联排式住宅：一栋房子，两边一模一样，可以分别卖给不同的买家或租给不同的房客。

　　房子坐落在一条小道旁边，周围的房子几乎一模一样：大部分为单层，面积都不大。住在这里的不是穷人，也不是富人。也许只是一些温饱不成问题的普通人家，米莉安心想，他们挣的钱刚刚够花。度假大概就是到湖边钓钓鱼。车子嘛，只能买别人淘汰的二手车。

　　即便如此，也比许多人的日子要好过些，她这样觉得。

　　米莉安和格罗斯基下车走向门廊。一只蜈蚣蠕动着密密麻麻的腿脚从她面前蜿蜒爬过。

　　她走上台阶，敲了敲防蚊纱门。纱门在几乎和它分家的门框里瑟瑟发抖。格罗斯基瞥了她一眼。"早跟你说过这里没人。马克·戴利一个人生活。"

"嗯，我只是确定一下。"

"确定什么？"

"因为我们要到后面——"她打算说拿砖头砸窗户，可这时，隔壁的门突然打开了。米莉安差点吓尿。"我×！"

一个女人伸出脑袋。年龄不小，但也不算老，也许有小50岁。她的头发好似用扫帚毛编的头盔，直接扣在一张布满雀斑的脸上。她的两眼眯成一条缝，噘着嘴巴。

"干啥？"女人问。

"女士。"格罗斯基说道，但米莉安马上打断了他。

"我们是警察。"

女人的眼睛眯得更厉害了，好像被人用拇指和食指捏着。"你们看着可不像警察。"她顿了顿，"不过他倒有点像。警察已经来过一次了，该干的也都干过了。"

"他们干了什么？"米莉安问。

"能干什么？到处看看嘛，还问了些问题。"

"我们不是一般的警察。"米莉安说。她用一个"我就要这么干"的眼神回答了格罗斯基"别这么干"的眼神，"我们是联邦调查局的格罗斯基和布莱克。显然他是格罗斯基。你相信我是他的搭档吗？呃，算了。格罗斯基是货真价实的调查局探员，我嘛，算是顾问。"

"顾问？"女人重复着这两个字，仿佛它是一串乱码，或者她听不懂的外国话。

"对。"

"那好吧。你们想进他家？"

格罗斯基说："女士，我不知道它——"

"没错，"米莉安又一次打断他，"我们想进去。"

"等等，我去拿钥匙。"

女人消失在门后。格罗斯基嘟囔说："你会害死我的。"

"你反正已经被开除了，我还能害你到哪儿去啊？"

"害我被人起诉，被逮捕。"

"咳，别担心，这种事儿我干得多了。"

"是，可结果呢，你——"

这时那女人又出来了，就像乌龟从壳里伸出脑袋。她的背有点驼，走路慢慢吞吞，虽然夏季的炎热已经渐渐消退，但她仍然穿着一件破旧的T恤衫。

女人费力地走下自家台阶，绕过栏杆，又爬上这边的台阶，感觉像经历了一次长征。米莉安真想摸摸她的扫把头，看看她会怎么个死法。她想应该是最没意思的死法吧——和她的脚步一样缓慢的死。窥视死亡的欲望无比强烈，仿佛有股力量在左右着她的手，感觉皮肤上有万千小虫在蠕动、叮咬。米莉安拼命克制着，现在不是时候，她提醒自己。于是她清了清嗓子。

"你是房东吧？"

"嗯嗯。"女人回答。只是她的口音听起来更像"哎哎"。"对，房子是我租给马克的。"接着她又如数家珍般说起了以前的房客（尽管他们谁也没问），什么皮特啦（不对，是彼得），还有之前一对儿好脾气的危地马拉夫妇，再往前还有这个男的那个女的，哦，接着就是她决定把房子分成两个单元，她儿子说这能给她带来额外的收入，因为她失去了在巨鹰公司的工作，况且儿子离开之后，她一个人也住不了那么大的房子。她儿子比利后来死在了阿富汗，从此她就成了孤家寡人，因为孩子他爹在比利出生六个月时就抛弃了他们母子。

讲完这一通故事，她终于用钥匙打开了门。米莉安讨厌这个女人，但又禁不住可怜她。也许正是因为可怜她，所以才让米莉安感到愤恨吧。她也搞不清楚，她只知道这些矛盾念头让她看起来像个十足的烂人。当然，这他妈的已经不是什么新鲜事了，对吧？"我叫黛比。"女人说。她的名字听起来像是受伤的小动物发出的惨叫。

他们前后脚进了屋。

马克这边的公寓和他的小木屋一样局促得可怜，屋里一水儿的宜家家具。宜家家具，米莉安心想，**大学生和离婚党的最爱**。

"马克的事真遗憾，"黛比咬着牙说，"什么人会对他干出这种事啊？"

"警察们仔细搜查过吗？"格罗斯基问。

"没，"黛比摆摆手说，"他们没待多久，基本上进来就出去了，问了我几个问题，然后就完事儿了。马克话不多，人也不错。我知道他有家庭矛盾，可那是他们的家事，究竟怪谁，我也不知道。但我觉得，凡事有果必有因。"

真是讽刺，米莉安心想。黛比的意思是，虽然马克打老婆，但也许是他老婆活该。接着马克被人捅死，她倒觉得惋惜起来。米莉安很想当面打一下这女人的脸，她想告诉她，**也许马克同样活该被人捅死，他不该打女人的**，但她及时拉住了缰绳。

她暗暗记下这一刻，并视之为个人的成长。**嘿，我真棒**。

格罗斯基问他们能不能四处看看，黛比欣然同意。于是他们在屋里参观起来，他们摸摸这里，瞧瞧那里。可屋里实在没有多少东西可供他们侦查，储藏室里只有少许容易腐败的食物，冰箱几乎是空的。（"我清理过，我不希望下一个租客来租房子时发现冰箱里臭烘烘的。"黛比解释说。）这是个两居单元。其中一间是卧室，没什么特别的，床底下也没有什么不合时宜的东西，抽屉里除了衣服，也没别的。另一间是个办公室，摆着一张玻璃面的小桌子，桌上有台笔记本电脑，桌旁有台跑步机（和许多人一样，用来挂衣服）。

米莉安小心翼翼地掀开笔记本电脑，毫不掩饰一脸的嫌恶，仿佛她在处理一条塞满医疗废物的破内裤。她发现自己不得不使用电脑的时候越来越多，而每一次她都懊恼不已。因为电脑实在太麻烦，太让人着急了。她希望有朝一日科技能够发达到只要你按下一个按钮，然后对着麦克风说出你的意图，电脑就能不折不扣地满足你的愿望。

屏幕亮起来了。

Windows Vista。

密码框，空着。光标在闪烁。

密码：stabbed（被人捅死）。

错。

密码：deadguy（死人）。

错。

密码：markdaley123（马克·戴利123）。

错。

密码：eatshitanddieyoufuckingmachine23452（吃屎吧你这该死的机器23452）。

还是错。

格罗斯基凑到跟前。"让我来吧。"他低声说。米莉安只好给他让出位置。只见格罗斯基俯身到电脑前，手指在键盘上一通噼里啪啦，米莉安惊讶地看着，甚至怀疑这家伙是半人半机器人。

他一边操作，还一边加了旁白："Windows Vista是老掉牙的系统了，只需进入安全模式，在开始的地方打开一个命令行，拉出用户名记录，然后——"他在屏幕上打出用户名markdaley，新密码markdaley。"搞定。"

成功登录电脑。

现在她盯着一堆图标、方框和闪光的玩意儿又愣住了，她伸着双手，却不知该落往哪里。"我去！"

"你还真是个卢德分子①啊。"格罗斯基说。

---

① 卢德分子：指19世纪英国工业革命时期，因为机器代替了人力而失业的技术工人。现在引申为持有反机械化以及反自动化观点的人。

"你才是卢德分子。"

"你根本不知道卢德分子是什么意思,对不对?"

"我当然知道。"眨巴眨巴眼睛,"唉,我不知道。"

"你让让,我来。你继续搜查。"

"好吧,"她不服气又万般无奈地说,"你这个大卢德分子。"

黛比对他们俩的争执似乎不感兴趣。米莉安在屋里闲逛起来。"房子就这么大?"她问。

"还有地下室。"

"我能去看看吗?"

"看呗。"她领着米莉安来到卫生间对面的一扇门。打开之后,里面是一段参差不齐的木楼梯,每一脚踩下去都会发出吱吱呀呀的声音。下去之前,黛比打开了电灯,整个地下室只有一个灯泡,且会随着她的脚步晃晃悠悠。和上面差不多,这里同样没什么东西。角落里摆着洗衣机和烘干机,旁边一张铁架上面随便放了几把工具。另一面墙前有台冰柜,米莉安走了过去。

掀开冰柜盖子。

空空如也。柜底有些粉色的污渍。

"我把里面的东西扔掉了。"黛比说。

"之前装了些什么?"

"鹿肉。马克是个猎手。"

"拿小鹿斑比当饭吃,嗯?"米莉安说。

"对。"但此刻黛比亮晶晶的小眼睛像扎在巫毒娃娃身上的针一样死死盯着她,"我说,你看上去可不像警察。"

"联邦调查局的。我说过,调查局的。"

黛比不屑地"哼"了声:"你看着也不像调查局的。"

"好吧,我说过了,我是联邦调查局的顾问。"她模仿凡娜·怀特的姿势亮了亮自己那身打扮:白T恤和破洞牛仔裤,"呃,我们就好比执法界的摇滚明星、前卫朋克，我们想怎么穿就怎么穿，想什么时候上班就什么时候上班。我是个叛逆者，黛比，特立独行是我的风格。"

"哦，好吧。"黛比平淡的反应让米莉安感到意外，她好像对她所说的这一切并不惊诧，而完全是一副你说是什么就是什么的样子。

黛比身后，米莉安看到水泥墙上有个木门，上面还挂着锁。"那是什么？"

"那是一扇门。"

"嗯，黛比，我猜也是一扇门，我没说那是件艺术品。"

"若是艺术品的话，也应该是简洁艺术。聪明。"

"相当聪明。"米莉安皮笑肉不笑地回答，那笑容仿佛在说：我不是在笑，我只是不得不做出这样一副表情，免得我忍不住把你的脑袋从你那猥琐的肩膀上咬下来。"门后面是什么，黛比？"

"是我那边的地下室。"

"哦，好吧。这么说马克进不去那边了？"

"不，他当然能进。"

"能进？可那不是你的地下室吗？"

"是啊，是啊，不过你也知道，哦，算了，没什么大不了的。"

黛比的眼睛里闪了一下光，就像月亮照在池塘的水面上。那是恐惧。米莉安喜欢恐惧，恐惧是伤，就像子弹留下的弹孔，只要你发现了，就可以把指头插进里面使劲按，直到你获得反应。

"黛比，警察进去过吗？"

"我……我想不起来了。"她躲避着米莉安的目光，低头看着自己的脚。她的手指互相交叠，仿佛正在修补破网的蜘蛛。

"他们没进去？"米莉安说。

"我不记得了，也许进去过。"

"黛比，实话跟你说吧，我只是个顾问，我没有任何执法权。所以不管你在里面藏了什么，让我进去看看，反正我也不能怎样你，而且我不会告诉任何人。但如果我把调查局的朋友叫下来，他肯定会通知警方，也许他们会三更半夜闯进来把这里搞得一团糟。我想你应该不愿坐牢吧。到时候闹得人尽皆知，看谁还来租你的房子。"是时候祭出大杀器了，"你儿子的在天之灵会怎么想？"

黛比朝上看了看。现在她眼睛里闪烁着新的恐惧，显然，她已经在害怕隐瞒不报的后果了。太好了。*快老实交代吧，黛比。*

"我……我知道不该这么做。"

"继续。"

"我和马克的协议是不合法的。"

"嗯，肯定不合法。什么协议？"

黛比叹口气，眼睛里泛出了泪花。"走，我让你看看。"

她在钥匙环上找到了开锁的钥匙。锁被打开，直接掉在水泥地上，啪。门开了，里面和外面几乎一模一样，除了一点——

"这是房子的供暖设备。"黛比指着后墙边一个巨大的锅炉说。

米莉安心里一紧。马克一定在这里烧东西——证据、尸体。而黛比是帮手。

*这一定就是马克被人杀死的原因。*她用告解室里神父那样平静的声音说："黛比，告诉我锅炉的事。"

"马克负责烧锅炉。"

"好。"

"我知道这样做不对。"

"好。"

"这是个烧油的锅炉——我知道，我知道，全球变暖。"她的声音都快开叉了，"他说他懂一点这些东西，怎么换过滤器，怎么修阻尼器，我……我一窍不通，但他负责全部的维护。我这两套房子就这一组供暖设备。"此时她已经眼泪汪汪，她眨了眨眼，阻止泪水的外流，"我知道，这不合规定。"

"哦，好……吧。"

"我会被抓吗？"

"因为什么？"

"因为在两套房子里只装了一套供暖设备。这不合规定。"

"什么他妈的规定？"

"建筑规定。"

"黛比，"米莉安的肺都要气炸了，"我他妈的才不管什么破建筑规定！我只问一句，这就是你怕被我发现的东西？"

"是。"黛比的声音里充满了悔恨与虔诚，仿佛这一通坦白洗掉了她迷失灵魂之上的所有罪恶，"当然了。"

"大爷的。"米莉安把牙齿咬得咯咯响，她甚至担心会把牙齿崩到肚子里，"黛比，没人在乎你说的那个狗屁建筑规定，我说的是这世界上的所有人，也没人在乎你的破供暖设备。我再多问一句，马克有没有用这个锅炉干过什么事儿？有没有过异常的举动？"

"类似于男女之事？"

"什么？男女之事？你开玩笑吗？这算什么狗屁玩笑？难道有人会强奸锅炉吗？我说的是他有没有往下面拖过尸体，或者你有没有闻到过怪味儿，或者——"

等等。

那是什么？

"那是什么？"

黛比顺着米莉安手指的方向望去，几乎和外面一模一样的铁架上放着一个带锁的盒子。

"那是个盒子。"

是个盒子，也是一扇门。"废话，里面装的什么？"

"我不知道，那是马克的。"

"打开。"

"我说了是马克的，我没有钥匙。"

米莉安低声咆哮说："行，我自己开。"她怒气冲冲地走过去，发现盒子上也是一把挂锁，但这把锁更小，就像小精灵藏它宝贵的树饼干时用的锁。她抱起盒子，拿锁的那一面朝铁架上砸去。

每砸一次，黛比就跟着惊叫一声。

砸了十次，挂锁终于像崩断的牙齿一样掉了下来。米莉安手中的盒子也随即打开。

照片散落出来。

米莉安不需要捡起来也能看到一个个女孩子的脸庞，她们大多十几岁的年龄，一双双眼睛天真地望着她。但她们都穿着衣服，照片也没有任何情色的感觉。有些看起来像是从年鉴上剪下来的，另一些看着像从灌木篱笆或树后面偷拍的，因为镜头前还有乱入的绿叶的影子。

"我不知道这是什么东西。"黛比说。米莉安从她说话的口气判断她没有撒谎，因为她一点也没有紧张。可能只是有点困惑。

忍不住好奇，她放下盒子，朝黛比伸出了手。黛比没注意，也就没有避开。米莉安的手指摸到了她的脸颊，于是——

13 黛比之死

　　就像高尔夫球卡在水池的过滤嘴中，一大团芝士通心粉堵在了黛比的喉咙里。她浑身颤抖着，发出一连串窒息的声音：啊，咳，喔，唔。她的嘴唇越来越紫，这时，她看到儿子也坐在餐桌前，就在她对面。他的头盖骨上被轰开了一个大洞，但他面带温和的微笑，正张开双臂欢迎她。于是，黛比脸朝下一头栽下去，死了。

14 你就是我想要的，我的幻觉

黛比看着米莉安的手，好像看到了一只蛾子，抬手便打。

"对不起。"米莉安说，她对黛比的同情终于超过了蔑视。黛比是被一团芝士通心粉噎死的，事件发生在六年后的感恩节前，临死之时，她身边没有一个人，但她看到了她死去的儿子。至少这里面没有什么秘密。死亡能使秘密曝光。你以为能一直隐藏下去的东西，总在这一刻暴露出来——你死亡的方式，或你说的话。但黛比的死没有透露出任何信息。可怜的黛比。

米莉安暂时把灵视画面放到一边，低头看起了那些照片。这时格罗斯基赶了过来，他匆匆跑下楼梯，还没有来到连接两个地下室的那扇门前就开始喊她的名字。

"怎么回事？"他问。因为对胖人固有的偏见，米莉安满心以为会看到他气喘吁吁的样子，可他让她失望了。"我听见响声，还有——"他的目光落在地上的照片上，"哇。"

"两边的地下室，马克都能来去自如，"米莉安解释说，"这是他的盒子。"她开始捡地上的照片。正面朝下的照片也和其他的一样，都是十几岁的女孩子。少说也有几十张，而且每一张都是不同的人，没有重复。"有些人喜欢收集棒球卡，但马克的兴趣别具一格。"

黛比连忙说："这些我毫不知情，我发誓。"

"我们知道。"米莉安说，随即她又转向格罗斯基，"有什么发现吗？"

"嗯，算是吧。回头再说。"

他们告别了黛比，并说会有人与她联系，尽管这个人并不存在。

15　未来的死亡少女

第二天，他们一直待在贝斯特韦斯特酒店，研究格罗斯基从马克·戴利的电脑上发现的一张列表。由于没有打印机，格罗斯基只好用手机拍了下来。

列表上全是地址，但没有名字。

格罗斯基逐个筛查这些地址的背景，米莉安则守着电视机看无聊的夜间节目，然后是日间节目。她问格罗斯基这是不是FBI的特权，格罗斯基笑着回答："不，每个人都能针对其他人做背景调查，只要你能找到合适的网站，还愿意花钱。"

第二天中午，她又一次睡着了。格罗斯基叫醒了她。

"地址搞清楚了。"他说。

"啥？啊？"一晚上没刷牙，她嘴里臭气熏天。

"地址啊，这些地址是那些女孩儿的。"他坐在床沿上，这让米莉安很不爽。"每一个地址都对应一对儿家长，他们家里都有正在上学的孩子。我在照片墙和脸谱上搜到了一部分，因为小孩子都很喜欢在网上晒自己的照片，而且他们的上网痕迹分布广泛，很容易就能把这些地址和那些女孩儿联系起来。"

　　米莉安靠着枕头坐起来，眨眨眼睛赶走睡意。"她们都死了吗？"

　　"一个也没死，全都活着。有三个还和马克的女儿帕蒂、儿子杰森上同一所学校。其中一个——"他拿过来一张照片，上面那个小女孩儿长得就像《脱线家族》里那个玛西亚的千禧版本，"其中一个是他的女儿。喏，这就是帕蒂。"

　　"也就是说他把自己女儿的照片和一群与他女儿年龄相仿的女孩儿的照片锁在一个盒子里。"

　　"嗯嗯，从背景中的花盆和柱子判断，有些照片应该是在杜布瓦购物中心拍的。"

　　"有些照片是他亲自拍的。"

　　"看样子是，虽然无法证明。"

　　她眨眨眼睛。"他要对这些女孩儿下手。说不定想杀了她们。"

　　"这个现在还不能确定，但一个成年人偷拍这么多小女孩儿的照片，肯定没安好心。"

　　"雷恩是为了阻止他，才把他杀了的。"

　　"这个同样不能确定。"

　　"我了解我自己，而且这一切感觉都很像我的做派。"

　　"你恐怕扯远了。"

　　"那是因为你不了解，但我了解。"

　　他耸了耸肩。"接下来怎么办？"

　　"等待，观察，我们要找到她。"

第三部分

入侵者

16　家乃心之所属，可能是个盒子，也可能是坛子

米莉安回家了。

真正的家，位于暗谷路的家。她对格罗斯基说，既然她自己有房子，又干吗花钱住旅馆呢？实际上，她名下有两处房产，这一处位于宾夕法尼亚。

这栋房子是她少女时代的见证者。

（她人生的巨变也始于这里。）

伊芙琳曾把这栋房子租给了她那不争气的弟弟杰克，也就是米莉安的舅舅，不过后来米莉安把他赶了出去。现在重新来到这里，打开家门，房子的角度依然奇怪。墙角里的蜘蛛网像负隅顽抗的幽灵。空气中弥漫着发霉的味道，木屑的味道，还有妈妈淡淡的香水的味道，这一切构成了不太可信的朦胧的回忆。她在厨房里发现了一只死老鼠，水槽中有一堆死木蚁，客厅窗外有只死鸟，玻璃裂了，想必愚蠢的小鸟把自己的倒影当成了猎物。尴尬了。

他们在这里逗留了一个月。

格罗斯基睡米莉安妈妈的房间，他每天的工作是查资料，并留意警

方关于雷恩的信息。米莉安睡楼下沙发，用一堆破毛毯把自己裹得像个彩色木乃伊。

这段时间没有发生一件值得振奋的事。

米莉安夜里在屋里游荡，白天睡觉。有时候她会开着格罗斯基的车子在高速公路上瞎转，期待着能……能怎样？能在某个破旧的公共汽车站或车道边看到雷恩冲她招手。

入侵者偶尔也会造访。她在屋里游荡的时候，入侵者就开始来纠缠她了。但他出没的方式和以往有所不同。这该死的浑蛋再也没有在她眼前直接露面——没有扭曲的背景，没有会让她做噩梦的可怕的幻觉，比如阴部被缝合，或者眼珠被掏出，黑鸟在里面做窝。入侵者如今只在她眼角闪一下。在走廊里经过一幅油画时，她能看到他的倒影，有时候他是路易斯，有时候他是本·霍奇；经过窗口时，她看见他站在外面的草坪上，远处的林子里；有时他也会出现在汽车的倒车镜中。但他从来不说一句话。

然而很多时候，他却面带微笑，自鸣得意的笑。

好像他知道什么米莉安不知道的事情。

这种毛骨悚然的感觉使她的血液几乎凝固，就像在牛奶中加入了醋。

她不再喝酒。不喝葡萄酒，也不喝烈酒。只为了保持头脑清醒，好叫她分得清哪些是真实，哪些是幻觉。她的身体强烈抗拒着这种虐待。好多天里，她头昏脑涨，身体晃晃悠悠，于是她转而用咖啡代替酒精，没想到确实起了作用。咖啡像大炮一样击退了酒瘾，但也好似给她插上了电源。她时常睁大眼睛，手指不停地发抖，感觉能像电钻一样钻透现实的墙壁。她的身体一直处于高度警觉的亢奋状态，好像随时都在准备着战斗，战斗。很好，她需要这种状态。

在这种状态的支配下，她在屋后的林子里发现了许多鸟儿。麻雀、斑鸠、会学猫叫的猫鹊、山雀（嘻嘻）、五子雀（哈哈），还有啄木鸟

（这些名字都是谁取的，真让人尴尬）。她看到秃鹫在天空盘旋，老鹰在寻找猎物，猫头鹰在黑暗中昂首阔步。

　　她感觉自己有了进步，但又毫无进步。所有的努力仿佛只是为了打发时间，一个嗜好。总之，什么都没有发生。

　　这种平静一直维持到十月的第一个星期二。

　　随后，一切便朝着不可收拾的方向发展而去了。

17 星期二

那个星期二，斯古吉尔县发生了一起命案。死者是个外号叫"倒霉熊"（这名字听起来就有种不祥之兆）的骑手，他是个白人至上主义者。死者胸前挨了一枪，脸上似乎被电锯拉了一道，从左下颚一直到右眼眉。格罗斯基说那么惨的现场，女孩子可能应付不了，但米莉安回敬道："去你的吧，你根本不知道我们女孩子能应付得了什么。我们能用电锯把人大卸八块。"她没有告诉他，当初在寻找玛丽·史迪奇的过程中，她曾干掉过一个名叫约翰尼·特拉特兹的大眼制毒师，用的就是电锯，而且是那家伙自己的电锯。

她和格罗斯基一起看着他们粘在客厅墙上的地图。格罗斯基如今蓄起了小胡子，看着像个半吊子作家。但米莉安觉得他不是作家的料，留胡子纯粹是因为懒。他用红笔圈出了五名死者的遇害地点，结果发现连起来正好从东到西横跨整个宾夕法尼亚州——从伊斯顿到威尔克斯，到威廉斯波特，到洛克海文，最后到福尔斯克里克，也就是几乎被人捅成筛子的马克·戴利（这家伙未来极有可能是个强奸犯或杀人犯）死掉的地方。

可是最新的这桩杀人案打破了这种从东到西的模式。如果雷恩——米莉安认为她就是凶手——继续按照原来的模式杀人，那她的最新作案地点应该在宾州西部，比如在匹兹堡附近。倒霉熊（真名"唐纳德·塔金斯"）的死亡地点位于波兹维尔，这等于又折回了东部，接近最初开始的地方。

格罗斯基推断说："看来不是她。"

米莉安说："我觉得是她。"

"塔金斯是个职业罪犯，但其他五人顶多只算品行不端。"

"塔金斯是干什么的？"

"他什么都不干，这货的犯罪记录比钦定版《圣经》还要厚呢，而且龌龊程度不相上下。他是一个飙车党的成员，该帮派名叫魔王。他们既卖冰毒，也卖新型的合成海洛因。塔金斯是司机，也是打手，更是一颗毒药丸。他自己好像断了条腿，打手嘛，常在河边走哪有不湿鞋的。"

"遇到像我这样的人，很多事情都不能用常理来分析。"

格罗斯基挠了挠他的胡子。"像你这样的人？"

她敲了敲自己的脑袋。"嗯嗯，读心者，逆天改命者。"疯子。

"你现在认为雷恩和你是一类人？"

"也许吧。这说得通。"

任何获得了被诅咒的能力或经历过创伤的人都算是她的同类。这是玛丽·史迪奇说的。就连埃莉诺·考尔德克特也说：能力和智慧源自创伤。而米莉安似乎遇上了连锁反应。前有阿什利，现在又出了个雷恩。劳伦·马丁被那可怜的女巫埃莉诺·考尔德克特拖进水里差点儿淹死——真是让人头痛。

米莉安百思不得其解，雷恩的动机到底是什么？她身上究竟拥有何种被诅咒的力量？她也和米莉安一样能看到死亡吗？

她莫名其妙地感觉自己是有责任的。我闯入了她的生活，并把她像纸巾一样撕得粉碎。没错，米莉安确实救了她的命。可那又怎样呢？她救了她，却也害了她。就像米莉安自己的得救与诅咒一样。**也许死了倒好。**她的心怦怦直跳，不得不迅速赶跑这些灰暗的念头，以免把那老妖怪又勾出来，那个声称只有终结一切才能解除诅咒的老妖怪。她讨厌的诅咒。

或者，也许她只是讨厌自己爱上了这个诅咒。

"这是她的工作。"米莉安说着在T恤外又套了一件连帽衫，并随手从柜台上抓起格罗斯基的钥匙，"她在附近。"

"你要去哪儿？"

她只撂下两个字："出去。"因为哪怕多说一个字，都会给格罗斯基可乘之机。他一定也想跟她出去，但她不允许他这么做。这是她要背负的十字架，容不得别人插手。

她有些欢欣鼓舞，雷恩在附近，她能感觉得到：就像一根蜘蛛丝在风中颤动了一下。只可惜她不能像蜘蛛一样冲过去抓住她。此刻她漫无目标——她开了一小时的车来到波茨维尔，却不知道下一步又该如何。波茨维尔是一座古老的产煤大镇，也是一座颇为自负的镇子。视野之内充斥着白色的砖，红色的砖，灰色的砖，生锈的金属和布满裂缝的人行道。

她在街上看到了许多涂鸦：警察去死；数字88；万字符；代表无政府主义的大写字母A。很多地方的涂鸦被白漆覆盖，但白漆上很快又被画上新的涂鸦。这是一场没有硝烟的战争，参战的双方是艺术家与政府当局，破坏者与维护者。

她开着车子兜来转去，也不知道自己究竟要找什么。犯罪现场位于镇北的一间飙车族酒吧，她来到那里，但停车场还停着一辆警车。她寻思着雷恩会不会被监控拍到，而雷恩和米莉安身形长相都颇为相似，所以贸然进去可能不太合适。按照她平日的作风，可能根本不会多想就大摇大摆地走进去了。但如今的形势似乎更加脆弱和不堪一击，她时时刻刻都感觉自己处在无法理解的危险当中。因此，她需要用一种全新的态度武装自己：

谨慎。

于是，她把车停在了数英里之外一座废弃的购物中心，而后坐在车里叫喊着，捶打着方向盘，直到哭了起来。

（最后她问自己：我是不是咖啡喝得太多了？她感觉全身的每一个分子都仿佛要分离出去，她甚至担心自己会变成一团蒸汽。）

（对，也许她确实喝了太多咖啡。）

手机响了，她吓了一跳。她的拇指比眼睛的速度还快。电话接通，她以为是格罗斯基。

可眼角余光在手机屏幕上瞥到了一个名字：

路易斯。

该死！该死！该死！

没办法，她只好硬着头皮把手机举到耳边。"嘿，伙计。"笨蛋，太热情了。她立刻换个稍微阴郁一点的调子。"什么事？"该死的，这次又太冷淡了。"呃。"

"米莉安。"路易斯温和地说，但他急促的语气背叛了他的声音，"我们得谈谈。"

"开门见山，"她说，"我很欣赏。"

"我在附近。"他说。

等等，什么？她的心脏差点直接蹦出来，肾上腺素和皮质醇像两只大手掐住了她的咽喉。她强行按捺住激动的心情，倘若她有双翅膀，说不定此刻已经迫不及待地飞进路易斯那温暖结实的怀抱了。她感觉自己渺小愚蠢得可怜，可心之所向，她也无可奈何。这一刻，她的心只想一脚踢开她的胸骨，朝他飞去。

"你怎么会在附近？你在跟踪我吗，怪家伙？"

"没有，我只是……我知道你在哪儿住，还记得吗？我在想，如果可以的话，我们到上次见面的那个餐厅叙叙旧，就是你和萨曼莎见面的那个地方。"

"那是在佛罗里达啊。"

他顿了顿。"对，我知道。难道你不……哦。"

"我不在那儿，路易斯。真抱歉。我在宾夕法尼亚呢。"

"哦，该死，我以为——"

"和我有关的一切都不要用想当然的态度去揣摩。相信我，凡是你认为我可能会做的事，我十有八九不会做。"

他笑起来，尽管她在提出一个非常严肃的建议。"我一两天就能到那儿。"

"你又开始跑运输了？"

"是啊，不过这次是度假。"

"萨曼莎和你一起吗？"*萨曼莎，还有五个月左右就会死在你的手上。*"我不知道与你们合不合适——"

"不，她没跟我一起。不是那种度假。我需要休息几天，需要见你。这件事和……和她有关。"

"什么意思？"

"我想让你看样东西。"

她把手机按在胸口，向后仰起脖子，对着车顶发出无声的尖叫。然后又把手机放回耳边。"好。那你来吧。我在这里正处理一些事情，所以——"

"你妈妈的遗产？"

"算是吧。"*我们也可以这么说。*

"我可以帮忙的。"

"你帮不了我。"她不想再度把他拖下水。尽管内心里那个恶毒的米莉安却是另一套说辞：*你也难辞其咎，路易斯，因为是你把我和雷恩从河里救上来的。*然而她的腹部一阵紧张，仿佛有股深沉的欲望在那里燃烧，她的脖子和手腕感觉热烘烘的。她希望他来。不，她想要他。她想要他趴在她身上，抱住她，从身后搂住她，进入她。"只管来就是了。"

说完她挂断了电话。

车里响起一串尖叫，接着一阵大笑，继而是一通哭泣。冷静下来后，她又懊悔不迭。怎么回事？她到底安的什么心？

18 黑暗中的车头灯

黑夜，荒凉的公路。

她没有找到雷恩，因为根本无从寻找。换个角度想想，也许她只是在自欺欺人。米莉安既兴奋，又疲惫，她感觉自己像一副没有皮肤的身体——暴露，冰冷，鲜血淋漓。心脏的每一次跳动仿佛都会引起全身的共振。她开始有了放弃的念头，撒手别管了，你又不欠谁的。可她说服不了自己，她是有责任的。难道这就是成年人的责任感？真恶心。她想喝酒，想抽烟，想随便和某个陌生人上床，想吃掉一整包彩虹糖，然后再搭顺风车到下一个地方。那是她曾经的生活，她厌倦的生活，可她又有些怀念。

因为那种生活无比简单。

可如今，她有些力不从心。

因为她变了，变得有同情心，有责任感，变得不再心如死水。唉，真不值啊。

黑暗弥漫在周围的林木中。橡树，松树。关于路易斯的念头像幽灵一样缠着她，她不得不连自己的大脑都要逃离、躲避，以免被那些念头追上、攫住、吞噬。

她驶上了暗谷路——

一辆车紧紧跟着她停了下来。

车头灯像怪物的眼睛，又一个紧追不舍的捕食者。但这个是真的。

可笑。这一定是她妄想症发作。公共道路上谁都可以开车，暗谷路上也还有别的人家，更何况这并不是一条断头路，它连接着别的路，像所有的路一样。此时才晚上九点。倘若凌晨三点有车辆尾随她来到这条路上，或许还值得担心一把。但现在？她显然多虑了。

可她控制不住。

一定是咖啡的缘故，还有睡眠不足，还有雷恩和路易斯，还有……还有……她感觉自己好像正踮脚走在一条绳子上，绳子的一边是蜘蛛，另一边是鲨鱼，天上刮着风，绳子的两头都着了火。

她朝她的房子驶去，她妈妈的房子——像个高大黑暗的哨兵一动不动地守望着森林。

后面的车慢了下来。

她心里一惊：我没有武器。她一般总是随身带着武器的，刀、枪、砖头，随便什么。可现在她有什么呢？米莉安最近糊里糊涂的，总是丢东忘西。时间正一点一滴地从她指缝间溜走，就像蚯蚓挣扎着从一把土壤中逃出去。她在格罗斯基的车里迅速扫了一遍，但一无所获。座位下没有枪，杯架里没有刀，储物箱里也没有炸弹腰带。该死的格罗斯基。

后面那辆车跟上来了，她心里祈祷着：*继续往前开，继续往前开*。

然而那车子跟着她也拐进了房前的车道。

米莉安一脚蹬开车门跳了出去，大步走向后面那辆四四方方的别克车。目光掠过车道旁边的地面时，她看到了一块石头，手掌大小，但有棱有角，若在远古时代，某个穴居人能拿它砸烂另一个穴居人的脑袋。她小跑过去捡起来拿在手中，朝居心不良的尾随者走去。她把石头高高举起，准备砸挡风玻璃，或者某个人的脑壳——

别克车两边的车门同时打开。两个人钻出车子，因为车头灯晃得她睁不开眼，她只能看到两个身影。黑色的身影。魔鬼。

这时，一个声音从黑暗中传来。一个她说不上熟悉，但却能准确认出的声音，她甚至讨厌自己能认出这声音。

"嘿，杀手。"

是舅舅。

他妈的！

该死的！

她那瘦得跟猴子似的舅舅。

杰克。

19　玻璃上的裂缝

　　他们坐在客厅里。米莉安、杰克，还有杰克的律师。

　　杰克舅舅为了这次见面似乎还捯饬了一番，但感觉却像一只黑猩猩穿上西服假装自己不是黑猩猩。他面条一样瘦长的身体上套了一件松松垮垮的白衬衫，衬衫领子和袖口上斑斑驳驳的烟草渍清晰可见。他脖子上挂了一条丑陋的褐红色领带，因为领结打得粗糙，下摆显得又短又宽，活似中暑的拉布拉多犬的舌头在他肚子前晃来晃去。

　　米莉安注意的是那个律师。他矮矮胖胖，穿一身灯芯绒套装，脑袋圆溜溜的。他应该加入花生漫画，去和查理·布朗还有莱纳斯交朋友。他留着一道窄窄的、看着像铅笔素描一样的小胡子，但眉毛却又浓又宽，像脑门儿上粘了两把鞋刷头。他的皮肤白得瘆人，活似一辈子在腐烂的树皮里钻来钻去的蛴螬①。

　　"丫头，"杰克觍着脸假模假式地说，"我说过的，这是我的律师，戴蒙德先生——"

　　"戴蒙德，"米莉安轻笑着重复了一遍，"乖乖，那他一定很有钱

_____
① 蛴螬是金龟甲的幼虫，别名白土蚕、核桃虫。

了①。你们对讽刺应该不陌生吧？我是说，这简直是教科书式的讽刺，可以拿到英语课上当例子举。"

杰克一脸蒙圈。律师整了整领带，好像还直了直腰。"我不明白你的意思。"他说话奶声奶气的，米莉安不由得想象出一个小孩儿驮着另一个小孩儿钻进爸爸大衣里的形象。这不是办公室里的那种律师，而是那种在公共汽车上打广告或在本地酒吧的停车场上随地小便的律师。

"我是说，戴蒙德这个名字让我直接想到的是钻石，一种原始、纯洁，而又宝贵的东西。"她带着几分戏谑说，"而你，似乎反差很大哦。你看着就像一个刚刚在马桶里洗过澡的小妖精。你的形象和宝石可搭不上边儿，倒更像松鼠的胎盘。你瞧，这就是讽刺。"

律师被她一通毒舌喷得蔫了下去，但他仍装出非常职业的样子说："我的委托人——"

"杰克不是你的委托人，你也不是律师。别跟我来这一套骗人的把戏。"

"我的委托人通知我说，你是伊芙琳·布莱克的遗产继承人。"

"没错，"她咬牙说道，"继承人，也是刽子手。"

"我的委托人——"

"我的笨蛋舅舅。"

"——杰克森·布莱克认为，作为伊芙琳的弟弟，他有权利继承一部分遗产。作为她忠诚且仁爱的弟弟——"

"你是说像吸血鬼和寄生虫一样榨干我妈妈血汗的弟弟吧？"

"他认为他有权继承至少25%的财产——"

"他有权继承25%的屁。"米莉安说。

"如果不能拿到财产，他乐意接受这栋房子作为补偿。鉴于你的态度，我们除了起诉，可能别无他法。"

杰克一副欠揍的样子。他得意地笑着，脸皮都被拉了上去，难看的

---

① 戴蒙德，diamond，英文的另外一个意思是钻石。

山羊胡子中间分开了一条缝。

“怎么回事？”格罗斯基从后面走进来。

“格罗斯基，”米莉安说，“这是我妈妈的弟弟，我亲爱的舅舅杰克。这位是他今天早上拉出来的一坨屎，是他请来的法律代表，一位‘律师’。”她用双手四根手指在空中打了个引号，“这位先生的姓氏好牛×的，叫钻石。”

“需要帮忙吗？”这位曾经的调查局探员问她。

“哦，格罗斯基，你真是好心。不过你觉得我连自己家的事都搞不定吗？”

他耸了耸肩。

杰克稍稍前倾，皮笑肉不笑地说：“嘿，丫头，你找到男人了？他比你老了些，身材也不怎么样，不过我心里还是替你高兴的。”

米莉安嘴巴一噘站起身，扬起下巴，手在背后攥成两个结结实实的拳头，鄙夷地对她的舅舅说：“杰克，你信不信？在你站起来之前，他能围着你的椅子跑一百圈。他屁眼儿里的脑细胞都比你脑袋里的多。”她又一次感觉到战栗，仿佛全身细胞里的每一个粒腺体都在对着她的愤怒哼一首赞美诗。在她头脑里的噪音中出现了一丝杂音，某种说不清道不明的感觉正疯狂敲打着理智的门板。

“我们需要你跟我们去一趟法院，好解决这件——”那所谓的律师说。但米莉安冲他咂了下嘴，并晃动着食指止住了他。

“我还没说完呢。接下来咱们这么办。你们继续坐在那里异想天开，看能不能从我老妈的棺材板里抠出几个钢镚儿，我呢，趁这个时候告诉你们一个秘密。你们准备好听我的秘密了吗，杰克舅舅？”

“你是拉拉？我一直觉得——”

“我能用意念控制鸟类。”

停顿，等待效果。

他们的反应完全在她的预料之中。杰克一脸蒙圈，戴蒙德看了她一眼，好像在看一个疯子。随后，两人同时大笑起来，他们不清楚她是在开玩笑，还是在发神经。

"小姐，"戴蒙德压抑着笑说，"靠装疯卖傻是糊弄不了我们的——"

她一下子伸出三根手指让他闭嘴。

随后她蜷起一根：剩下两根。

她的双眼望着客厅的窗户，那上面有块被小鸟撞裂了的玻璃。接着，她的眼珠开始上翻。

她在外面的黑暗中找到了与她灵魂碰撞的东西。

两根手指再去其一，最后一根也随即收回。

杰克正欲开口说话——

突然哐啷一声，客厅窗户向里碎了一地。杰克吓得尖叫，戴蒙德一边叫，一边做了一套应对飞机失事的标准动作：下蹲，双手抱头，把脑袋夹在两腿之间。就连格罗斯基也吓了一跳。

但米莉安泰然自若。因为撞上玻璃的那只猫头鹰是她操纵的，她的头脑此刻就在猫头鹰的头脑中。她在林中找到了它，并与它一起飞翔，她左右着它的翅膀找到了亮着灯光的长方形玻璃窗。实际上，那是一只体形庞大的美洲雕鸮[①]，也叫大角猫头鹰，它比普通的红尾老鹰还要大，且更具攻击性，更凶狠，一般雌性比雄性体格更大些。它们是出色的捕猎者，通常在夜晚一边张开翅膀安安静静地滑翔，一边搜寻猎物。

现在米莉安是它身体的主人了。这大鸟估计也蒙了，它死也想不明白自己为什么要撞玻璃，吃饱了撑的吗？但米莉安在它头脑中同时注入了平静和愤怒，而且她成功分离了自己的意识和鸟的意识，（嘿，这我都能做到？）她让猫头鹰落在律师的头上，拿爪子在他明明已经是足球场，但又偏偏用周围的头发搭个空架子的头顶上挠了挠。随后它又跳到杰克身上，用翅膀在他的脑袋和脸上一顿乱扇。啪，啪，啪。他想还

---

① 美洲雕鸮：也叫大角鸮、大角猫头鹰。

手，可猫头鹰才不理他。它扇动翅膀只管乱抓乱挠了一通。

　　眼看目的达到，米莉安又驾驭着猫头鹰穿过破碎的窗户飞了出去。重获自由的大鸟张开巨大的翅膀，悄无声息地飞向了黑夜。

　　短暂的混乱宣告结束。律师摸了摸自己的脑袋瓜子，手上红红的全是血。杰克仍在头上惯性地挥舞着双手，好像那大鸟还没离开他似的。格罗斯基愣在原地，眼睛睁得几乎和嘴巴一样大，他望着飞走的猫头鹰，半天说不出话。地上到处都是碎玻璃，还有斑斑血迹。

　　米莉安打了个响指。戴蒙德痴痴呆呆地抬起头，血像红色的小溪一样从他脸上流下来。

　　"出去！"她吼道，"你们要是再敢拿这些破事儿来烦我，我就让蜂鸟啄瞎你们的眼睛。"

　　两人屁滚尿流地逃出了房子。

　　她的房子。

　　这一刻，米莉安感觉自己像万能的神。

20　追逐影子

得意劲儿并没有维持多久。刚刚赶走杰克和他的律师，她便可悲地意识到：她根本不知道自己在干什么或接下来又该作何打算。相比之下，当初寻找玛丽·史迪奇的困难实在不值一提，毕竟那时她有线索可循。但寻找雷恩却犹如大海捞针，她深感举步维艰，茫然无措。

她连续两天几乎没合眼。她和格罗斯基高度警惕，除了密切关注着本地警方的通报，格罗斯基还从调查局里打探消息。第二天，调查局给他们发了一张电子眼拍摄的照片，拍摄地点位于距唐纳德·塔金斯（倒霉熊）遇害酒吧四分之一英里处的一个信号灯。

格罗斯基把他的笔记本电脑转向米莉安。

她的心一下子提到了嗓子眼儿。

她仿佛在看着一面镜子。一面现实交替的镜子。

那简直就是五年或十年前的自己。只见她走在路肩上，汽车一辆接一辆从身旁驶过。就连她丛林狼一般的走路姿势也与她过去相似（也许现在仍然如此）。这是一个年轻版的米莉安·布莱克——在高速公路上流浪，窃取死人的东西。即便照片像素不高，但她也能看到同样的饥饿目光。但这目光不属于清道夫，而属于猎手。这个米莉安已经是一件致命的武器；这个米莉安不奉行机会主义；这个版本的她已经活脱脱是个杀手——为了自己冷酷的目标，可以不择手段。

米莉安不由得捂住了嘴。"那就是她。"

那就是我。

格罗斯基注视着正盯着屏幕的米莉安。"她和你很像。"

"我知道。她以前也是红头发。"现在染成了黑色，只留了几缕红色，"格罗斯基，她到底经历过什么？"

他在电脑上找了找，最后说道："劳伦·马丁，现年15岁。根据记录，从她出生那天起，她爸爸就不见踪影，她妈妈是个吸食海洛因的瘾君子，把她一个人丢在了一间公寓里。州政府最终承担了她的监护职责。10岁那年，考尔德克特学校成了她的家。"

"嗯，埃莉诺·考尔德克特，还有她那一大家子的垃圾。他们打着学校的幌子清理所谓的'不良少女'，像安妮·瓦伦丁和雷恩这一类，在她们危害社会之前将她们杀害。"

埃莉诺·考尔德克特也有一双异于常人的眼睛，她能看到普通人看不到的东西。她称之为"天赋"。但她能看到的不是一个人怎么死去，而是一个人活着的时候能给社会带来怎样的影响。安妮·瓦伦丁是一个潜在的杀人犯，她的人生路上很可能尸骨累累，所以埃莉诺利用知更鸟杀了她。知更鸟充当了命运女神阿特洛波斯的代理人，它剪断了命运之线，改变了定数，通过谋杀现在改变了未来。在某种程度上，米莉安和这个邪恶的考尔德克特女巫是有几分相似的，一想到这点，米莉安仍会感到痛苦万分，即便如今。埃莉诺的做法相对主动，她猎杀"不良少女"。米莉安的做法则比较被动，她能看到人的死亡之期，随后又试图拯救他们——然而有时候，拯救一个人则意味着要杀死一个人——杀手。所以米莉安认为她的做法更纯洁，更干净，危害也更小。

但有时候她自己也不免模糊，埃莉诺也认为自己所做的事情是正义的。考尔德克特曾用癌症打过比方：若要拯救身体，有时候我们不得不忍痛切除某个器官或者截肢。这是更为宏大，也更为冷酷的宇宙观。

雷恩的宇宙观是什么呢？她才15岁。她会给自己的行为做一个怎样的注解？她所谓的天赋又是什么？

这时，黑暗中又传来埃莉诺的话语。

关于雷恩，埃莉诺是这样对米莉安说的：你是她人生的一部分。但你只不过是她的又一个受害者。因为劳伦·马丁，将来的你会失去一些重要的东西。

又一个宣言，如同石头砸进池塘激起的涟漪。

格罗斯基继续说了下去，他的话把米莉安从郁闷的沉思中拉了出来。"问题是，你像个破碎球一样在那个地方闹了一通之后，考尔德克特学校以及它的三个姊妹学校——伍德瓦恩、贝尔阿辛和布雷克沃斯——全都关闭了。"

"你说的好像是我的错一样。"

"严格来说，是的。"

"格罗斯基，我见过一个摆满广口瓶的温室，瓶子里装的全是舌头。什么人的舌头呢？那些被埃莉诺·考尔德克特认为太恶毒，所以不配活在这个世界上的女孩子们的舌头。那样的瓶子少说也有五六十个。你告诉我，警察找到那个温室了吗？"

"找到了。"

"见报了吗？"

"没有。考尔德克特家族虽然名誉扫地，但却仍有不少遗产。他们海外的家人向国内施压，使得这些遗产保存了下来。所以我才要写这本书，因为这件事让人十分懊恼。权力、金钱、遗产，这些全都成了坏人的保护伞。"

"随便啦，学校关闭了，但考尔德克特家族的遗产保留了下来。可那些女孩儿们去哪儿了呢？在那里上学的女孩子们。"

"有钱的都转到别的好学校去了。"

"没钱的呢？"

"送到不同的地方寄养或监护。"

米莉安的鼻孔微微翕张，失眠症正一点一点把她拖向深渊。"我猜猜，雷恩肯定不在这里面。"

"他们给她指定了一个寄养家庭，还专门派车去接她，可车子中途加油时，她却偷偷溜了。"

"从那以后就下落不明，对吧？"

格罗斯基点点头。"没错。"

"现在我们只有这张她在路边拍下的照片。"

"对。"

"该死的。"

"是啊。"

她沮丧地向后仰了仰身体，咬牙切齿地说："我们该怎么找她呢？"

"咱们商量商量吧。"

"我宁可用魔法。"

"你有这种魔法吗？"

"没有。"

"那咱们就商量商量。她是个15岁的小女孩，米莉安。年纪这么小的女孩子在外面该怎么生存呢？"

米莉安叹了口气。"也许跟我一样。从死人身上下手。"

"好吧。她有没有可能使用受害人的信用卡？"

"有时候我会，只刷小额的，免得引起注意。"

"行，我会标记一下。她肯定还需要住的地方，对吧？"

"除非她每晚能消散在吸血鬼之雾中，否则，是的。我经常住廉价的汽车旅馆，很烂的那种。有时候我会在天桥下或者废弃的汽车里过夜，你都不知道外面有多少破车。有时候我也睡在树林里，还有些时候……"她的话憋在了喉咙里。

"还有些时候怎么了？"

"我跟陌生人回家过夜。"

"小小年纪？"

"我16岁开始流浪，但一直到……17或者18岁的时候才开始和陌生人上床。不过，是的。"

"你觉得雷恩也会如法炮制？"

"我不知道她会怎么办。但如果她是无心或有意模仿我，那可能会。"

格罗斯基若有所思地点点头。"这是另一个角度，还有，你看，她是步行的——"

"我也经常在高速公路上溜达，运气好的时候能搭到顺风车。"

"但这可以证明她自己没车，所以应该走不了多远。我们继续搜索和她有关的报道，还要联系信用卡中心，看这几名受害者的信用卡有没有被人使用过。我们还要查一查看她有没有同伙，或者曾经和什么人接触过。"

"天啊。"

"我们的调查范围已经在缩小了。"

"随你怎么说吧。"

"嘿，我想跟你说声谢谢。"

她一侧的眉毛几乎扬到了头顶上。"听着，你想感谢谁那是你的事，但我是受不起的。"

"你杰克舅舅来的那天，你说了我几句好话。"

她瞥了格罗斯基一眼。"我只不过说了几句稍微不那么难听的话。"

"但从你嘴巴里说出来，那已经是赞美了。"

"有道理。"

"所以，谢谢你。"

"别告诉任何人我说过这话，格罗斯基，我觉得你人还不错。"

"你能再说一遍吗？我想发到推特上。"

"我不懂。"

"没关系。睡觉去吧。"

她点点头，说了声"好"。

但她并没有真的睡觉。她在她妈妈的床上翻来覆去，一会儿热得大汗淋漓，一会儿又冷得瑟瑟发抖。她感觉她的心脏一会儿在脖子里跳，一会儿在手腕上跳，一会儿在牙齿上跳，一会儿又在脚指头上跳。当瞌睡虫终于找到她时，它们却又拖着她沉入深不见底的黑暗水下。湿漉漉的水草缠住了她的脖子，她张开嘴，水立刻灌进喉咙。她趴在泥泞中呕吐，结果吐出来一摊血和一团死去少女的头发。

21　一根黑色的羽毛

傍晚，她坐在一家小咖啡馆里等他。这不是那种情调优雅浪漫的高档咖啡厅，而只是高速公路旁边的一间小屋。咖啡馆里只有一张柜台和一个长得像牛头犬的妇女。她负责给你倒咖啡，也许还能奉上一块儿从本地阿米什人开的面包店里买来的派。此刻，米莉安面前放着一杯黑咖啡和半个派。不是一块儿中的一半，而是整个派的一半。

咖啡馆的门上有个窗户。忽然一个影子笼罩上来——一个巨大的影子，很高，很宽，有着怪物一样的轮廓。

她好像跌进了地板中，周围的一切都在向上飞升，尽管地板并没有动。路易斯走进门时，她耳朵里的血像河水一样澎湃有声。

他似乎还是老样子，但又有点不同。头发长了些，胡楂变成了柔软的短须，看着像个伐木工人。米莉安绷着嘴巴，怕口水流出来。

咖啡馆里一共六张桌，除了她，另外只有一位客人。那是个老头儿，身体像被海水侵蚀了一半的沙堡。所以路易斯几乎是径直走到了她的桌子前，并拉出了一把椅子。米莉安想着要不要起身拥抱他，但身体却僵得不听使唤。**我该怎么做？**倘若由最深的渴望来决定，她现在只想像爬梯子一样扑到路易斯身上，把他按倒在地，就在这咖啡馆里宽衣解带，干到他虚脱为止。可她又禁不住回想起那尚未发生的可怕一幕：他把他的新娘活活淹死。这时另一个念头不请自来：*你随时都可以掐死我，大块儿头*。这念头既让她害怕，又让她兴奋，这再次证明了那个医生的话：

她没治了。

尽管心潮澎湃，可她始终坐在位子上一动没动，只拿眼睛盯着路易斯。

"嘿。"他说。

"嗨。"她说着嘟嘴卖了个萌，故意大声叹口气，"啊，哦，你过得怎么样？"

路易斯微微皱了下眉。"一言难尽。"

"你和我一样。我一直很怀念你那性感的海盗眼罩——"

"我想让你看样东西。"

"是瘤子吗？长瘊子了，还是长疙瘩了？我可不是医生。"

他没说什么，而是直接把东西放到了桌上。米莉安惊得倒吸了口凉气。

"这是我的。"她低声叫道。

桌上放的是一个小玻璃瓶，瓶里装着一根长长的秃鹫的黑色羽毛。

"原来是你拿走了。"米莉安说。

"不，不是我。"

"那你他妈从哪儿弄来的？"莫名其妙的愤怒像吐着芯子的蛇，她难以控制。

路易斯轻叹一声。"我……我不希望你对她妄加评断。"

噢。哦。

"是萨曼莎拿走的。"米莉安说。

"对，我在她抽屉里发现的。"

"为什么？"

"我找她的充电器——"

"不是这个，我问她为什么要拿走我的东西？"

"我不知道。"

"你问过她吗？"

"问过。她……她很不高兴，说我不该翻她的东西，虽然是她让我帮她找充电器的。她一生气就走了，和她妈妈住去了。她不接我电话，但给我发了几条信息说她没事，只是需要点时间静一静。我不知道她拿这个干什么。"他拿起瓶子，在手里摇了摇。羽毛根部撞在玻璃上，发出叮叮的声音。

米莉安一把夺过瓶子。"她一定是从我这儿拿走的。在佛罗里达，咱们见面的时候。她只有那一次机会。这证明她翻过我的东西，路易斯。她为什么要翻我的东西呢？"

路易斯无言以对。起初米莉安以为是他不知内情。

但她马上意识到，他不说话恰恰是因为他知道内情。"路易斯，你看着我。你还有什么事瞒着我？"

"她，呃……她经常说起你。经常。"

"是吗？"

"我们在一起的时候，她问很多关于你和我的问题。她说她只是有点忌妒，她想了解我们的关系，可我不确定她说的是不是真的。"

咔嗒，咔嗒，咔嗒，像钥匙插进锁孔发出的声音。虽然这一切并不能解释路易斯为什么要在他的新婚之夜杀死自己的新娘，但米莉安还是隐约看出了一点猫腻。萨曼莎绝对不是什么纯洁的天使，她背后一定大有文章。

而且和米莉安有关。

告诉他，她在心里提醒自己，*告诉他你看到的未来。*

然而她的嘴巴张了又张，却没有说出一个字。

更糟糕的是，她的手机突然响了，所有想告诉他的念头瞬间蒸发得一干二净，而且她还吓得差点儿打翻了咖啡。

是格罗斯基。

"什么事？"她问。

"有线索了。关于雷恩的，我知道她在哪儿了。"

杰克舅舅

　　酒吧的镶板上贴了许多瓶盖，瓶盖上面又刷了一层漆。啤酒从品脱玻璃杯里溅出来，杰克呆呆地坐着，注视着云岭拉格啤酒①的泡沫涌出杯子，滑下他的手背。他伸嘴吸了一口。世界仿佛在移动，在倾斜。这已经是他的第四杯——不，等等，该死的，是第五杯——啤酒了，而他显然还没有就此打住的意思。

　　酒保邋里邋遢，长了一张绵羊似的脸，名叫里克。里克是个好小子，大家都这么说。里克是个好小子，每次都是他给我端酒。里克是个好小子，他总是准备一大碗花生。里克是个好小子，他总能容忍我没完没了的唠叨，还让我到后面的沙发上歇息。有时候，里克甚至还能卖给你一点大麻，非常好的货色，几乎是医疗级的东西。大家都喜欢里克。可现在大家很郁闷，因为里克一周只上三天班，其他时间都是一个叫瓦莱丽的女人。狗脸瓦莱丽，她可是个烦人精，无趣不说，还一堆臭毛病。她不喜欢酒鬼，不愿听任何人诉苦，也不让任何人到后面的沙发上歇息。斯泰格斯说，有时候他只要花五十块钱，瓦莱丽就同意让他

---

① 拉格源自德文"储存"，拉格啤酒是一种桶底酵母发酵，再经过低温储存的啤酒。

在那张沙发上与她亲热一番。不过大伙儿都知道斯泰格斯嘴里没实话，况且他也不可能有五十块钱。瓦莱丽这个冷面女王在那方面应该也很冷淡吧。

不用说，杰克很高兴今晚是里克当班，因为如果是瓦莱丽，她是不会允许他一杯接一杯地喝下去的。杰克打算整晚都泡在这里，该打烊的时候，他就到沙发上去。

里克从吧台后面冲他眨了一下眼，说："怎么了，杰克？你看着就像一条烂屁股的猎狗。"

"他妈的全是我那个外甥女给害的。"杰克说，他嗓子沙得像土豆泥。

"这倒新鲜，我不知道你还有个外甥女呢。"

"是啊，她叫米莉安。"他语气中带着嘲讽的味道，"米……莉……安。"说完还一脸嫌弃地吐了吐舌头。"你知道不，她——"他忽然猛击了自己的手，打了个湿嗝，连鼻孔里都喷出了一些啤酒，他甩了甩脑袋才继续说道："她妈妈去见上帝了，把所有东西都留给了她。真是个不知感恩的女人，她把所有东西都留给了她女儿，包括这里的房子，我之前住的那栋房子。你说这算什么事儿？那房子应该是我的才对。现在我不得不租了个小仓库，把我的躺椅和其他东西全都搬进去。"

羊脸儿里克点着头，吹了一声几乎听不到的口哨。"那可太不幸了。"

"谁说不是呢。然后我雇了一个律师去……"他认为接下来的这一部分是不能跟外人说的，可是刚刚下肚的那四杯啤酒已经让他找不着北了，所以他只管口无遮拦地吐起了苦水。"我们就去找她理论，因为律师很有信心能把这份财产争回来。可能我争财产的理由并不充分，但戴蒙德说像这种房产，谁都可以去争一把。很多时候，只要你不停地施压，他们为了息事宁人，总会给你点好处。因为毕竟刚刚死了亲人，现在又要处理房子的事情，人的戒备心会非常低，这个时候最适合去捞点油水。"

脑海深处有个念头像流浪狗一样蹿出来：他听起来一定像个十足的浑蛋。可随即他又提醒自己：杰克，这是你应得的，要不然还谈什么公平呢？他用这种想法自我安慰，仿佛一下子站到了道德的制高点上，于是恬不知耻地说了下去。

"可我们白跑了一趟，什么油水也没捞着。我的律师也撒手不干了，他不理我，也不想再见到我那个外甥女。"

里克像所有称职的酒保一样，一边嗯嗯，一边摇头。"为什么呢？"

"你不会相信的，但是——"又一个嗝，"我……我还是要告诉你。我们去了她家，我还打扮了一番呢。戴蒙德看着也相当……'钻'业。"哦，他的舌头好像也不灵便了，是啤酒在作祟，但管他呢，里克能听懂，"我对上帝发誓，这丫头就打了个响指，还用手指头倒计时来着，反正有只猫头鹰从窗户里钻进来，好像还打破了玻璃。她笑得像个鬼一样，还有一个死肥佬，说是FBI的探员。可那猫头鹰只找我和我的律师的麻烦，逮着我们又抓又挠，还拿他妈拿翅膀扇我们。然后我那外甥女就把我们赶出去了，还威胁我们说，要是再敢过去找麻烦，就让鸟搞死我们。"

里克听得一头雾水，甚至忘记了点头微笑这种表示同情的职业反应。不，他脸上的表情说不出的古怪，就像看到了什么不敢相信的情景，比如看到一头猪在上一只山羊。

可杰克才不在乎呢，他滔滔不绝地说着，时不时喝口啤酒，还用下嘴唇去抿上嘴唇上的泡沫。"重头戏还没开始呢，里克。米莉安，你知道吧，她小时候，我和她并不是特别亲近。但有一次，我记得教她学射击，就是玩气枪，懂吧？她打中了一只知更鸟。知道吧，知更鸟，正中脑袋——"他用手指比出枪的样子，砰！"从那以后，我就叫她'杀手'，我觉得好玩儿，可她却很不高兴。为此还哭了好久好久。我一直记得这件事，还有那只被她打死的鸟。"

"讲得真精彩，杰克。"里克说。杰克看出来里克并不相信他。去你妈的，里克。好小子个屁。

他坐在那里，又盯着啤酒发起了呆。

这时，一只手落在了他的肩膀上，一只不大的手。同时耳边响起一个女人的声音：

"刚才你说你的外甥女叫米莉安？"

22 谁先找到谁

夜晚。苟延残喘的蟋蟀在哀鸣，迟到的十月的寒意在悄悄蔓延，空气中多了些许清凉，仿佛随时随地都在触摸着冷冰冰的银器。

"我们来这儿干什么？"路易斯问。他们两个把他的皮卡车停在了一处野营地的外面。一个黄色的牌子上写着：KOA。

"找人。"

"找谁？"

米莉安犹豫了。一方面，她想把路易斯打发走，免得把他牵扯进来。可另一方面，她又渴望他留在这里。她无比怀念两人在一起的往日时光，那种感觉像冷酷与疯狂的乡愁在她胸口翻腾。"还记得雷恩吗？"

这名字像打在他脸上的一记耳光，路易斯显然吃惊不小。"当然记得，我偶尔仍会想起她。"

"看来是我小看她了。"米莉安说。她仍不确定需要向他透露到什么程度，但她忽然想到，保守秘密并不是她的强项。像贪食症患者一样，她吞下一剂泻药，来了个竹筒倒豆子。她全都说了：一个与米莉安外形相似的人正在外面四处杀戮。她和一个FBI探员合作——不，是前探员——查出此人就是雷恩。她还说了受害者的资料，以及他们在马克·戴利家发现的小盒子，还有塔金斯。

路易斯一如既往听得专心致志，不放过任何一个细节。米莉安能清楚看到他情绪的波动，犹如潮水来回冲刷着堤岸。终于说完后，他一下子瘫在座位里，看上去筋疲力尽。

"你觉得她在这儿？"路易斯说。

"有人在这儿刷了信用卡。不是戴利的，也不是塔金斯的，而是较早的一个受害者的，名叫哈莉·琼·雅各布斯。"现在想想，这就说得通了。那是一张女人的信用卡，而雷恩也是女人，这样引起怀疑的概率就低很多。如果她刷马克·戴利的信用卡，别人难免会起疑心。"有人刷卡在KOA野营地住一晚。"她皱了一下鼻子，"KOA什么意思？是不是跟死人有关的？"

"DOA是送达医院已死亡；KIA是战事中阵亡。"

"我记得KIA是个汽车公司啊。"

"没错，韩国的。"

"那KOA到底什么意思呢？"

"美国露营地（Kampgrounds of America）。"

"露营地（campground）开头不应该是C吗？"

路易斯很无语。"米莉安，我也不知道，但这不是重点。你有什么计划？为什么警察没来？"

"格罗斯基刚在电话里说他能为我们争取点时间。她订的是后面的位置，编号454。他说那是帐篷区，不通水电。"

路易斯点点头，向前倾了倾身。"我过去也经常露营。有些地方是留给有露营车的人的，有的地方有小屋，而有些地方则要搭帐篷。可不管什么样的露营点，都会有水有电，方便人们洗手或者使用电磁炉电灯之类的电器。最便宜的是为野营者提供的场地，那里只够搭个帐篷。周围不是土就是草，最接近原始的露营。"

"她就在那里。"

"她可能很危险。"

"她肯定很危险，但我们得帮她。"

"不如把这事儿交给警察？"

"不，不。你知道吗？是你和我造就了这个女孩儿。"

他笑了笑，但那并不是快乐的声音。"不，是考尔德克特家族造就了她，米莉安，不是我们。"

"我们把她救了出来，我们改变了她的人生，所以我们有责任。"

路易斯叹了口气。他摸了摸脸——手掌与胡楂摩擦的声音像一剂春药，米莉安的心底不由得荡漾起来。真没出息，可她把持不住。

仿佛斟酌再三，他终于开口说："你说得对，我们有责任。当她需要安慰的时候，我们都离她而去了，就像超级英雄打败了坏蛋却不收拾烂摊子一样。"

她打开车门，临下车前她又觉得有必要提醒路易斯。"对，但是你要记住，我们可不是什么超级英雄。"

"我想你又说对了。"他说着也下了车。

"我们可能连英雄都算不上。"

"只是两个笨蛋。"

"只是两个笨蛋。"

两人走到车头前。头顶，红的黄的叶片之间洒下皎洁的月光。"我们进去，找到雷恩。然后怎么办？"路易斯问。

米莉安微微蹙眉。"我要说我还没想那么远，你会觉得意外吗？"

"不意外。"

"那走吧，咱们去把这孩子找出来。"

23 黑 狗

　　两人溜进黑灯瞎火的营地。远处的树林中有灯火闪耀，从另一头隐约传来齐柏林飞艇的歌声，唱的是《黑狗》。眼睛在发光，红红的火焰，歌声忽高忽低，有人在叫，一个女人在笑。接着是易拉罐在垃圾桶中撞击别的易拉罐时发出的叮叮当当声。

　　穿过树林时，路易斯扭头看着米莉安说："黑狗是死亡的预兆。"

　　米莉安瞥了他一眼，他继续边走边说。

　　"达特姆尔狗，犬魔，冥府看门狗。米莉安，黑狗是地狱之门的守护者。这可恶的东西在警告我们死神在靠近，如果我们继续向前，就将走进他的领地，死亡的领地，地狱的领地。"他越说越快，眼睛放射出红光，声音中伴随着沉闷的咆哮和昆虫般的嗡鸣，"你猎杀狗，但狗也在猎杀你。死神在你前方，也在你后面。继续走吧，米莉安，但前面是一道很滑的斜坡，因为坡上布满了鲜血、希望、死亡和鱼。"他大笑起来，米莉安感觉整个树林都向她包围过来，树枝将她按倒在地，路易斯站在她跟前，嘴巴大大地张开——

　　米莉安耳朵里忽然啪地响了一声，像挤爆了一个气泡膜上的泡泡。

一眨眼工夫，那种朦胧的感觉消失了，就像它莫名其妙地突然出现一样。她不由得一个激灵，起了一身鸡皮疙瘩。

"你刚才说什么了吗？"她问。

"没有啊，我只是小声嘟囔了一下那些露营车里的浑蛋。"

她古怪地看了他一眼。路易斯认为她眼神中充满了困惑，但实际上却是恐惧，因为有一瞬间，路易斯和入侵者合为一体了。或许那正是入侵者希望她以为的。"音乐是一群乡巴佬放的，他们开着半挂拖车或露营车，现在正嗨着呢。我以前经常和爸爸一起露营，遇到这种家伙，只能自认倒霉。他们听音乐、抽烟，三更半夜都不让你睡觉。"

她摇头甩掉那不祥的幻觉，强迫自己笑了笑，说："你这口气听起来就像朝天上的云彩挥舞拐棍儿的老头子。"

可米莉安无法忽视这种感觉：*我们正被追踪着，被猎杀着，尽管我们也在追踪别人。黑狗，死神在前方，也在后面……*

他们抄近路走向一条红色的砾石小径。这里的树上挂了许多破旧的木牌，上面写着已经掉色的数字。他们已经走进了200区间，接着是300，这意味着他们正逐渐靠近雷恩。他们像幽灵一样穿行在黑暗中，直到路易斯用手指了指前方的一棵树，树上写着一个充满魔力的编号：

454。

他们看到的这片地方只有巴掌那么大，地上正如路易斯所说，只有土和草。空地正中央支着一顶帐篷，里面亮着提灯，在帐篷上映出一个人影。

是她。

她钩钩手指，示意路易斯走近一点。来到跟前时，她小声对他说："我过去，你待在这里，如果她跑，你……我也不知道怎么办，你就抓住她。"

"抓住她？"

"对，抓住她，要不然你那胳膊干吗用呢？我们不能让她跑掉，机会就这一次。"

他不情愿，但又无奈地叹了口气。"好吧，你小心点。谁都不知道她有什么手段，要真像你说的那样，她可是个杀人犯啊。"

"别忘了你在跟谁说话。"

干得漂亮，杀手。

他不再多说，悄悄退进了黑暗中。米莉安转身向帐篷走去。

她浑身上下紧绷成了一块铁板。

蹑手蹑脚靠近帐篷，然后——她不确定该怎么做。她又不能敲门，因为没门。门帘上的拉链拉着，帐篷本身很脏，似乎有些年头了，边缘上遍布着泥土和雨渍。不过因为已经多日不曾下雨，木桩倒很干燥。要不要干脆踢掉木桩，把雷恩蒙在帐篷里？或者，要不要像蛇一样悄悄从帐篷底下钻进去？米莉安一直在犹豫。

去它的吧。她俯身抓住了拉链——

噌……

她打开了地狱之门。

帐篷里面坐着劳伦·马丁。雷恩，她简直就是又一个米莉安。她们头发长度相当，雷恩的黑发中也像曾经的米莉安一样留了几绺红发。那女孩儿弓腰坐着，大腿上放着一本书，头发像舞台上的幕布一样垂在脸前。

她扭过头，看着米莉安，但表情十分平静，没有一点意外的迹象。她鼻子微微一皱，就像闻到了什么怪味儿。她眯着眼睛看了米莉安几秒钟，随后翻了个白眼。

"嘿，疯子。"她说。古怪，平淡，她好像很生气，恼火，厌烦。"你来早了。"

"来早？"

"对，所以，你先滚一边儿去。我还没有答应你的请求呢。"

"请求？"

雷恩提高了音调："是，我在读书呢，你看不见吗？"她像晃一只死鸟一样晃了晃手里的书，在身后的科尔曼汽灯的照射下，帐篷壁上闪动出奇怪的影子。她拿的是斯蒂芬·金的《长眠医生》。"我不接受预约，所以，你滚吧。"

米莉安的下巴差点儿掉下来。她不明白是怎么回事。

可突然间，她懂了。

"你以为我是幻觉。"她说。

"你他妈的很讨厌，这倒是真的。"

米莉安在这个二人帐篷里扫了一圈。雷恩双脚对面是一个睡袋，旁边有一把蓝色的小口径左轮手枪。

女孩儿不屑一顾地翻动着白眼，米莉安坚信只要多等一会儿，她那俩眼珠子就能从耳朵里滚出来。这时雷恩往门口挪了挪，伸手准备拉上帐篷的拉链。

米莉安一把抓住了她的手腕。

就是这一刻。

可她什么也没看到——米莉安无法看到这个女孩如何死去，是因为她已经看过一次：劳伦·马丁注定要死在知更鸟杀手的桌子上，临死之前，杀手还给她唱了一首谴责的歌，然后才用消防斧砍掉了她的脑袋。对于获得第二次生命的人，米莉安并不能产生第二次灵视。灵视绝对是一锤子买卖，看到了也就过去了。米莉安无法次次都得到启示……

雷恩睁大眼睛盯着米莉安的手，她连挣脱的意思都没有，一时间有点目瞪口呆。

"你。"雷恩明显喘息着说。

"是我，雷恩。"

女孩眼中放出惊恐的神色，她的视线落在米莉安的胸口。"黑印。"

"什么？"

"你已经死了。"

这是威胁吗？还是别的？

米莉安正想抗议——

可她的话始终没有说出口。雷恩使出空手道的招式一掌劈在米莉安的咽喉上。她双手捂住脖子，张着嘴却无法呼吸，身体也不由自主向后倒去。疼痛、恐慌像鞭炮一样在她身体里爆炸。雷恩趁机脱身，只见帐篷一阵晃动，她已经拿着手枪钻了出去。米莉安笨拙地伸手去拉，可是没用，女孩儿轻轻松松便甩掉了她，逃也似的冲进了林子。

笨蛋，笨蛋，笨蛋！米莉安心里直骂自己。她太大意了，几年前遇到雷恩时，她正跟其中一个知更鸟杀手学什么来着？防身术。戳眼，踢裆，封喉。哦，她终于能吸进一口气了，视野周围白花花的边际也慢慢开始消退。她喊路易斯，可声音微弱沙哑，就像鹰爪下徒劳挣扎的老鼠。

这时她听到了外面的动静。路易斯的喊叫，雷恩的尖叫。接着一声枪响撕裂黑暗。米莉安的心都快要蹦出来了。她拼命迈动双腿，朝声音的方向冲去——

路易斯躺在地上，双手抱着头。

妈的！不，浑蛋——

她跪倒在地，以膝代脚扑向路易斯。她双手捧住路易斯的脑袋，惊慌失措地寻找伤口，寻找血迹，随便什么。可路易斯只是不停揉着他的耳朵，米莉安并没有看到血。只听路易斯大声叫道："她开枪了。他妈的，在我耳朵边，我他妈什么都听不见了。"

她溜了，我得找到她。

米莉安在路易斯的脸上亲了亲——莫名其妙，甚至有些愚蠢，可她本能觉得应该这么做，即便可悲又痛苦——随后便咬牙站起身来。

灯光穿透了黑暗，红灯蓝灯交相辉映，刺耳的警笛响彻夜空。警察。不，不，不。他们会误事的，这一切发生得太快了。她需要一个机会。如果他们抓住了雷恩，一定会把她带回警局。即便他们没有抓住她，也会迫使她逃得更快更远。砾石小径的尽头有条公路，但一辆巡逻车横在中间。一个黑影蹿到了车前。雷恩，米莉安冲了过去——

一双有力的臂膀拦腰抱住她，连她肚子里的空气似乎都被挤了出去。是路易斯，他冲她直摇头。"有警察。"

"我知道，放开我！"她接连打了他几拳。

"她跟你长得那么像，要是他们把你抓了，就全完了。"

他的声音格外镇静，对她也一如既往拥有非凡的魔力。她冷静了下来，路易斯的理由是无可辩驳的。

该死，该死，该死！

他指了指一条隐蔽的小径。"走，这边。"

虽然心有不甘，但她还是跟了过去。

他们在营区瞎摸乱撞，刚从一条路上跑出来，却不小心冲进了一辆警车的灯光里。路易斯二话不说拉着她便逃进了灌木丛。他们听到车门开关的声音。前方，手电筒的光束在黑黢黢的树林间扫来扫去。路易斯紧紧拉着她，一手还按着她的后背，让她俯下身去。终于，他们逃出了警方的包围圈，路易斯的皮卡车就在眼前了。

钥匙一阵叮当，引擎怒吼起来，打滑的轮胎啸叫着打飞几颗松散的石子，车子像脱缰的野马一样冲出了露营地的停车场。后面没有追来的车灯，没有警灯，只有前方黑暗的公路。还有死神，米莉安心想，死神总是快人一步的。

24　饥饿如狼

两人吃着饭。除了吃饭，他们无事可干。所有的事情加起来——雷恩、枪击、警察、逃亡，两人早已精疲力竭，疲惫不堪，仿佛燃料即将烧尽的火焰。他们只能向一种东西寻求安慰：汉堡包。

皮卡车停在歪歪斜斜的红色屋檐下，这是一家破旧的二十四小时免下车汉堡店，名叫JJ。它就坐落在离高速公路不远的地方。从这里，他们看得见公路，虽然已是深夜，但车子仍一辆接着一辆。牵引车隆隆驶过，大地都跟着发抖。有时候因为路况的变化，司机踩下刹车，车身颤抖着发出惊悚的嘎吱嘎吱的声响。

路易斯坐在打开了后挡板的皮卡车厢边缘。米莉安在坑坑洼洼的柏油路面上踱来踱去。她吃下一个汉堡，又吃下一个，现在已经在啃第三个了，可她丝毫没有饱胀的感觉。她恨不得摘掉下巴，将整个汉堡店塞进肚子。她经常遇到这样的时候，心里想着，我能吃下一个大活人。就像当纳聚会①？她可忍不了那么久。错过饭点儿半小时，她可能就会捡

---

① 当纳聚会指的是美国西部淘金热时期的故事，人们从四面八方加入前往加利福尼亚的长途跋涉之旅，这也是惨烈的"死亡之旅"，途中因为饥饿，发生过人吃人的惨案。

起一块儿石头冲着最肥、行动最迟缓的同伴下手了。

"妈的！"她含着满嘴的食物骂道，"我们差一点就抓到她了。"

"是啊。"

"现在她很可能落到警察手里了，要不然就是逃之夭夭了。"

"不知道哪种结果更好一点。"

"相信我，逃走比被抓好得多。"

路易斯前倾着身子，把手里的包装纸揉成一大团。"我也不清楚，既然你说她是个杀人犯，我想落在警察手里应该更好些吧。"

"不，正因为她杀了人，所以才更不能落到警察手里，要不然她就只能坐牢了。"

"难道杀了人不该坐牢吗？"

米莉安停住脚，腮帮被汉堡撑得鼓鼓的。"是吗？那我也该坐牢了？你呢？别装无辜哦，咱们都干过不法的勾当。我最瞧不起伪君子。"

路易斯不由得叹息道："你说得没错。可我们做的那些不一样。"

"也许不一样，也许一样。"争论这些毫无意义。她只好换个频道，尽管她憋了一肚子的火气。"雷恩认出我了，可又好像没认出。"

"我没听懂。"

"我觉得她以为我是幻觉。她说我已经死了。"

他伸手到一个纸盒子里掏出几根薯条。"你说你有个入侵者，也许她也有。"他弹了弹粘在手上的盐，"你的入侵者有时候看着像我，也许她的入侵者看着像你。"

米莉安的腰上仿佛挨了一榴弹炮。

"这也太他妈恐怖了。"她说。她想起了自己和另外一个通灵师休格的对话。

米莉安：我有事要做。

休格：是那个擅自闯进你脑袋里的幽灵让你做的吗？

米莉安：……入侵者。

休格：你这样称呼它？

米莉安：是啊，你也有吗？

休格：没错。

米莉安：你怎么称呼你的那个擅闯者？

休格：幽灵。

它是真的，它就藏在她的身体里。从前它在休格身上，现在又缠上了雷恩。也许她们每个人都有各自的恶魔。或者，也许恶魔只有一个，它像影子一样死死缠着她们每一个人。

忽然间，好像一切都指向了同一个目标：入侵者。米莉安现在就想见他，她甚至有股握拳向天召唤她那恶魔朋友的冲动。最近入侵者很少出现，现在她开始怀疑那也是恶魔在故意耍她，跟她玩欲擒故纵的小把戏，像个把妹高手一样撩拨她。或许入侵者正翱翔在苍穹某处，肆无忌惮地嘲笑她：如果你不要我，那我也不要你。而这只会使你更想要我，你这个愚蠢的小婊子……

她甚至已经感觉到那怪物喷在她脖子上的鼻息了。

路易斯说："我知道这轮不上我说话，但我还是想说，我为你感到骄傲。"

"嗯？"她难以置信地问，"老天爷，为什么？"

他笑了笑。"你一支烟也没抽，一滴酒也没喝。虽然你吃了，呃，几十个汉堡，但你看起来一点也不胖。我只是……"他突然结巴起来，缓了缓才接着说道，"这很好。"

她真想对他说：干我吧，干我吧，现在就干我，因为冲你这句话，你想怎么蹂躏我都行。

她在路中间站定。"谢谢。"

路易斯伸出一只手，她伸手拉住。他的抓握有力而温柔，他宽大的手掌将她的小手包裹其中，两人就这样坐了一会儿。这感觉很好。

25 好景不长

甜蜜的时光总是短暂的。终于，米莉安说："要是我现在摸你，会不会有点破坏气氛？"

"我想会吧。"路易斯清了清嗓子。

他们继续手拉手坐着，但此时他的抓握已经变得僵硬。他望着高速公路的远处，仿佛在故意忽视她的存在。

"气氛已经被我破坏掉了，对不对？"米莉安说。

"我想是的。"路易斯回答。

26 近在咫尺

回到家里。（尽管她还是有些不适应这种说法。*她的家。谁的家？我的家。*）皮卡车在外面的车道上空转着。因为是柴油发动机，所以即便停在原地，它嘎嘎嘎的声音也格外刺耳。发动机的振动从脚底传到双腿，又传到她的臀部。继续深入。

他们的手按在座位上。她的左手距离路易斯的右手只有三英寸。*多美的时刻被我毁了，*她后悔不迭地想。

"我们还是得谈谈萨曼莎。"她晃着玻璃瓶里的羽毛说。

"我知道。但今晚不行了，我很累。"

"你可以进去啊。现在我也有房子了，嘿，是两套房子呢，够牛吧。我相当于两个大人了。"

路易斯笑笑说："你家里不是有客人吗？"

"是有，不过我想他肯定已经睡了。"回来的路上她给格罗斯基打过电话，但无人接听。她想着回到家里就把那家伙叫起来呢，因为她太想听他说说今天晚上的收获了。可如果路易斯答应留下，那这件事自然就可以等到第二天早上……"你觉得怎么样？要么住在这儿，要么只能住便宜的汽车旅馆。"

"我都习惯睡在拖车里了。"

"咳，我家就是你家。"

"这么做不合适，如果我……"

后面的话还未及出口就咽回了肚子，但米莉安知道他想说什么。如果我留下了，谁知道我们之间会发生什么事呢？她知道会发生什么，她希望发生。从他的眼睛里她也看出了渴望，除非是她的想象。倘若如此，他们就可以把萨曼莎放在同样的位置：可以惩罚，甚至可以摧毁的共同敌人。但只要路易斯还和萨曼莎在一起，米莉安就无法预料接下来会发生什么。我需要你留在我这里，大块儿头。

"明天早上见？"她问。她忽然感到害怕，当太阳升起，他会不会再次化为蒸汽，从她的生活里消失？

路易斯点点头。"晚安，米莉安。"

"晚安，科学怪人。"

27 血 屋

　　走回屋时，疲惫忽然像一条铅制的毯子裹在她身上。咖啡因、肾上腺素，甚至刚刚塞进肚子的汉堡全都失了效。倦意像攀缘的藤蔓缠住她的骨头，越缠越紧，仿佛要把她拽倒在地，把她扯碎，让她零落成泥化为尘土。

　　她本想去叫醒格罗斯基，可有什么意义呢？已经是后半夜了，她困得要命。

　　该睡觉了。

　　她把格罗斯基的钥匙扔在桌上。*妈的，我好像把他的车丢在咖啡馆了。又多了一个不叫醒他的理由。*

　　眼皮儿越来越沉，她摸索着爬上昏暗的楼梯。脚下的木头吱吱呀呀抱怨个不停。头脑中各种念头飞来飞去，一会儿是路易斯，一会儿是雷恩，一会儿又是加比。*哦，加比。我真该给她打个电话。*

　　她走向走廊尽头，走向妈妈的房间。她不想在楼下睡了，今晚不行，今晚她需要一张真正的床。

　　手落在门把手上。那是一个维多利亚风格的黄铜把手，上面装饰着方形的花瓣。

门缓缓开向黑暗，一股刺鼻的气味扑面而来。

这是米莉安无比熟悉的气息，它忧伤而又亲切。首先钻入鼻孔的是空气中的血腥味儿，其次还有难闻的人类排泄物的气味：屎、尿、汗。随之而来的才是声音——

耳边嗡嗡作响，仿佛进入了苍蝇的王国。

米莉安伸手摸向电灯开关。

灯光洒满房间。

但鲜血已经捷足先登。

格罗斯基躺在被子上，双臂像十字架一样向两边张开，一条腿以令人不适的姿态压在身下。墙上、天花板上、床头几的深色樱桃木上，以及床柱上全是血迹。枕头鼓鼓囊囊摆在一旁，上面是格罗斯基的头。

他的头并没有和身体连在一起。

他的嘴巴扭曲张开，仿佛在发出无声的永恒的咆哮。眼球已经不知所终，眼睑肿胀，眼窝看起来像张开的嘴巴。几只苍蝇落在他的额头，在毫无生命的皮肤上得意忘形地跳着死亡之舞。

（别告诉任何人，格罗斯基，但我觉得你还好。）

震惊犹如荡涤一切的波涛席卷而来，米莉安顿时倦意全消。她浑身的肌肉突然紧绷，又突然放松，好似脱了水的沙土。她想干脆散成万千碎片，像尘土一样钻进地板的缝隙。

大脑中闪过一连串问题：谁干的？为什么？会是雷恩吗？难道我小瞧她了？她到底是什么怪物？

这会不会只是一场梦？她想大骂，别他妈逗我了。也许入侵者能听到，从而结束这场可恶的表演。可这一刻她好像失了声，怒吼变成了喃喃低语。

楼梯上传来脚步声。

米莉安缓缓转身。

不。

"你已经死了。"她说。

（你已经死了，雷恩说。）

"可我不是好好站在这里吗？"哈里特·亚当斯说。

哈里特·亚当斯，说起她，便不得不提一提那个曾经试图杀害路易斯，但最后却被米莉安给干掉的臭名昭著的欧洲大毒枭英格索尔。哈里特是他手下最得力的两个杀手之一。哈里特·亚当斯自以为很聪明，她给米莉安留下一把手枪，并坚信米莉安会用这把枪自杀，可没想到米莉安竟隔着门给了她一枪。子弹像一只铅制的大黄蜂从哈里特的耳朵钻进脑袋，她临死之时留下莫名其妙的四字遗言：地毯，面条。她绝对死了。米莉安亲手杀的她，就在松林泥炭地的那栋房子里，当鲜血和脑浆从她耳朵里流到地板上时，米莉安就站在她旁边。

可我不是好好站在这里吗？

这女人蛇蝎心肠。乌黑的头发像头盔一样罩在头顶，发型斧劈刀砍，脸色苍白得像骨灰坛。她穿着劳动布裤子，栗色毛衣，顶着一张毫无表情的死人脸，看上去冷若冰霜。

她手里拿了一把弯弯的大砍刀。

刀刃上沾满正在凝结的血。

米莉安吓得胆战心惊，后背直冒凉气。

"你不是真的。"米莉安说。

"我和你面对的任何东西一样真实。"

米莉安嗓音发颤："你被我开枪打死了，打在头上。"

哈里特把头扭向一边，只见她的左耳已经面目全非，像一棵腐烂的球芽甘蓝糊在脑壳上。"我记着呢，"她耸耸肩说，"不怪你，那是我咎由自取。玩了一辈子鹰，反倒被鹰啄了眼。是我太自以为是了。"

一团血块从砍刀上滑下来，啪嗒一声落在地板上。

米莉安意识到哈里特正挡着她下楼的去路。她究竟是不是真的，鬼才知道，但米莉安依旧在期待着，期待哈里特的脸瞬间扭曲变形，期待她的脑袋能像被斧头劈开的南瓜一样爆裂，期待着入侵者现身，在她面前又唱又跳：嘿，我亲爱的；嘿，我的宝贝；嘿，可笑的姑娘。

"我一直在找你，"哈里特说，"果然功夫不负有心人。"

去他妈的，米莉安觉得还是走为上策。

她知道从这拿着砍刀的死女人身边冲过去绝对是下策，所以她要另找出路。于是她脚跟一扭，转身窜进妈妈的卧室，窜进格罗斯基的身首像被拆散的情人一样丢在床上的房间。后脚刚进房间，她随手就关上了门。嘭！

卧室并没别的门。

但有扇窗户。窗户外面是一楼的屋顶。

她不顾一切地向窗口冲去。

事情发生得太快，她根本没来得及反应，便脸朝下摔倒在地板上。几秒钟后她才想到地上的血。

房门哐当一声撞在墙上，哈里特·亚当斯像个活死人一样扑向挣扎起身的米莉安。

太迟了，来不及逃走了。米莉安心下一横，要想活命，唯有拼了。

米莉安飞起一脚踢在哈里特的胸口。好坚硬的感觉，仿佛踢到了树干上。那女人生生接了一脚，身体却纹丝不动，甚至连叫都没叫一声。她只是高高举起手里的刀，这一刻，米莉安仿佛瞥见了下一幕要发生的事：哈里特手起刀落，米莉安腿上一麻，继而是撕裂般的疼痛，她的一只脚像脱线的鱼一样掉在地板上。她忽然想到了阿什利·盖恩斯。阿什利的脚是在一辆飞驰的SUV上被活活锯掉的。可怜的阿什利，最后被贪婪的塘鹅给吃掉了。阿什利，米莉安的另一个冤家。

（米莉安·布莱克：命运收割者、河流阻断者、怪物制造者。）

哈里特的刀落了下来，但却只砍到了空气。嗖。米莉安笨拙地向后翻了个跟头，撞在她妈妈的胡桃木衣橱上。橱柜上的镜子哗啦哗啦晃了晃，米莉安扶着衣橱站起身——

哈里特挥舞着砍刀扑上来。

退无可退，米莉安大叫一声，缩进角落，刀刃深深砍进衣橱的木板。

因为嵌入太深，刀一时竟拔不出来。

哈里特像被困的野兽般咆哮起来，接着她又徒劳地拔了三次。米莉安见机不可失，冲着哈里特的膝盖一侧便是重重一脚。

咔嚓一声，哈里特的腿骨呈畸形向内侧弯曲过去。

臭婊子，我要把你挫骨扬灰，米莉安在心里狠狠骂道，**好为格罗斯基报仇。**

可哈里特好像根本感觉不到疼痛，尽管她一个趔趄撞在了衣橱上，巨大的作用力倒帮她拔出了刀。

哈里特首先一拳打在米莉安的脸上，疼得她眼冒金星差点昏过去。砍刀再次落下之时，她双腿蹬地向后躲闪，双手本能地举起来护住了头。刀刃擦着她的左前臂划过去，皮肤上裂开一道长长的口子，鲜血飞溅而出。米莉安头晕目眩，胡乱打出一拳，但却没有打到任何东西。

哈里特伸出一只粗短的手，像抓小狗一样抓住米莉安的后脖颈。

接下来，她只知道自己的身体不受控制地飞向了一条床腿，随后肩膀结结实实挨了一击，她的脚在地上刮起一片滑溜溜的血水。她倒在地上，耳朵里仿佛装了个警报器，呜呜响个不停。周围的一切又像战鼓在敲。她抓住床，试着站起来，但一只脚落在她的背上，把她踩到了地板上。

哈里特压在米莉安身上，把嘴巴凑到她的耳边。

好吧，动手之前，她似乎有话要说。

哈里特的故事

我已经找了你很久，米莉安。

别动。不，不，别挣扎。我想告诉你，我想让你知道我折磨人的手段，我想让你知道我这一路走来都经历过什么。现在我的膝盖顶着你的背，刀架在你的脖子上。

曾经，我认为我是自然世界中的典范。在我看来，人类渐渐丢掉了他们的动物本性。知道我们为什么会有犬齿吗？因为我们是捕食者，米莉安，是牙齿和指甲上都沾满了鲜血的猎手。人类基因驱使着我们去捕猎、征服、杀戮，并吃掉我们杀掉的猎物。我们的基因表现在我们的思想上——模因论是基因论的反映。但我们自以为思想是高等智慧的象征，所以把它看得比粗野掠夺的本性要高贵许多。可思想恰恰违背了我们的本意，使我们更像捕食者。我一度以为这种认知上的失调会削弱我们。我们不断地与本性做斗争，就像一个人挣扎着要爬出吞噬一切的流沙。可我们越是挣扎，反而陷得越深。

我以为我已经看透了一切。

我以为我比你强，真的。我发现了你的日记，你的自杀倒计时。

我找到了一条能够证明我是初始、你是终结的方法，我用不着亲手杀了你，我会让你自己杀死自己。

可后来你居然朝我开了枪。

你让一颗子弹穿透房门钻进了我的脑袋。

你证明了我的错误，而错误的代价是死亡。

我想大抵就是如此吧。

我的双眼在黑暗中看到了一丝光明。不知道什么东西在碰我的伤口，感觉像是一根手指在摸索。一个影子笼罩了我，一个和英格索尔有些相似的影子，瘦长、柔软，没有头发。它溜到了我身上，从我脑袋上的洞口钻了进去。我的肺部重新开始呼吸空气，我的心脏重新开始跳动。

我坐了起来。

我的嘴巴里有股硬币和腐烂的味道。

等我重返人间时，我发现我已经死了六个月了。我的尸体一直没有腐烂，在那片松林泥炭地里，一直也没有人发现我。我在那里躺了几个月，甲虫在我的内脏里做了窝，我的肚子里装满了蛆虫，我不得不把它们全部吐出来，或者拉出来。我花了好几天才把私自占据了我的肚子的那些脏东西清理干净。

我复活时，世界已经变了样。弗兰克还活着，而且找到了新工作。英格索尔死了，凶手也是你。

我的记忆完好如初，我没有遗忘任何东西。

而现在，我的身体里有了新的东西：那个影子。它是我的第二个灵魂，就像我的孩子一样，我能感觉到它在我的身体里，或者说它像一个寄生虫，但却是良性的。我给了它身体，它给了我生命。

它让我等待时机，我照做了。我继续干我最擅长的事情。我回到起点，开始有条不紊地重建英格索尔的帝国。我重新建立人脉关系，重启供应链，就像我重获新生一样，我的事业也要从头再来。但我一直没有忘记你。我让你跑了，没错，但我知道，迟早有一天我会找到你。我知道我们终有再见之时，而到了那个时候，我就要杀了你。影子说那是我人生的十字路口，是我的命数。

过去我是不相信命数的，但现在我信了。命运，我早就该看透的。是我没有好好听英格索尔的话。他相信更加伟大，也更加陌生的宇宙：一个关于命运和神秘的宇宙，在那里，人可以预知未来，也可以逆天改命。我一直都是只相信自然的。

但现在，我有了别的信仰。

超自然。

这就是为什么第一次你能打败我的原因，因为我是自然的，而你是超自然的。你拥有神秘的力量，你有天赋，英格索尔看出了这一点，但我的双眼始终被蒙蔽着。如今他的影子填补了我的缺陷，我也拥有了超自然的能力。

我找了你很久，而且差一点就找到了你。我的一个对手——海地人啪啪——后来栽了大跟头，没过多久，我就发现这事儿跟你，米莉安·布莱克，有着直接的关系。你又一次玩弄了命运，但这一次，你无形中反而帮了我，啪啪的倒台让我有了东山再起的机会。往近一点说，在图森，卡特尔报告说有人干预了他们的行动。他们本来计划干掉一个叫伊森·基的家伙，可后来发现有人捷足先登了。

这无形中又帮了我一把。

我想我该谢谢你吧，你造就了现在的我。

谢谢，谢谢你让我认识到我是多么不堪一击，谢谢你在生意上的配合。我是认真的，谢谢你。但你不要误会，感激归感激，但我仍然不会原谅你。我们的本性就是绝不原谅，对不对？你不原谅任何人。你付诸行动，改变命运，改变世界，虽然每次只是一点点。救一条命，要一条命。原谅是消极的行为，它等于让你松开方向盘，让汽车漫无目的地乱撞。可你是永远都不会松开方向盘的。

　　这就是我找到你的方法。因为你不会改变，或者说狗改不了吃屎。你又一次干涉了我的生意。你在这个州留下一具又一具尸体，而最近的一个受害者是我的人，唐纳德·塔金斯。他死在你手上，而我仿佛感受到了召唤。是命运把我推到了你跟前。这一次，操纵命运的是你的人。

　　你的舅舅，杰克。

　　他很高兴就把你的地址告诉了我，米莉安。

　　所以，你瞧，咱们终于可以新账老账一起算了。

　　我可以告诉你我打算怎么干：

　　我要砍下你的脑袋。

　　然后我要挖出你的心。

　　接着我要当着你的面吃掉你的心，那样我就能得到你的力量。这就是我征服的方式。

23 申命记 19：21

这就是我征服的方式。哈里特滔滔不绝的讲述终于到了尾声。米莉安趴在地上，脸都快被地板磨平了。就像飓风之前呼啸而至的狂风，米莉安感觉到了厄运的临近，胸口不由得紧缩，大脑中仿佛突然盛开一朵令人目眩的白花。她莫名其妙地大笑起来。不，是狂笑，持续不断、上气不接下气、难以抑制的狂笑。她的双眼充满泪水，额头下是黏糊糊的血。米莉安的笑仿佛没完没了，就像一只快乐的奶牛蔑视即将来临的屠杀。

"闭嘴！"哈里特火冒三丈，收紧了米莉安脖子里的刀。可米莉安停不下来，就算刀刃已经割破喉咙处的皮肤，她的血和格罗斯基的血混在了一起，她仍然笑得若无其事。

"停——"米莉安喘着气说，"停不下来，太搞笑了。"

"有什么好笑的？你笑什么？！"哈里特吼道。

"因为——"米莉安艰难地吞咽了一下，因为唾沫要冲破刀刃施加在脖子里的压力，"因为你是个超级大傻×，还说自己聪明呢。"

"什么？"

"你居然找了我那么久,可——"米莉安笑得更厉害了,"可我根本就没有躲,也没有藏,我的名字就在警方的通报中,我名下有两栋房子。这他妈用谷歌都能查出来,你个蠢货。"她笑得脑袋缺氧,竟哭了起来,也许连她自己都搞不清自己是哭还是笑了。

"闭嘴!"哈里特怒不可遏。但米莉安毫不理会。"闭!嘴!"她气得在床板上砸了一拳。嘭!

而与此同时,她们同时听到了别的动静。

沉闷的声音,仿佛一记重拳打在什么东西上。

这足以引起哈里特的警觉,她从床边抬头望向声音传来的地方,望向窗户——

米莉安趁机抓住床腿,将自己的身体从哈里特身下拉了出来,并迅速朝床底下爬去。这里遍布蛛网和棉绒,还有粘在血泊中的脏兮兮的玩具兔子。哈里特一把拽住她的脚踝,但米莉安翻身挣脱,完全钻到了床下。如果不是性命攸关,接下来的场景看着或许会有些滑稽。米莉安在床底爬向另一边,当哈里特转过去抓她时,她又爬了回来。如此来来回回,来来回回。米莉安逃不出去,哈里特也抓不着她,即便挥舞手里的砍刀也鞭长莫及。终于,哈里特被彻底激怒了。

她选了一边,也趴在地上往床下钻去,一边爬,一边挥刀乱砍。

于是,米莉安从另一边钻了出来。

她连忙站起来,背对着她妈妈的衣橱。这时她才明白刚刚是什么声音转移了哈里特的注意力。

是格罗斯基的脑袋。哈里特砸床板的时候,它从枕头上滚落了下来。

她也要爬出来了。

那像牛头犬一样凶恶的女人从床的另一边退了出去,现在她又顶着一张死人脸,带着满满的恨意和杀气从床上爬过来了。她像只疯狗一样,驱使她的念头只有一个:杀!杀!杀!

我需要武器,随便什么家伙——

　　武器唾手可得。米莉安弯腰揪住格罗斯基的一撮头发，把他的脑袋拎了起来。此刻哈里特已经来至近前，她二话不说举起格罗斯基的死人头狠狠砸到哈里特的脸上。那女人惨叫一声从床尾滚了下去，重重摔在地板上时，整个房间似乎都在震动。米莉安心里默念着对不起，然后把格罗斯基的脑袋丢了出去。脑袋在墙壁上弹了一下，把一张耶稣的画框撞了下来。最后脑袋和画框全都落在正要爬起来的哈里特身上。画框玻璃碎了，哈里特勃然大怒。

　　时间就像从动脉里喷涌而出的血，米莉安不敢耽搁和浪费。她来到窗前，准备继续最初的计划。那是一扇上下开启的窗户，插销呈闭锁状态。她先用手迅速扳了两下打开锁，而后用力掀开了窗户。十月的空气迎面扑来，让她几乎无法呼吸。她伸手抓住窗户外沿，把身体拉了出去。

　　一双手抓住了她的两只脚踝，坚定有力的手。所幸没有砍刀，哈里特一定把刀掉在了哪里。米莉安奋力向外挣脱，双臂上的肌腱和肌肉紧绷到了极限，感觉下一秒就要燃烧起来。她晃动身体，双腿狠命踢蹬。她偏过脑袋朝屋里望，看见哈里特的眼睛像刀刃一样明亮冷酷，她脸上的笑容活脱脱就是一个疯子的模样。而且仿佛在证明她是个疯子，哈里特把嘴巴张得越来越大，越来越大。

　　她一口咬在米莉安的小腿上。牙齿深深陷进肉里，米莉安疼得大叫。鲜血从哈里特的嘴角汩汩而出，沾上她苍白肿胀的脸颊。

　　周围的空气仿佛搅动起来，风越来越猛，像许多根手指插进米莉安的头发。这时一个影子呼啸而至，从黑夜中分离出的影子。

　　大角猫头鹰悄无声息地飞进窗户，两只利爪前伸着扑向哈里特的脸。那女人根本没时间反应。爪子的目标是她的双眼，忽然，咬在米莉安小腿上的牙齿松开了。哈里特失去平衡向后跌倒，猫头鹰落在她的脸上。

　　米莉安趁机将身体拉出窗外，可她忍不住：

她扭头望向屋里。

猫头鹰猛烈扇动着翅膀，使它的身体保持悬空状态，而它的爪子像锚一样固定在哈里特眼睛周围的皮肉里。那女人号叫了一嗓子，就像热水壶烧开水之后发出的尖厉的啸叫。不是因为疼痛，而是因为别的，更巨大、更深沉，透着远古的挫败感。

米莉安迅速附身到猫头鹰身上。这一刻，她感觉到了爪子穿透人类皮肉时那令人满足的紧迫感，以及攥住两个小圆球时那令人愉快的饱满感。这时猫头鹰用力往外一拉，爪子里抓着哈里特的眼珠，像抓着两颗湿漉漉的大珍珠。得胜的猫头鹰欢快地叫了一声，带着哈里特的眼珠飞回黑夜中。米莉安眨了眨眼睛，她又回到了自己的身体内。

她跪在窗外，粗声大气地呼吸着。室内，失去双目的哈里特气急败坏地四处乱撞，她伸出双手在空气中摸索着。

突然，她停止了动作。

仿佛零散的精神一下子集中了起来。

她的脑袋猛地转过来，面朝窗口的方向，正对着米莉安。她露出依然滴着血的牙齿——米莉安的血——用那两个鲜血淋漓的黑窟窿"望着"米莉安。她眼窝周围的皮肤被猫头鹰抓得稀烂，皮肉像一条条红色的丝带耷拉在伤口处。

哈里特向窗口冲去。

他妈的！

米莉安吓得一屁股坐在瓦上，继而一层一层地往下滑。噗，噗，噗。虽然她从来没有跳过妈妈卧室的窗户，但少女时代的经验让她比谁都清楚该如何安全到达地面。其实并不难，只要你足够小心。可问题是得看什么时候，米莉安的谨慎早在她爬出来之前就他妈的被扔出窗外了。所以她一直滑到排水槽的边缘，才笨拙地伸手去抓它，但她没抓着，于是身体腾空从屋檐上掉了下去。她摔进了房子周围的花圃。说是花圃，却已经多年没有种过花。她落在一堆又干又硬的土上。身体里的空气仿佛一下子被排空，她在近旁疯狂寻找着可以借力的东西让自己站起来，虽然花圃里除了野草，别无一物。

但她心里却很满足：**好了，安全了。**

可事实却并非如此。她很快就知道自己还没有完全脱险。只听头上嘭的一声，房顶似乎晃了晃。哈里特也从窗户里跳出来了？不过她是像狗一样脸朝下趴在瓦上滑下来的。滑落的过程她像鬼一样叫着："米——莉——安——"

哈里特自然是停不住的，她直接飞出了房檐。米莉安连连后退，哈里特扑通一声掉在地上时，她几乎已经蹒跚着逃进了林子。她听见了哈里特落地的声音，还听到一声清脆的像树枝折断一样的声音，回头看时，发现哈里特摔断了一条胳膊，断骨吓人地从皮肉里伸出来。可她好像丝毫没有受到影响，只见她一骨碌爬起来，断臂垂在胳膊上，两个黑眼窝径直望向米莉安。她又一次用令人毛骨悚然的声音喊起来：米——莉——安——

米莉安不敢再磨蹭了。

她一头扎进林子，不顾一切地逃命而去。

29　妈的，刚刚发生了什么？

时间一分一秒地过去。她不知道究竟过了多久，她甚至荒唐地担心这个夜晚永远不会结束，太阳再也不会升起。

米莉安在树林中跌跌撞撞地跑了很远，随后又穿过某户人家谷仓后面的一片空地。接着她又钻进林子，并很快就遇到了一条蜿蜒的碎石路。她迷路了，完全不知道自己身在何处。

但有件事她很清楚。

首先，有东西在跟着她。但至少这一次——也许是第一次——她不用为此担心，反倒觉得心安不少，因为跟着她的是只猫头鹰。

米莉安看不见它，但能感觉到它就在林子里。它从一根树枝悄无声息地滑翔到另一根树枝上，在身后始终和她保持着百余步的距离。它偶尔也会开个小差，但过几分钟又会跟上，喙上湿漉漉的，沾满了老鼠的血。米莉安有时会眨一下眼，附到猫头鹰身上，于是便尝到了它嘴里的味道：死老鼠的回味像黏膜一样附在她的舌头上。她感觉到了老鼠的皮毛、恐惧，以及抽动着滑下喉咙的尾巴。激动的猫头鹰还有些意犹未尽，而米莉安却一阵阵反胃。

她把精神集中在这只大鸟身上。她们共享的脑部空间给了她了解猫头鹰的机会。她获得的知识包含了常识和私密两种类别。她了解了这只猫头鹰的习性，而通过它，她又了解了同类所有猫头鹰的习性。

这还是她曾召唤过来袭击杰克和他的律师的那只猫头鹰。美洲雕鸮，即大角猫头鹰。这只鸟身高两英尺，翼展是其身高的两倍以上，可它的体重却仅相当于一只普通的吉娃娃。正因为体重小，加上骨骼中空，所以它才能悄无声息地滑翔。它生有两只对趾足——两趾朝前，两趾朝后，适合栖息于树枝，适合抓握食物。

适合抓出眼珠。

天啊，你那双眼睛可真大。

猫头鹰会将老鼠慢慢消化，无法消化的部分——皮毛、骨头和其他一些生物碎屑——再以反刍的方式吐出来，然后它会继续捕猎。猫头鹰是不知疲倦的捕猎者，捕猎几乎是它日常生活的全部内容。

这只雌猫头鹰曾经有过一个配偶，但不幸被汽车撞死了，所以说它是个寡妇。

但它有着强壮的身体和不屈的精神。它的体形庞大而优美，迟早有一天会找到新的配偶，但目前，它独自捕猎。

不。

现在它和我一起捕猎。

脚踩在碎石上时，米莉安眨了一下眼睛。

我有了一只宠物猫头鹰。

这应该能给她带来些许安慰。确实如此，尽管微不足道——就像用一根快要磨断了的绳子，或一根该死的鞋带荡过一道又宽又深的鸿沟。格罗斯基死了，哈里特却还活着。一幕幕画面像闪电一样掠过脑际：哈里特，向内折断的腿，被掏空的眼窝，胳膊上翘出的骨头。可她居然还能紧追着她不放。

也许她并非活着的人。

也许她已经死了，只是她的身体还不知道。

或者，也许是她提到的那个影子在支配她的身体。

是什么神秘邪恶的力量复活了哈里特·亚当斯呢？

哈里特的身体里藏着一个影子，但米莉安的身体之外有个入侵者，休格有她的幽灵，雷恩也能看到奇怪的幻象。这些难道是同一种东西？

阿什利·盖恩斯虽然没有说过超自然的外部存在，但他的确提到过奇怪的声音。还有长滩岛船底商店里的枪手，那个被米莉安用烧烤叉干掉的家伙，他也说起过奇怪的声音。

驱使埃莉诺·考尔德克特的力量究竟是什么？还有凯伦·基，她们也像米莉安一样是对抗命运的人吗？或者难道她们站在与她对立的另一面？存在这样分立的阵营吗？或者，她们会不会是同一种创伤系统的产物？她摇摇晃晃地向前走着，脑子里盘旋着这些疑问。疲惫像狗一样拖着她的腿。这里面有一股更为强大的力量，而她完全搞不清楚是什么。因为这东西她既摸不着，也看不到。

思绪打着旋，翻着跟头，犹如一条蛇吞食着自己像意大利面条一样的尾巴。

地毯，面条。

可问题是，这股力量似乎千方百计要阻止米莉安做她在做的事情。她已经有了放弃的念头。她自己想放手不干！所以她才会千辛万苦地寻找玛丽·史迪奇。唯一希望她继续留在这趟地狱专列上的人是她的乘客，她挥之不去的瘟疫——她的入侵者。它是恶魔，是幽灵，是她墙面上不断扩张的污渍。入侵者在驱赶着她走向某个目标，但她看不清这目标是什么，也不理解这么做有何意义。

别想了，想也没用。

她应该考虑的是此时此地。

她走在一条碎石路上，时间已是深夜，一只猫头鹰与她同行。

集中精神，你这个傻瓜。

她能去哪儿呢？她没有手机，没有汽车。和每次遇到危难时一样，她首先想到的是路易斯。去找他，躺在他的腿上，求他带她远走高飞。

可那只会又把路易斯拖进火坑。上次她被哈里特·亚当斯追杀时就曾扑进过路易斯的怀抱，结果呢，她把杀手引到了路易斯身边。英格索尔抓住了他，剜了他一只眼睛，还差点要了他的命。米莉安的每一次出现都导致命运的反复，使她从一开始就希望打破的路易斯的死亡预言一次次险些成真。

格罗斯基显然是指望不上了。她也不想给加比找麻烦。

那该怎么办？她的家成了屠宰场。她身上倒是揣了一点钱，说不定能找个廉价的汽车旅馆凑合着住下，或者搭便车去佛罗里达。管他去哪儿呢，她首先得藏起来，然后再慢慢把这些事捋清楚。

这时她忽然想到了雷恩。哦，雷恩，这一切全都因她而起。那姑娘和米莉安一样，也是麻烦缠身。哈里特在不明就里的情况下一直追杀雷恩，她把她误以为是米莉安了，只是这个女魔头走运碰到了杰克舅舅。（走运？会不会又是那股神秘力量故意把哈里特引到了你身边呢，米莉安？）如果雷恩还在四处游荡，哈里特迟早也会找到她，然后呢？

她快被自己的优柔寡断给搞疯了。更糟的是，疲惫眼看就能要她的命。

透过前方的树木，她看到脚下的碎石路连上了另外一条路，那是一条平坦的公路。间或有汽车驶过，车头灯光不时穿透黑夜的屏障。米莉安真想找堆落叶躺上去睡一会儿。抬起头，猫头鹰像忠诚的小狗一样跟着她。那是她特别的影子。

米莉安来到路口，不知道该往左还是往右，或者干脆走到路中间，让某个不长眼的卡车司机把她碾成肉饼。但很快她就不用为难了。

一辆巡逻警车沿着公路驶来。待她进入警车的视野范围时，红蓝警灯闪烁起来，警笛也啸叫起来。

30 警察

"举起手来！"

红，蓝，红，蓝。两种灯光在黑暗中交替闪烁。

车门打开，警察站在车门之后，掏出枪。米莉安被定在车灯光里。警察的手枪举得稳稳的，枪口正对着她。

她颤抖着举起了双手。

警察命令道："趴在地上。"

米莉安趴在了地上。

她太累了。她曾想让猫头鹰来帮忙。她完全可以召唤猫头鹰，让它扑向这个警察。也许它会掏出他的眼珠，抓烂他的脸，或者啄下他的鼻子。可她并不认识这个警察。也许他只是一个普普通通的小巡警，对她毫不了解，更不知道她的能力或她为什么会有这种能力。他和她是原本不该相交的两条线，他没理由受到她的惩罚。

可话说回来，难道她就活该承受这一切吗？

束手就擒？她很快就意识到这么做可能会带来的后果。她曾遭遇过无数次困境，但每一次都成功逃脱。她一直以为她总能摆脱束缚，重获自由。可如今套索越收越紧。雷恩留下了踪迹，而现在，雷恩和米莉安已经彼此难以区分。他们在营地试图抓住雷恩，他们目睹跑过小路的人是谁，是米莉安。现在是谁的家里有个死掉的前FBI探员？米莉安。是谁在全国跑来跑去，说不定还在各地留下了疑似连环杀手的证据？答案还是一样的。

他们会把她关进牢里。

理由也许是她做过的那些事。

而更可能的理由是她完全没做过的那些事。

好吧，或许这样的结果也不算太坏，毕竟凡事总得做个了结。忽然间，坐牢似乎也变得诱人起来。有句话怎么说来着？*监狱好啊，管吃管住，不愁生活没着落。坐牢也挺好，我会成为监狱里的大姐大。所有的犯人都得拿烟啊酒啊来巴结我，我会告诉她们都是怎么嗝屁的。我们说说笑笑，还互相文身。*

她们可以组织一个俱乐部。等等，狗屁，她们要成立一个帮派，一个真正的帮派。

她的前额紧贴着柏油路面。地上很凉，正好让她冷静下来。她专心呼吸：吸气，呼气；吸气，呼气。耳朵里嗡嗡直响，她也仔细听着。身后传来脚步声，警察正慢慢靠近。听得出来，这个警察有点紧张，好像他不确定自己面对的是什么角色。

不用怕我，伙计。你拿把餐叉都能把我解决掉。

她的思绪忽然游移到路易斯杀死萨曼莎的事情上，而后是孤身一人游荡在外的雷恩。米莉安仿佛听到有人在对她说：你不能放弃。这些人还需要你，你有义务，也有责任帮助他们。可这些话被潮水般压倒一切的疲惫给淹没了。让他们见鬼去吧。除了自己，她不需要对任何人负责。至少在牢里她能好好睡一觉。

她把双手反剪至背后，一个手腕压着另一个手腕。

"我准备好了。"她说。她的声音听起来格外疲惫，粗哑干巴，就像她的声带刚刚被干酪刨丝器刨了一通。"我不会反抗的。"

可警察却停住了。米莉安听到了铃声。

随后那警察掏出了手机。

"是，"他说，"是她，肯定是她。"

他在跟谁说话？他用的不是对讲机，说明那头不是警察。会是哈里特吗？也许这家伙根本不是警察。或者，也许他收了贿赂，哈里特的贿赂，她说过她重建了英格索尔的犯罪帝国。

米莉安双手撑地就要起来。但她听到枪的击锤咔嗒响了一下，那家伙紧走两步来到了她跟前。冷冰冰的枪口抵住了她的后脑勺，而手枪的视线恐怕已经穿透头皮和颅骨，直达脑髓了吧。

她急忙放飞意识去寻找猫头鹰，可她到处都找不着它——难道它去捕猎了？或者它放弃了她？猫头鹰不是食腐动物，也许因为现在她已经是死人一个，所以它便离她而去了。拜托……

"你不是警察。"米莉安说。

"我曾经是。"对方回答，并往前顶了顶枪口，"但我还留着制服和警车。"

"你和她是一伙儿的。"

他淡淡一笑。"哈里特是吧？没错。她对你可真是情有独钟啊，布莱克小姐。不过好消息是，她要抓活的，她说需要你身上的什么东西。"

耳边传来手铐的叮当声，他打开一半铐环，又打开另一半。冰凉的金属碰到了她的左腕，她感觉到了在眼眶中打着转的泪水。他不是要抓我坐牢，而是要把我送给哈里特。锁上第一个铐环时，他的拇指蹭到了米莉安的皮肤——

灵视画面很短，很急，几乎一闪而过。

灯光，喇叭，撞击。

"10秒钟。"她情不自禁地说。

"什么？"警察一愣，问道。

脚下的地面开始震颤。

灯光，新的灯光，照亮了他们所在的位置。闪烁的红光和蓝光被一片白色的光芒淹没。

她大声数着数。

"9，8，7——"

米莉安猛地抽回手，转身把另一半尚未扣上的铐环抽在了这个冒牌警察的脸上。那家伙疼得大叫一声，下意识地开了一枪，但米莉安及时躲开了——

"6，5——"

冒牌警察的脸上顿时鲜血淋漓，他气得横眉怒目，恨不得生吞了米莉安。

此时，他的一边侧脸已经笼罩在白色的灯光里，而米莉安也终于找到了她的猫头鹰——猫头鹰看到了灯光，感觉到了隆隆的车轮声。

"4，3，2——"

米莉安一脚踹在冒牌警察的肚子上。他踉跄着后退几步，离开了警车的庇护，来到了公路中央。

灯光瞬间将他罩住，像洪水一样几乎把他冲得无影无踪。

一辆小型掀背车直接撞上了他。

冒牌警察连叫喊的机会都没有，他被车的前轮辗轧，接着是后轮。待到小车在刺耳的啸叫声中停下时，他已经遍体鳞伤地躺在路中间死翘翘了。米莉安在刚刚的灵视中已经体验过他骨头断裂的感觉，啪，就像用膝盖折断一根腐朽的扫把柄。他死得很干脆，甚至没机会看到掀背车停下来。

车喇叭变成了长鸣的号角。嘀——米莉安站起身，一只手腕上悬着手铐，她晃了晃，试图甩掉它，当然，那是白费功夫，她甚至觉得自己这么做有些愚蠢。她昏头昏脑地抬起头，看到司机从小车里钻出来。那是个很粗壮的女人，头发乱蓬蓬的，可能因为刚刚的颠簸，也可能因为慌张。看到她一手造成的事故现场，她惊恐地张大了嘴巴。"哦，不。不，不，不。"泪水在她的眼眶里闪闪发光。

米莉安平静地安慰她说："他不是警察。"

"你……手铐……他是警察。"

"我刚说了，他不是警察。"可那女人哪里听得进去，她疯了似的挥舞着双臂，好像只要挥舞下去，刚刚发生的以及正在发生的一切都会消失。这女人被吓傻了。她的脑袋应该撞过方向盘，因为一道细细的血迹从她的头皮上缓缓流下。没有安全气囊，那车子看上去像是一辆老款的本田。随便了。"你带手机了吗？"

"手机，手机……"女人重复了数遍，仿佛她一时忘了手机是什么东西。也许她没带手机，或者她被撞得神志不清了。

唉，好端端的一个人，真是可怜。

米莉安不想再跟她废话，她经过冒牌警察的尸体，径直走向女人的车子，随后一把拉开副驾的车门。

运气不错，杯座上正好放着一部手机。米莉安伸手拿过来，拨了一个她唯一能拨的号码。

路易斯第一时间接了电话。

"我需要你。"她说。

只此，不必多言。

第四部分

黑印

31　林中小屋

午夜。

十二月初的一个夜晚。

蓝色的月光像刮胡刀片一样从床中央切过，米莉安猛吸了一口气，恐慌在血管中涌动。天很冷，可她身上却汗津津的。压抑的感觉来自四面八方，黑色的影子席卷而至，许多双手伸向她，窗户上有各种各样的形状。拥有无数眼睛和手的纯粹邪恶。愣了好大一会儿，她仍然搞不清楚自己在哪儿。

于是她朝左右看了看，有个人形躺在她旁边，那是她熟悉的男人的身体。他伟岸魁梧，侧看犹如山脉的轮廓，被子凌乱地缠在路易斯的脚上，白色床单盖着他诱人的隐私部位。他的胸口一起一伏，平缓而稳定；他的呼吸轻柔均匀，微微分开的嘴唇中间发出细细的口哨声。他睡觉时还会发出微弱的哼咛。

米莉安翻身起来。老习惯了，睡够了就醒，醒了就起床。

光亮透进窗户，一开始她以为是月光，可又感觉不对劲，细看之后才发现那是月光照在白茫茫的大地上反射出的光线。下雪了，她心里想。雪下得还不算大，但望向森林深处时，她能看到许多树前都隆起了高高低低的雪堆。风吹过来，雪花沙沙落在玻璃上，仿佛在窃窃私语。

真美，有什么卵用呢？她得去撒尿。

她打了个哈欠，拖着一丝不挂的身体蹒跚走进小小的卫生间。米莉安原本不想开灯，她准备撒尿之后继续回床上找路易斯，可现在她感觉到了生机勃勃的活力——她的皮肤上仿佛有电流通过，一根根汗毛伸着懒腰苏醒了。她打开灯，当从镜子里看到自己的脑袋时，她再一次惊讶不已。

她用手摸了摸头皮。她的头发金灿灿的，像稻草人的颜色，它们剪得极短，可能只剩一两英寸。手指轻而易举地从发丝间滑过，有些头发倒伏在头皮上，而更多的则像弹簧一样重新站起。她几乎认不出自己了。要的就是这种效果，不是吗？

那晚之后——哈里特杀回来的那天晚上，格罗斯基脑袋搬家的那天晚上——他们不知道住过多少家汽车旅馆，看过多少破破烂烂的壁挂电视。不久之后，新闻上就提到了她的名字。她战战兢兢，仿佛成了色盅里的色子。

长期以来，她活得像个边缘人：一个不融于社会的女人，一个无处安身的游魂野鬼。面对世界，她无能为力，只能偶尔影响到一两个人。她感觉自己好像寄生在鲨鱼肚子上的小鱼，默默无闻，藏在巨人的影子里。

然后格罗斯基出现了，还让她有机会了解到红迪网的世界。在那里，她无名无姓，神秘莫测，被人们叫作死亡天使。接下来格罗斯基死了，各路媒体好似扑向马屁股的苍蝇纷纷报道。宾州大屠杀；前FBI探员被残忍杀害。她的名字飘过屏幕。后来他们也发现了红迪网，于是米莉安·布莱克不再单单是米莉安·布莱克，而是死亡天使米莉安·布莱克。他们有她的号码，还有她的照片。所以她剪掉头发，染成金黄，成了现在这个样子。

来到林中这间小屋时，路易斯首先确保屋里没有电视。尽管几周下来，她已经不再频频出现在新闻里——谢天谢地——而且警方似乎也没有查到什么有价值的线索，但他不希望米莉安盯着电视不放。

她在这里找到了一个更好的地方。

这是一个和平宁静的地方。原始森林，幽暗深邃。小屋地处偏僻，人迹罕至。

这里是遁世的好去处，她仿佛不再属于那个充满喧嚣和凶险的世界。她回到了边缘地带，再次成为边缘人……

如果不是膀胱的提醒，她可能已经忘记了自己起床要干什么，于是她坐在了马桶上。

可她的思绪依旧信马由缰，她一向习惯于思考尚未发生的事情，但是最近，她把这种习惯深埋在心底，开始敞开心扉享受这难得的安宁。她在哪儿，他们在哪儿，可以暂时不问，总之，她感到放松惬意。生活就该如此。一个绝望的声音悄悄对她说：你可以这样过一辈子。逃离也好，放逐也罢，总之，她欢迎这种现状维持下去。换句话说，她希望眼下的生活成为新的正常。

说得好像她曾经有过正常的生活一样。从她被那个疯女人用雪铲打了个半死开始，她的人生轨迹就和正常背道而驰了。

但此时此刻，在这间不为世人所知的小屋里，她感觉到了正常。

不，她感觉到了生命。至少感觉到了一个生命。

头顶的墙角里，一只小蜘蛛在孜孜不倦地结着网。它几条纤细的长腿拨弄着蛛丝，圆溜溜的屁股摇摇晃晃。"我跟你一样，伙计。"她低声对蜘蛛说道，"就那么挂着。"离群索居，与世隔绝，让全世界都见鬼去吧。

米莉安擦了擦屁股，冲了冲水，现在她才完全醒来。

她穿上裤子，T恤，还有路易斯的大夹克，然后向外面走去。小屋不大，除了卫生间，就只剩下两间房，穿过厨房时她必须要小心翼翼，免得弄出动静。

外面寒气逼人，但也有一种冬天特有的温暖——下雪仿佛能隔绝寒冷，和毯子异曲同工。秋天留下一个满目萧索的世界，冬天又把它剥得赤条条的，雪好似给大地植了一层皮肤，保护裸露在外的肌肉肌腱乃至骨头。

当然，真正的冬天还没有到来，离冬至还有几周时间呢。等等，到底是冬至，还是春分？随便了，米莉安没工夫在乎那么多。什么冬至春分，不过是一些说法而已，改变不了什么实在的东西。

米莉安深吸了一口冰冷的空气，低头看着穿越松林的长长的碎石路。路易斯的皮卡车踏踏实实地依偎在深色的小屋旁边，车头的保险杠已经换过。壁炉里烧着木柴，空气中弥漫着一股木香味儿。不时有雪花落在她的睫毛上，害她不得不眨眨眼睛。月光洒满大地，四周一片静谧。

一切仿佛都在沉睡。这里没有高速公路，没有火车，没有人大呼小叫，没有枪声、警笛、电视噪声。什么都没有。

她感觉像在做梦，一个末日气息与浪漫色彩并存的梦：世界走到了尽头，她和路易斯是仅存的人类。这是一场温和平静的天启，一切生命缓缓走向不可避免的死亡。他们骑着一匹小马赶往这里，小马体力不支倒在地上，并安详地死去。他们钻进马肚子里，与世界一起灰飞烟灭。

有时候她觉得自己的这种想法匪夷所思。大多数人在幻想这类末日故事的时候都会把自己当成幸存世界的中心。可她不一样，世界是注定要毁灭的，只不过她和路易斯是最后的目击者。

她的幻想每天早晨都会在戈迪到来之时破灭一次。戈迪负责给他们送消息和日用品，每到这种时候，她的心就像痛恨马厩的野马，不顾一切地冲出去，飞快地从一个个刻着名字的路牌前奔过。那些路牌上写着：雷恩，加比，哈里特。有时候，幻想中的路牌会变成墓碑，这能帮她重新找到幻想的安慰。

呼出的白气像从身体里逃出来的幽灵。

米莉安搓着双手。

捕猎的时候到了。

她走入林间。此刻万籁俱寂，唯一发出声音的是落雪和靴子。不大一会儿，小屋已经变成地平线上的一个点。等到她认为已经足够远的时候，她仰起头，闭上眼睛，放空大脑。

脑海深处的黑暗中，有模糊的影子在移动。它们好似黑夜中仍在燃烧的余烬——星星、火花、烟蒂。每一个影子都是活的生命。是一只鸟。还有许多栖息在枝上，睡着了：山雀、五子雀、黑顶山雀、北美红雀。藏在巢中，睡在树洞里或树桩上。

其他则醒着，但她只找到了一只。

它来了。张开的翅膀划破夜幕，一只猫头鹰。

它只是轻轻扇了下翅膀，便轻盈地落在附近的一棵常绿树上，树枝倾斜下垂，覆盖在上面的雪纷纷落下。

米莉安睁开眼，她凝视着猫头鹰，猫头鹰也凝视着她。

"你好，厄运之鸟。"这是她对猫头鹰的新称呼。当路易斯的朋友戈迪——他们的房东兼保护人——看到他们竟然带了一只猫头鹰时，他先是吓得脸色煞白，随后又一脸兴奋。戈迪用重重的鼻音说：

"我前妻最恨这些东西。我们卧室外面的一棵树上就住了一只猫头鹰，它经常在夜里发出瘆人的叫声。有时候它还会突然从窗口飞过，把她吓一跳。天啊，玛西亚叫起来像耗子一样。她对我说，猫头鹰代表厄运，戈迪！如果它们从你窗口飞过，就证明你要生病或者要死了。你相信我的准没错。所以她便担心自己会不会得什么病，甚至担心自己会一命呜呼。"说到这里，戈迪忍不住笑起来，仿佛这件事想想都觉得荒唐。"有一次她悄悄告诉我说，那是厄运之鸟。至于我，我是喜欢猫头鹰的，知道它们在外面还能帮助我入眠呢。而看到玛西亚那么不高兴，就让我更喜欢它们了。"

《恋上冰淇淋》

"你知道吗？大家来意大利的理由个个有不同，可他们留下就成为了两样东西。"

"什么？"

"爱情和冰淇淋。"

珍娜·埃文斯·韦尔奇 [著]

定价：42.00元

《过境之鸟》

这个世界，你真正地了解谁？

一个噩梦，一场谋杀，一段故事

我们终将活在这扇门的世界，一旦过境，所有耀眼的真相都会滚滚而来

克拉丽莎·古纳汪 [著]

定价：42.00元

《我们的天空》

一部跨越生死，激荡灵魂的爱之经典

畅销欧美30国的年度爱情治愈力作，千万读者含泪推荐

卢克·艾诺特 [著]

定价：45.00元

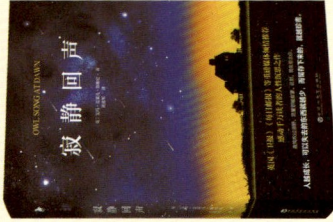

《寂静回声》

人越成长，可以失去的东西越来越少，而留存下来的，就越珍贵。

艾玛·克莱儿·斯维尼 [著]

定价：42.00元

《那不勒斯的萤火》

被誉为欧美文坛近十年来的"灯塔"巨作

每个人的孤独背后，都印着另一个人的名字。

马西米利亚诺·威尔吉利奥 [著]

定价：42.00元

《剩下来的孩子》

没有人可以独自坚强，无论任何时候，其他地方，我那渴望爱你。

一部令全美国为之心碎落泪的力作

2016年法兰克福书展超级大书

爱农·纳文 [著]

定价：42.00元

《再见，萤火虫小巷》

克莉丝汀·汉娜 [著]

定价：36.00元

一部讲述友谊与自我救赎的美好而感人的故事，而爱，能够创造永恒与奇迹。

失去的会以另外的方式永远存在。而朋友的需要加倍的珍惜。

《萤火虫小巷》

克莉丝汀·汉娜 [著]

定价：36.00元

一部描写友谊及人生的史诗巨作

带你检检生命中的勇气，信仰与爱

人生是一段孤独旅程，但我遇见了你。你不是我，却又像世界上的另一个我。

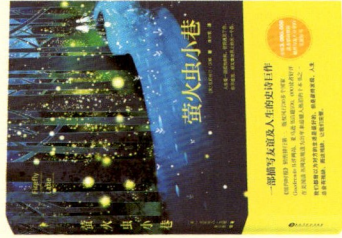

《绿洲食堂》

安倍夜郎手绘漫画 x 烟火美食故事

街道会变，人会变，喜好会变

但记忆中的那人心里最想的味道却始终不会改变

安倍夜郎 左古文男 [著]

定价：35.00元

《18岁那年发生了什么》

18岁对大多数女孩来说，只是青春，或许克力的口味选择。

但对夏莉来说，她要面对的却是天堂或地狱的抉择……

凯莉莎·格拉斯哥 [著]

定价：39.80元

《神迹》

我们经常祈求神灭，却不曾观照自己足够成为天使

《纽约时报》畅销图书提名作家爱玛·多诺霍

《房间》之后再度震撼欧美文坛的扣人新作

爱玛·多诺霍 [著]

定价：39.80元

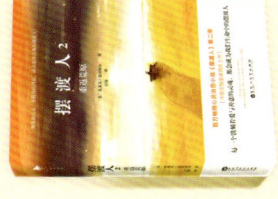

于是，猫头鹰就有了"厄运之鸟"的称呼。

"准备好去打猎了吗？"她问猫头鹰。

厄运之鸟像条困惑的狗一样歪着脑袋，仿佛在说：当然了，我想去打猎，你这个愚蠢的无毛熊。米莉安干脆利落地点点头，拉上兜帽，大步朝林中走去。猫头鹰张开翅膀飞了起来。

在昏暗的森林中，他们的狩猎之旅开始了。

32　血和早餐

　　旭日初升，阳光犹如金黄的丝带穿过树木的缝隙，照着半空中最后几片零落的雪花，照着小屋后面野餐桌上的一片血迹。它们闪烁着，缠绕在一起。

　　厄运之鸟站在附近的地上。它支棱着翅膀，一根根羽毛全都竖了起来，身体几乎贴着地面，一副周边防御的姿态，好像它在担心别的猫头鹰会来抢夺它的战利品，而它的战利品是一只松鼠。厄运之鸟的脑袋不时在翅膀下面戳一戳，抬起头时，嘴里便多了一条碎肉，随后它一伸脖子就咽了下去。

　　米莉安自己也有一只松鼠，她将它剥皮放血，开膛破肚。此刻她的手上依然沾满血迹，但松鼠的肉已经快烤熟了。虽然是凌晨四点，但她有用不完的木炭和打火机油，生火不是难事，而冷空气起到了冰箱的作用，让松鼠肉最大限度地保持了新鲜。

　　她从松鼠身上撕下一块肉。这一只是她的战利品，虽然不是她亲手打来的。她哪里需要亲自动手，猫头鹰就是她的武器。米莉安偶尔附身在猫头鹰身上，她现在愈发得心应手起来。她虽然不会像猫头鹰那样将捕猎视为自己的第二天性，但她能借助它的本能，感觉到它捕猎时的兴奋。这是一种很震撼的体验，你感受到自己张开的翅膀，伸出的爪子，把树林中那些毫无防备的小动物扑倒在雪地里。最难的部分是克制自己的贪婪，米莉安需要食物，她的身体需要营养，但她不会因此就放纵自己杀戮的欲望。

米莉安心满意足地面对着这只松鼠，就像面对一盘香喷喷的烤饼。她的牙齿沿着骨头运动，扯下鲜嫩多汁的肉。

"只要你不来抢我的，我也不会抢你的。"她对厄运之鸟说。猫头鹰瞪着圆溜溜的大眼睛望了望她。闭嘴，没毛的家伙，人家在吃饭呢。

小屋的后门忽然打开，路易斯走了出来。他裹着一条毯子，睡眼惺忪。他来到米莉安身边，在她脸上亲了亲，而后朝厄运之鸟点了点头。

"你好，猫头鹰。"然后又对米莉安说："哈，又打到东西了？"

米莉安"嗯"了一声，把一片松鼠肉像面条一样吸溜进嘴里。

"没给我也来一只？"他问。

"抱歉。"她说着把她咬得残缺不全的松鼠递给他。路易斯看到有些地方烤焦了，黑乎乎的。"还剩一点大腿肉，你要吗？"米莉安问。

他摆摆手。"算了。我们还有鸡蛋呢，我待会儿做饭吃。"

"给我也做点，松鼠身上没多少肉。"她很想抓只兔子。厄运之鸟能捕到更大的猎物，像浣熊、负鼠，或土拨鼠。但米莉安发现那些动物的肉口感很差，至少不太适合烧烤。也许有经验的厨师知道怎么料理浣熊才好吃，可现在她的烹饪只处于原始人的水平，所以松鼠和兔子是最合适的猎物。她又暂时让灵魂出窍，像自行车链条或变速器一样溜进猫头鹰的身体。它的嘴巴里满是鲜血和生肉的味道，很腥，但也很新鲜，就像吃松鼠生肉片。她微微一颤，嗖，又回来了。

路易斯刚要起身，她拉住毯子又把他拽了回来。舌尖上带着生血生肉的味道，她趴在他嘴上吻了起来。嘴唇贴着嘴唇，牙齿碰着牙齿，两个人的呻吟交织在一起。嘴唇分离许久之后米莉安才说："谢谢你。"

"就冲这个吻，我想该说谢谢的人是我。"

"不，我要谢的是你做的这一切。"如果那天夜里不是路易斯来接她，鬼知道会出现什么样的结果。也许她会落入哈里特的魔爪，或者被真的警察抓进牢里，总之，她很难逃过一场大追捕。可路易斯及时出现带她离开了那里。他们走了不到一英里，在等红灯的时候，那只猫头鹰落在了他们的汽车引擎盖上。米莉安问他们能否带着猫头鹰一同上路，路易斯没有拒绝，而是毫不犹豫地答应说：为你做什么都可以。

就在那电光石火的一瞬间，米莉安看清了路易斯，也看清了自己，更看清了他们必然在一起的宿命，不论海枯石烂，地老天荒。随后他们一起来到了这里。他说他们需要避避风头，而他以前在货车公司有个叫戈登·斯塔夫罗斯的老伙计，也就是戈迪。戈迪的家在州东北部与纽约交界的地方，他在离家不远的一处偏僻丛林里有栋狩猎用的小屋。那里与世隔绝，用的是太阳能，取暖靠木柴。路易斯把该交代的事情全部向戈迪交代清楚，便带着米莉安在这片荒山野岭中过起了隐居的生活——反正他现在基本上也成了米莉安的从犯，两人的命运从未像现在这样结结实实地绑在一起过。

而那已经是两个月前的事了。

如今的她不再奢求别的，她想就这样守着这间小屋、这片森林，还有她的猫头鹰和她的男人在这里过一辈子。

（一个微弱的声音提醒她：加比呢？你把她给忘了，对不对？米莉安努力赶跑这声音。她能给予的爱是有限的，目前只够给路易斯。不知道加比现在哪里，也许她很安全。但她自己也表示怀疑，她是什么人，加比是什么人？这样想无异于像鸵鸟一样把头埋进沙里，自欺欺人。）

她的手溜进毯子，沿着路易斯的膝部向上游走，经过大腿上坚实的肌肉——

路易斯迎合着，俯身给了她又一个吻。"还得做饭呢。"他喃喃地说。

"做饭还是做爱，你自己选。"她说。

"你赢了。"

她爬起来，仿佛要融化在他的怀里。这时她想到一个更加色情的念头——暂时让灵肉分离，进入猫头鹰的身体，用厄运之鸟的眼睛欣赏她和路易斯在这片冰天雪地中的肉欲表演。

但一个声音忽然将她打回自己的身体，她的血液仿佛一下子凝固了——

发动机的声音，轿车或卡车，她警觉地站起来。

路易斯的手轻轻搭在她的肩膀上。"可能是戈迪。"他们在小屋后面，所以看不见车子。米莉安慌忙跑到屋角，偷偷查看传来声音的方向。

果然，那声音出自一辆皮卡，一辆薄荷绿色的雪佛兰索罗德。它正轰鸣着碾过碎石路上三四英寸厚的积雪向小屋驶来。

"是戈迪。"她如释重负地吹了声口哨，坏笑道，"来得真是时候。"

"等他走了我们再继续。"

"好吧。"她轻叹一声说。

"不知道这次他带来了什么。"

"我也很想知道。"

33 戈迪带来了什么

先介绍一下戈迪：此人60多岁，脑袋像万圣节玩剩下的南瓜，大龅牙、眯眯眼，小鼻子离上嘴唇恨不得八丈远。戈迪虽然其貌不扬，但听路易斯说，这家伙身边从来就不缺女人，而且老的年轻的都有，只是无法证实这些女人中有多少是他从斯克兰顿领回来的妓女。米莉安不在乎这个，在她看来，性工作也是工作，和扛包修桥是一样的，都是为人服务。

戈迪钻出绿油油的皮卡车，一手拎着一个装满东西的牛皮纸袋。路易斯匆忙跑进屋里穿裤子，米莉安走过去迎接那个老司机，并接过他手里的东西。

"雪下得还不小呢。"戈迪说。

米莉安耸耸肩。"看来冬天提前了，不知道这算不算早泄。"说完她挤了挤眼。

令人欣慰的是，戈迪是个老变态，虽然不怎么风趣，但他很欣赏米莉安的风趣，这就够了。他笑得前仰后合，中间还发出猪叫的声音，直笑到呼哧呼哧地又咳又喘起来。他们走进小屋，放下袋子时，戈迪还在揉着肚子，他擦了擦笑出的眼泪，说道："哈哈，这个不错。雪是白的，跟男人射出来的那东西挺像。"

"所以说嘛。"米莉安附和着，突然感觉一经解释，这笑话就变了味儿，尤其提到了男人的那东西。

她开始把袋子里的杂货往外拿——订书针，但多半是面包、鸡蛋和牛奶，并像个家政女皇一样把它们放在一边。戈迪说他车上还有些东西，随即便扭头走出小屋。路易斯整理着衬衣走了出来。"他已经走了？"

"去车上拿东西了。"

路易斯走过来帮忙，他轻轻把手放在她的后背中央，用手指轻轻摩挲。米莉安的脊柱像过电一样一阵战栗，她吓了一跳。路易斯的爱抚带来难以形容的快感，可她心里却隐隐有种不祥的预感，就像当胸被人戳了一根冰锥。这样的情形不会长久的，米莉安。你的倒计时钟已经越走越快了。嘀嗒，嘀嗒。

这念头，是她自己的吗？

或是入侵者？

自从来到这里，她就再也没有见过那魔鬼，这似乎比见到它更令她惶恐不安，因为它的消失比它的存在更加可疑。入侵者又在耍什么鬼把戏？这是毋庸置疑的，那浑蛋怎么可能会放过她？

戈迪回来了，放下几份报纸。"老样子，给你们捎了《时报》《晨钟网》还有《知识报》。"米莉安对报纸没兴趣，她只想把它们丢进炉子里烧掉。可出于责任，她又不得不走出自己的安全区。于是她拿起一份，但她马上就感觉到了上升的血压，就好像有两根手指紧紧掐住了她脖子两边的动脉。

老样子。米莉安在角落里那张因为两条腿长两条腿短而摇摇晃晃的小桌前坐下，开始一页一页地翻报纸。当然，她的主要浏览对象是犯罪新闻。

警方依旧没有找到雷恩的任何消息，外面也没有发生什么不同寻常的杀人案。普通杀人案倒是有几桩，但凶手都不难找，无非是丈夫、入室盗窃者或隔壁的某个疯子。

米莉安翻报纸的时候，戈迪悄悄走到了路易斯跟前。

戈迪神秘兮兮的，他悄悄从背心口袋里掏出一团皱巴巴的东西，而后鬼鬼祟祟地抻开并递给路易斯。小屋里总共也就他们三个人，他的举动显然是为了避开米莉安的视线，可米莉安已经看见了。毕竟她比路易斯多了一只眼睛，而且她也猜出了个大概。

不过米莉安打算假装没看见，她把目光继续锁定在眼前的报纸上，只是拿眼角余光偷看路易斯的反应。他看上去似乎很不安，他微微侧转身，面向水槽，低头耸肩，后背弓起。她忽然灵机一动：我可以让一只鸟帮我偷看。那应该不难做到，也许她能在附近找到一只迷路的蓝松鸦，让它落在窗户上，看看路易斯手中的那张纸上到底写了什么……

现在你开始用鸟类的思维考虑问题了。

然而这时，她的目光扫过报纸时，又有新的东西吸引了她的注意力。一篇简讯，不在头版，但却在法制版块。据从雷丁传来的消息，警方在科尼弗大街429号发现了疑似是约翰·博斯沃思的尸体。约翰·博斯沃思外号"约翰仔"，是一个毒品贩子和白人至上主义者。下面接着写道：消息人士称，他的舌头被割下，并被塞进了喉咙，尽管目前尚不确定这是否为导致其死亡的主要原因。

米莉安的思绪乘上了时光机，飞回到很久很久以前在北卡罗来纳州的一家汽车旅馆。她坐在床前，眼周的疼痛依旧清晰，因为她刚刚挨了德尔·阿米可一拳。

时间跳到了12：43。

"德尔，你有癫痫病？"

她的问题仿佛悬在了半空，但德尔的沉默给出了最好的回答。它使随之而来的画面变得顺理成章。他先是一愣，满脸不解地看了她一眼，接着——

他浑身突然一紧。

"来了，"米莉安说，"最关键的时候到了。"

突然发作的癫痫如同一道能够摧毁一切的巨浪向他袭来。

德尔·阿米可的身体变得紧绷，只是双膝一软，上身轰然沉了下去，脑袋险些撞到梳妆台的角上。与此同时，他发出一阵仿佛窒息般的叫声。但他并没有完全躺倒在地，而是跪坐着，上半身直挺挺的。随后，他的背突然一弓，肩胛骨重重地撞在地毯上。

德尔·阿米可，被自己的舌头活活噎死。[①]

她没有杀德尔。德尔只是她眼睁睁看着死去的众多倒霉蛋之一，他死了之后，她拿了他的东西就溜之大吉了。不到一小时，她就遇到了亲爱的路易斯，此刻她的爱人正站在十步开外，背着她偷偷看一张字条。

又一个白人至上主义者死了，而其死亡的方式再一次映射了米莉安的经历。

也许这事儿和她一点关系都没有。

也许这是个圈套，因为那个该死不死的哈里特正像头野兽一样追杀她。

戈迪向路易斯挨过去，两人说了几句她听不清楚的悄悄话，好像在说不要告诉她的意思。

不要告诉谁？米莉安吗？

她忽然站起来，椅子在身后发出巨大的动静。戈迪吓了一跳，但路易斯仿佛早有思想准备，或者，也许他仍沉浸在那张字条上。戈迪嘟囔说他还有事，随即匆匆溜出门去，那动作比怀尔狼追哔哔鸟还要迅速。很快屋外就传来皮卡车噼噼啪啪上路的声音。

米莉安对路易斯正容说道："什么事都不要再瞒着我了，伙计。"

"我没有，只是……是萨曼莎。"

---

① 见《知更鸟女孩》第一部第一章。

"她怎么了？"

"她……她在找我，已经找过我的很多老朋友，向他们打听我的下落。"

"那戈迪——"

"没有，他没有告诉她。"

好险。

"但你有些过意不去。"

"我只是……"他深吸一口气，双手搓过脸颊，一直犁进头发里，"我抛下了一切，我抛下了她，自己跑了。"

"我们一起跑的。我们不得不跑。"她下巴紧绷，"这是你的主意。"

"我知道。"他举着两只手说，"我知道！我没有责怪你的意思，我也没有说后悔这么做。我只是心里有点不安……总之有点乱套。萨曼莎……她变了，我觉得她很不对劲，她好像有什么事瞒着我，还有羽毛那件事……"他叹了声气，"可即便如此，我也不该这么对她。"

"我们经历的所有事情，没有一件是应该的。"她厉声说道，语气甚至过分尖锐了。

于是乎，她最不愿看到的事情还是发生了。她小心编织的童话梦开始分崩离析，就像裂纹缓缓覆盖雪景球的玻璃罩。哦，该死的。原来这一切只是个小小的雪景球，深山老林，温馨小屋，以及落在屋顶的温柔的雪，终归只是幻梦一场。她甚至听到了玻璃碎裂的声响。

"看来，"她酸酸地说，"我们的短暂流放要结束了。"她抓起报纸，叠得方方正正，随后往前两步，啪的一声拍在路易斯门板一样结实的胸膛上。

他接住报纸，低头瞧了瞧。而米莉安则趁机把那张字条从他手上夺了过来，路易斯没有试图阻止。

那是一份打印出来的电子邮件。

路易斯低头看报，米莉安开始读那封邮件。

邮件不长：*亲爱的戈登，我的未婚夫已经失踪两月有余，我知道他遇到了什么事。警方说他是嫌疑犯，可我不信。如果你见过他，请务必告诉我。下面还有一堆无关紧要的废话。*她在最后留了电话号码，当然，还有她的电子邮箱地址。

路易斯在说着什么，但米莉安口干舌燥，差点失手丢掉字条。让她感到震惊的是电子邮箱地址：

Scarlet-tanager99@pildot.net

她疑惑地眨着眼睛，脑海深处浮现出一段新的回忆，这段回忆离现在已经足够近了：她和格罗斯基坐在佛罗里达的家里，格罗斯基让她看红迪网的子版块。她是这个版块的讨论主题，网民们称她为死亡天使，在他们眼中，她并非一个普通的人类，而是一个神话传说般的存在。

而其中一个人的名字就是：

Scarlet-tanager99。

一时间天旋地转，她感觉需要把脚后跟插进地板才能稳住世界。拼图的碎片开始慢慢汇总，但目前还看不到清晰的形象——实际上，每一个新的发现都创造出一幅更加古怪的画面。萨曼莎为什么要用这个网名？Scarlet tanager是一种鸟，猩红比蓝雀。她一直在关注米莉安，或者说监视，她还偷了米莉安装在瓶子里的羽毛。萨曼莎找上路易斯难道是为了接近米莉安？这女人到底什么来头？

路易斯放下报纸，皱起眉头，一脸惊愕。"米莉安，我们不能确定这是雷恩干的。问题是，如果真的是她，我们又能怎么办？"

但米莉安已经没有在听了，她的心思跑到了别的地方。

她忽然脱口而出：

"你会杀了萨曼莎。"

就像用斧头劈开一段木柴，咔嚓！这是他们隐居山林后她唯一没有告诉路易斯的事情。而其他的事都已经公开了，路易斯知道她和加比的经历，知道杰克，知道哈里特还有格罗斯基。但唯独他会成为一个杀人犯这件事，米莉安始终没有向他吐露过半句。

这部分是因为路易斯的好。他是这个见鬼的世界中唯一能让她感到温暖的东西。他是个好人，而这样的好人比凤毛麟角还要难寻，仿佛地球上的好人都被一头巨大的怪物吃光了，而路易斯是从怪物的牙缝里漏掉的那一个。无论如何他幸存了下来，还被老天送到了她身边。尽管他们有过那么多恐怖的经历，尽管未来他们还将面对更多的磨难，但此时此刻，在这片冰天雪地里，在这间小屋里，一切都好得让人难以置信。可偏偏这句话——你会杀了萨曼莎——毁了全部，它就像有人在凡·高的《星空》上吐了一口恶心的浓痰。

她说出来了，她挑明了预言。路易斯看上去一头雾水。"我没听懂。"他说。

"你们结婚那天晚上，你会把萨曼莎按在浴缸里活活淹死，我看到了。"

他哈哈大笑，和快乐无关的大笑。这笑声里充满了紧张，并在最后溶解成一阵微弱不安的呻吟。"那不是我，我是不会杀人的。"

不。她只在心里想了想，但没有说出来。他曾经为她杀过人。米莉安忽然感到恐慌：是我，是我一手造成了这一切，他杀人完全是因为我。她简直就是顽固的恶疾，或者更可恶，她就是一只寄生虫。一旦米莉安·布莱克进入你的骨髓，就算神仙来了也无济于事了。

"对不起。"她似乎想不到别的话可说。虽然听起来像单指这一件事，可实际上她在为所有的事向他道歉。

"米莉安，我……我爱她，或者说我曾经爱她。"

这话让米莉安觉得刺耳。"可你杀了她。"

路易斯的脸上也露出了不悦，因为米莉安揪着让他难堪的事实不放。"也许是你疯了。因为我和她在一起……虽然我们将来很可能不欢而散，但你忌妒了。"

遗失的羽毛

“我没那么可怜，我有加比，也许忌妒的人是你。或者也许是，只是也许，你根本不了解你那个宝贝新娘。字条上的邮箱地址你看到了吗？我见过。”

路易斯仿佛挨了一闷棍，他大惊失色地问道：“什么？”

于是米莉安把格罗斯基找到红迪网的事说了一遍，包括论坛中关于她的讨论，以及某个和萨曼莎邮箱地址一模一样的网名。

“这不可能。萨曼莎不是那种人，这应该只是巧合。”

“行，就算是巧合吧，她偷走羽毛的事也是巧合。”

“也许……也许那只是意外。”

“路易斯，你看着我。好好想想咱们认识以来发生过的事情，你觉得有多少可以称之为巧合？或者意外？”她冲他晃了晃字条，“凡事有果必有因。我们目前好像被人为拉进了某个人或某股势力的计划之中，只是我目前毫无头绪他们到底是冲什么来的。尽管搞不清其中的关系，但目前所有的线索之间似乎都有着千丝万缕的联系。你说萨曼莎变了，她和以前……不一样了。”

“我不会杀她。”

“我也不希望看到那样的结局，可从我得到的启示看，你确实会那么做，也许正是因为她欺骗了你。”

路易斯的眼睛里闪烁着愤怒的火焰，就像同时擦着了一整盒火柴。“你说过不要再有任何隐瞒，就在这里，刚刚你还说‘什么事都不要再瞒着我’。可你呢？这些事你早就知道。你知道我们要面临什么，知道我会干什么。可这么长时间以来，你却半点儿都没告诉我。”

“你不明白，”她眼睛里的泪水仿佛要沸腾，“连我自己都不相信。我不想毁掉我们现在拥有的这一切。”

“那你不觉得现在已经毁了吗？我来找你，为了你，我甚至背叛了她。也许萨曼莎欺骗了我，所以应该得到这样的对待。甚至不客气地说，也许因为她做过的或以后可能会做的事情，她活该被我杀死。可我

173

呢？凭什么让我这个当事人一直蒙在鼓里？你知道吗，你就像一股龙卷风，不管是人或者东西，你遇到什么就卷起什么，把它们撕碎，扔到空中，因为你和龙卷风一样，什么都不在乎，它们像上帝的手指一样从大地上划过，经过哪里，就把灾难带到哪里。"

米莉安耸耸肩。"我警告过你不要掺和我的事情。"

"对，多好的借口。你从一开始就警告过我，也许我早该听你的。可这改变不了你应负的责任，米莉安，你责无旁贷。"

"我知道！"她嘶吼道，那声音就像女妖的哀号。她的喉咙因此热辣辣的，仿佛吞下了一口电瓶水。"我知道，行了吧？所以我才想方设法帮助雷恩，因为是我让她走上了这条路。我甚至没有意识到，我没有意识到是因为我一心只想着自己的事情，或者说我根本就什么都没想。但我想弥补，想把犯过的错纠正过来，或至少做些挽回。"她揉了揉眼睛，此时泪水已干，绝望吸走了悲伤，"所以无论你怎么想，我很抱歉。但不管萨曼莎、你还有我现在正面临着什么，当务之急是雷恩，她需要我们的帮助。"

他沉默了片刻，站在那里，双臂交叉，报纸紧紧攥在手中，最后他叹了口气，冷冷说道："好吧，咱们去帮她。你有计划吗？"

"之前没有，"她回答说，"但我想现在有了。"

34 好人的敌人

米莉安要和她爱上的一切说再见了。小屋、森林、雪地，还有那像做梦一样不真实的两个月美好时光。她注定不属于任何地方，当然，她也不能让小屋觉得这段时间多么特别，所以她的道别简单成一声吼叫：

"你好得让我承受不起，去你妈的吧！"

她不知道以后他们还有没有机会再来这里，但即便有，也必定物是人非。今天是一个污点，再多的洗涤剂也无法去除。

米莉安走进屋里，从壁橱里拿出戈迪的那支雷明顿700步枪。（"留着万一你们想打猎用。"他说。）她把枪挎在肩上，转身出去。

她用了好一会儿才召唤来厄运之鸟——那只猫头鹰在附近找了一棵枯树，躲在上面呼呼睡大觉呢。找到它后，米莉安迅速又回归自己的身体。猫头鹰落在一棵枫树上，摇晃的树枝抖落纷纷白雪。

"准备好了吗？"她问猫头鹰，"我们有活儿干了。"

它婉转地叫了几声算是答应。

她高举起手腕，猫头鹰轻盈地落在上面。

该去找雷恩了。

35 后视镜中的宁静

天色已晚。从山中来到这里，雪已经开始融化，而随着夜幕的降临，雪水在公路上结了一层冰。他们不得不小心翼翼，缓慢行驶，可即便如此，雷丁也离他们越来越近了。他们连续开了三小时，到晚上七点，他们已经把车停在了雷丁这座小镇南郊的一条边道上，从这里到约翰仔被杀的科尼弗大街429号已经不远。

米莉安在仪表板上笨拙地摊开地图。猫头鹰站在她和路易斯之间的中控台前，地图发出的沙沙啦啦的声音似乎让它焦躁不安。

"你瞧，"她指着地图说，"我们在这里，雷丁最这边，科尼弗大街就在几条街外。这一片是住宅区。"而且从环境来看，是破破烂烂的住宅区。小小的盒子房鳞次栉比，铁丝网围栏上亮晶晶地裹着冰。街灯不少，但没一盏亮的。"不过我觉得这里才是我们要去的地方。"她戳了戳往南一点的一片绿色区域——从皮卡车的副驾窗户里不难看到。那里似乎栽满了树，一棵棵耸入云天。"他们把这一带叫作不沉山。"

（这名字无法不让她产生联想，她和雷恩在河里险些淹死时，是路易斯救了她们；哈里特像个打不死的小强，阴魂不散地追着她；路易斯会把他的新娘淹死在浴缸里。）她打了个哆嗦，"雷恩应该不会到城里去，她应该会沿着这条路逃走。这里有好几英里的山路，这座山已经停止了开发，看上去透着原始的野性。"

就像雷恩。

就像我。

就像加比。

也许，甚至像路易斯。

"你觉得这样做管用吗？"路易斯问。

"管不管用我也不知道。"她忽然有点泄气，但马上又说，"必须得管用。"

"警方也许在追踪我的车。"路易斯说。他很紧张，来的路上他们几乎没说几句话。她不知道他在想些什么，而此时此刻，她一定程度上也不怎么——或者顾不上——在乎他和他的感受了。她妈妈的话回响在耳边：*该是什么就是什么。*

米莉安点点头。"我知道。看见警察你就赶紧闪人。"

"那你怎么办？"

"我不知道，到时候再说吧。"

"我们真要这么干？"他叹口气。

"我们就要这么干。"

"去了之后你要多加小心。"

她神秘地笑了笑说："还用得着我亲自去吗？"

说完她扭头看着猫头鹰。厄运之鸟喳喳叫着，米莉安摇下车窗，十二月的冷风像刀子一样飞进车里。她捧住猫头鹰的身体，把它送出窗外。猫头鹰扑扇起翅膀，翼尖扫到了她的鼻子。

当厄运之鸟展翅高飞时，她也一同上了天。

36 鸟的视角

猫头鹰体态轻盈，飞翔时几乎没有声音。意识的转移似乎只在一念之间，就像按下电灯的开关，她只是停止了自己作为人类的全部思维，忘记可以自由活动的灵巧手指，忘记用来奔跑的双腿，忘记自己没有毛的人类面孔。抛开人格，现在，她是一只鸟了。她的人类特性就像一段记忆，或陌生人，就像它属于和自己完全无关的人，另一个世界里的人，电视里的人。

电视。这想法使她出现了意识回流，但只是一点点。她没有回到自己的肉体，而只是在人和鸟意识相接的边缘地带溜达了一圈。电视就像她黑暗的人类意识深处尚未熄灭的一点余烬，让她模糊地认识到即便潜入鸟的身体，她也不是鸟，而是人。

她必须要牢记这一点，因为现在她要实现的不是鸟的目标，而是米莉安的。

猫头鹰在黑夜里翱翔。她驾驭着这只大鸟向北飞去，它的身下仿佛是一座鬼城，到处是黑不见光的死气沉沉的街道。发现目标：两辆黑白相间的巡逻警车，车顶上亮着警灯。它们停在一栋房子外面，房子的门用黄色的警戒带封锁着，窗户上装有铁栅。

警察为什么还在这里？

一个模糊的推测：*他们在找我。*

在米莉安的授意下，猫头鹰放松肛门，拉出一坨白乎乎的鸟屎，且无比精准地落在其中一辆警车上。啪嗒的声音让米莉安分外满足。

猫头鹰掉头向南飞去，反正面对警察，它也无可奈何。雷恩不可能在这儿，她也不会进城。雷丁发生了罪案，这意味着警方正张网以待。但是树林、高山、小路……那是另一回事。

猫头鹰继续滑翔，只偶尔扇动几下翅膀保持高度。米莉安让它几乎贴着树梢飞上山去。

这时米莉安松开了无形的缰绳。

猫头鹰拥有惊人的感应力，就像蜘蛛能从蛛网微小的振动探测猎物一样，猫头鹰能感应到空气中的细微振动。这是它们赖以为生的看家本领：它能感觉到夜莺的飞行，或老鼠踩在泥土上的脚步。它的听觉和视觉在鸟类世界中几乎无可匹敌，也许在整个动物界都鲜有对手。当然，是不是这样，米莉安也不敢肯定，因为她只能操纵鸟类。至于为什么，她也只能推测，不过很久以前有人告诉过她，说鸟类是死神的使者，灵魂的引路者。它们负责把人世间的灵魂带到冥界。但厄运之鸟显然不懂何为灵魂，它只知道飞行、饥饿和交配。生命中最美好的事情，米莉安遥远的人类思维如是说，*也许这才是我能和鸟类沟通的原因，我们有太多相似之处了。*

有情况。下面不知什么东西扰乱了空气的平静。是一只鸟，另一只猫头鹰，这是一只体形较小的鸣角鸮。它在追猎另一只鸟，一只小小的北美歌雀扑棱着翅膀飞过树梢。鸣角鸮正在高速俯冲，米莉安不敢耽搁，好比从一架飞机空降到下面的另一架飞机上，她的意识忽然飞离厄运之鸟，直扑鸣角鸮——

现在她进入了这只小型捕猎者的身体，就像猛然拉起了马缰绳，这只小猫头鹰张开翅膀，减缓了攻击的速度，北美歌雀趁机逃远了。米莉安心想：歌雀不可杀哦，猫头鹰先生，我还需要它呢。

她不只需要雀类。当然，猫头鹰也并非只有雀类可以捕杀。

在黑暗的森林中，她感觉到了上百只不同鸟类的存在，尽管它们的活动像摇曳的烛光一样毫不起眼。一只红尾鹰，一只赤肩鹰，又一只鸣角鸮，还有其他数十种鸣鸟，从红雀到啄木鸟到歌雀，它们全都留在这里过冬呢。既然森林里有充足的食物，谁还愿意不辞千辛万苦迁往南方呢？

她不由得想起小屋里的那一幕：路易斯在窗前读那张字条。我可以让一只鸟帮我偷看……一只鸟，就像属于她私人的有机摄像机，一双可以飞的眼睛。

现在你开始用鸟类的思维考虑问题了。

她集中精神。

现在她要露一手了。

米莉安以前就干过。

（尽管是歪打正着。）

这种做法就像一脚踹烂一面镜子，只不过这镜子是她的思维。她把镜子打碎成上百块碎片，每块碎片上都有她的影像。她将这些碎片丢进现实世界，每块碎片都找到一只鸟作为它的受体：美洲鸳、朱雀、鸽子、乌鸫、乌鸦。米莉安感觉自己被分解拉伸了，每块碎片之间仅剩一根细细的丝线相连。

而这些丝线越来越细，就像一根电线被拉伸延长到了极限。

撑住，撑住。

鸟的头脑虽然很小，但它们并不愚蠢，而只是高效到了最简单的程度。它们没有长期复杂的记忆，可它们的确会记住一些东西。乌鸦会记仇，鸽子能认识单词和数字。鸟需要记住一些人和地方，这有助于它们寻找食物，分辨危险。它们不会一觉醒来就把所有的事忘光光。

鸟也是有记忆的。

而这正好可以为米莉安所用。她需要它们的记忆和它们的眼睛。于是，米莉安在不同鸟的大脑网络中灌输进了同一个形象：

雷恩。雷恩目前的样子。她要让这上百只鸟儿充当她的侦察兵，让它们搜寻雷恩的影子。

搜索很快有了结果，她看到了闪光的记忆片段。不仅仅是在一只鸟的头脑中，而是多只——

她快要失控了，一个人同时连接上百个大脑，其驾驭难度可想而知。钓鱼线正飞快地从她手中滑脱，不是一根，而是上百根，它们朝向四面八方。她感觉自己被拉得越来越长，越来越宽。*撑住，撑住*——

可撑到什么时候？撑住的意义又在哪里？

她到底在寻找什么？

甚至连她是谁也成了问题吧？她犹如被丢进了一条奔腾不息的激流，或一个旋转不停的旋涡。她在黑暗中挣扎，好像一条蛇极力挣脱捕蛇者的双手。*你是一股龙卷风。不管是人或者东西，你遇到什么就卷起什么，把它们撕碎，扔到空中。*

这些话是谁说给她的？

那个名字几乎要从她的意识中显现出来了……

路……

路易……

忽然它又不见了，被一阵风吹得无影无踪。这风是由无数双扇动的翅膀引起的，鸟儿们腾空而起，开始在黑夜中飞翔。米莉安与它们珠联璧合，她摆脱不了它们，每一只鸟儿的身体里都有她。镜子的碎片拒绝复原，影像与影像之间越离越远。

雷　恩

　　他们把这里叫作巫师帽。那是一座石亭，建于……呃，雷恩也不知道它建于什么时候，总之颇有些年头了，五十年？一百年？她不清楚，也不在乎。这名字十分贴切，它看上去果真像一顶带尖的巫师帽。周围是一圈枯萎的矮树，因为是冬季，有些地方裸露着干燥的地皮。亭子坐落在不沉山顶，从此处可以俯瞰雷丁的天际线。虽然那景色并不值得一看。

　　此刻，天际线处是一片闪烁的灯火，给黑色的夜幕增添了一抹温暖。高处不胜寒，这是雷恩此刻的切身感受，因为亭子无遮无拦地矗立在风中。而她就在亭子里，蜷缩在一个破旧的睡袋中，那是她从本地的一家军品店中偷来的。雷恩浑身发抖，冷是一方面，但更深层的原因是阴魂不散的恐惧。

　　她把从斯廷森典当行偷来的那把点22左轮手枪紧紧抱在胸口。子弹已经上膛，但她的手指并没有放在扳机上，击锤也没有扳开，可她仍然担心枪会走火。万一真的走了火，子弹恐怕会从她的下颚钻进脑子，把她的大脑轰成一碗鸡蛋汤。

也许那样倒好，一了百了，她在心里说。

紧接着的一个念头：我会被抓到的。

她应该逃到更远的地方，这儿离她干掉那个带纳粹文身的死变态的地方实在太近，警方恐怕正全城搜捕她呢。

或者，搜捕米莉安。

米莉安，她还活着。

恰在此时，一双穿着靴子的脚来到了她跟前。她从睡袋的松紧口处向外窥探，虽然看不清楚，但却能看见靴子的影子和轮廓。空气中弥漫着烟味儿，米莉安先是跪在地上，而后又盘腿坐在她面前。黑暗中，她只是一团更黑的影子，但雷恩对她的身影再熟悉不过了。

"嘿，疯子。"她的牙齿直打战。

"嘿，下周二见。"烟草燃烧的声音异乎寻常的巨大，"舒服吗？"

"滚。"

"嘴巴真甜。"

"闭嘴，骗人精。你是个骗人精，别来烦我。"

她一直认为米莉安不是真的，而只是一个对她纠缠不休的幽灵，可现在她也糊涂了。米莉安轻轻吹了声口哨。"大事不妙了，雷恩。世界正把你包围，高墙正在倒塌。此时此刻，警察正四处找你。还有别的人，甚至包括我，我也在猎杀你。"

"你不是真的。"

"真正的我才是真的。"

"少他妈在这里故弄玄虚！你骗了我，你说你——你说她已经死了。"

影子的肩膀显而易见地耸了耸。"从某种程度上说，她确实已经死了。"随后这个米莉安又小声嘀咕道，"反正那贱人对我来说已经是个死人。"

"我以为你就是她，我以为你是她的幽灵。"

"我可没说我是她，是你自己瞎猜的。你愿意瞎猜，谁也拦不住啊。"米莉安嗤嗤笑了笑，那笑声很深沉，出乎雷恩的预料，其中还伴随着几个爆破音，像篝火中丢进了潮湿的木柴。"我是谁很重要吗？我一直在帮你，在指引你。"

"你把我变成了杀人犯。"

"是你自己要做杀人犯的，但我赋予了这些谋杀案特别的意义。你能看到别人看不到的东西，这是你的天赋。知道吗，你能预见未来。别浪费了这个天赋，小姑娘。"米莉安的手轻轻掠过睡袋，那本是一个安抚性的动作，但却让雷恩颤抖得更厉害了。米莉安叹口气。"我知道你很苦恼。可你干得很不错啊，雷恩，简直完美。你在救人啊，你在改变命运，难道这对你来说毫无意义吗？"

"我只想回家。"

"你哪里有家啊？"

"我想做个普通人。"

"我他妈的还想要只小马驹呢，"米莉安不屑地说，"可我没有小马驹，挨饿的孩子吃不到饭，魔鬼吃不到冰淇淋，而你，我亲爱的雷恩，你永远也做不了普通人。马从谷仓逃出去了，谷仓烧毁了。蛇不可能再放回到罐子里，同样的屁话我能说一箩筐。"米莉安"哼"了一声，"况且总得有人做事。另一个我，真实的我，呃，她现在和我不一心。随便吧，去她妈的。这样一来就只有你了，祝贺你。"

"拜托——"

"拜托什么？"这四个字充满了恶意和蔑视。米莉安的影子又开始移动，闪烁的烟头坠向地面。影子靠得更近了些，周围响起新的声音，那是扇动的翅膀和鸟儿的鸣叫。雷恩闭上眼，喉咙深处不经意间发出一阵低沉而连续的呻吟，仿佛在竭力屏蔽那些杂音。这时米莉安竟然也钻进了睡袋，不可思议地趴在她的耳边低语道："咱们下次再聊。你有客人了。"

随后，压力消失了，幽灵也不知所终。

雷恩喘息着在睡袋中坐起来。她浑身是汗，冷风吹来，顿觉上下通透，可惬意的感觉转瞬即逝。

这时她忽然意识到：看来我并不孤单。

羽毛沙沙的声音，鸟叫声——原来这一切都是真的。她的周围聚集了一大群鸟，它们落在亭子拱形窗户的石架子上。两只秃鹫，几只乌鸦，小鸣鸟蹦蹦跳跳，不时抖抖翅膀保持平衡。不只是窗户上，外面的台阶上，甚至连荒地上都有。而头顶爪子挠木瓦的声音则告诉她，亭子顶上也落满了鸟。

雷恩费力地吞了口唾沫，伸手去抓近旁的背包，同时掏出了手枪。她把枪口从一只鸟移到另一只鸟，而后是下一只，就这样在亭子里转了一个圈，手指缓缓钩上了扳机。

"滚出去！"她低声说。

但那些鸟只是抬了抬头，黑色的小眼睛在月光下闪闪发亮。

雷恩开始慢慢朝亭外走去，可鸟群纹丝不动地挡住了去路。更糟糕的是，它们甚至还越来越集中。

她举着枪。

"怎么回事？你们要干什么？"

这时一只硕大的猫头鹰落了下来。它眼睛上的羽毛高高耸起，仿佛生了一个魔鬼的角。这只猫头鹰发出的声音一点也不像猫头鹰，而更像人类的喊叫。它抖松身上的羽毛，把翅膀大大地张开。

事情就这样发生了。雷恩忽然有些神志恍惚，那感觉犹如飞奔过一条长长的走廊，或者她根本没动，是世界在从她身边飞快地溜走。接下来，猫头鹰身上出现了一道黑色的线，它比夜晚更黑，比影子更黑，它跳动着，好似魔鬼的心脏。这只鸟的胸口上赫然显现出一个黑色的掌印。

黑印。

但黑印很快就消失了。

雷恩不由得后退。"米莉安？"

这时耳边响起了人声，它来自森林，是男人的说话声。雷恩朝声音的方向望去，看到了光——穿透森林的手电筒的光束。

警察。

仿佛有人暗中下达了命令，所有的鸟——除了那只猫头鹰——全都一跃而起飞上了天空。猫头鹰晃动着脖子，金色的眼睛注视着雷恩。随后它张开嘴，尖尖的舌头在空气中振动着——

"跟……我……走。"

然后它叫了一声腾空而起。

雷恩不知所措，怎么回事？这是真实的吗？男人的声音越来越近。突然间，他们叫喊起来。她听见咔嚓咔嚓树枝折断的声音，听见不和谐的群鸟齐鸣，接着是枪声。砰！砰！砰！雷恩咽了口唾沫，望向亭外。

她看到了猫头鹰。

它正盯着她。不，是在等她。

雷恩向它跑去。

猫头鹰飞离地面，但只飞到和雷恩差不多的高度。左边传来一声大喊，"在那儿呢！找到她了！"随后一声枪响划破夜空，雷恩感觉到了，子弹从离她鼻子只有几英寸的地方飞过，仿佛一道拉链将夜幕拉开。

他们要下死手啊。

心底传来一个微弱的声音：也许是我罪有应得。

尽管有这个想法，但雷恩还是握紧手枪，迈开双腿，大步随着猫头鹰钻进了林子。她躲避着横生的树枝，地上的冰和泥。猫头鹰在前面领路，它从一个树枝跳到另一个树枝，穿针引线般向黑夜深处飞去。

37 退 场

　　米莉安深吸了口气，叫喊着恢复了意识。她的手伸在脸前，她看到自己的手指变成了爪子，胳膊上布满羽毛，像一根根针插在上面。她裸露的皮肤红红的，血沿着胳膊流到了肘部。她想说话，可牙齿却只能发出咔嗒声。啊，不是牙齿，是喙。她的嘴巴变成了狰狞的喙，下巴向前伸着，崩断了牙齿，紧紧拉着脖子里的肌腱。

　　随后，所有可怕的感觉都消失了。结束了，全是幻觉。

　　路易斯看着她，说："你回来了。"

　　她吞咽着口水，在车厢里环顾一周。她把双手放在仪表板上，没有爪子，手指健在。"我没有变成鸟。"她如释重负般说道。

　　"那就好。有什么发现吗？看见雷恩没有？"

　　"我不知道。"她脱口而出的回答让她自己都感到惊诧。

　　恐慌像狙击手的子弹穿透她的胸膛，她真的不记得了。她记得自己和群鸟飞在空中，记得把自己分成上百碎片——

　　可接下来却断片儿了，就像睡着了一样。前一秒你意识尚在，下一秒却一片朦胧，继而黑暗，仿佛神游到了别的地方。她看见雷恩了吗？

脑海深处有一段关于雷恩的模糊记忆，可随后她就惊恐地发现自己的双脚变成了鸟的爪子，毛茸茸的脚趾感受着冰冷的石头。她记得有人喊叫，记得有晃动的灯光。她攥起拳头揉揉眼睛，眼睛很疼。疼是好事，可以让她清醒。

"我听到了警笛声，"路易斯说，"有几辆警车驶过那边的街区，还有一辆从我们旁边经过，不过他们没有发现我们。"

"哦，好。"她嘴巴里有蠕虫和种子的味道，她头皮忽然一紧，就像手指轻轻掠过她意识的表面。

厄运之鸟落在皮卡车的引擎盖上，抖了抖翅膀，注视着他们。

"你的猫头鹰也回来了。"路易斯冲前方努了努下巴。

"嗯，我——"

车外有人尖叫，接着是男人的呼喊。

一个影子从昏暗的树林里窜出来，直扑他们的车子。那是人的身影，雷恩的身影。她身后几百码远的地方，手电筒的光芒照亮了树林。

嘭！雷恩一下子撞到了皮卡车上。她的手按在车窗玻璃上，声音虽然含混，但说的话却格外清晰。"让我进去，让我进去，该死的！"未及车内的人反应，雷恩便匆忙跑到车后，爬进了皮卡后车厢。

"天啊，"路易斯惊讶地叫道，"那是——"

砰！一颗子弹打在皮卡车的右侧车身上，紧接着又是数枪，停在前面的一辆轿车窗户应声破碎。"走走走！"米莉安大声催促着，本能压低了身体躲避子弹。与此同时，她迅速钻进猫头鹰的头脑：快飞啊，笨蛋！

收到指令的猫头鹰张开翅膀，腾空而起。

路易斯快速倒车，停在后面的一辆产于20世纪90年代末期的萨博轿车倒了霉，车头灯被他撞得粉碎。他迅速转动方向盘，把车子开出泊位。

一辆警察的巡逻车出现在后面的街角，看到他们的那一刻，警灯就亮了起来，刺耳的警笛呼啸着追了上来。路易斯只管朝前开，更多的子弹打在车身上。他转过一个街角，发现前面又有一辆警车。

米莉安是有办法解围的，她可以再次召唤群鸟，让它们袭扰警车，或者让几只鸽子撞烂他们的挡风玻璃或车窗，钻进他们的空调器，让他们的前座上沾满鲜血和羽毛。可恐惧抓着她不放。她不想再度失控，沙漠中的经历她至今仍心有余悸，这一次又险些重演。即便有心，她也无法确定自己真能做到。

也就是说，这一次，他们只能靠路易斯了。

好在他最拿手的就是开车。"坐稳了！"他大喊一声，向右猛打方向盘。皮卡在路缘石上颠了一下，蹿上了人行道。

随后车子沿着树林边缘一阵疾驰，左边的街道飞快地后退，光滑结冰的草地在前方延伸至另外一条大街。如果米莉安还记得地图的话，他们此刻刚刚离开南大街，前方四分之一英里处就是费尔维街。命大的话，也许他们能逃到那里。

皮卡车的后车厢像鱼尾一样左右甩动，车轮几乎抓不住地面。后面的两辆警车沿着同样的路线紧追不舍。米莉安绝望地想：我们完蛋了。警察们的开车技术也不是盖的，他们受过防御性驾驶培训。该死的，整个夜晚都被他们闪烁的红蓝警灯和逐渐逼近的刺耳警笛搅得不得安宁。

然而就在这时，跟得最紧的那辆警车忽然失控，车身唰的一下转了180度，来了个车尾朝前，车头朝后。来不及躲闪的第二辆警车轰隆一声迎面撞了上去。

而与此同时，路易斯稳稳转动着方向盘，牢牢控制着他的皮卡。他的指关节因为用力而变得毫无血色。地面感觉依然湿滑，仿佛他们的车子随时都可能被大地发射出去。紧接着，皮卡车冲下路缘石，回到了路上。令人欲吐的颠簸摇晃结束了，皮卡车飞快而又平稳地冲向费尔维街。

她看到了前方422号的门牌，而路易斯的大脚踩着油门。

第五部分

鸟的栖息地

38 再次放逐

　　皮卡颤抖着驶上坎坷不平的砾石车道。虽然已是黎明,但天色仍然昏暗,四周也还是静悄悄的,就像一只大手捂住了世界的眼睛和嘴巴。前面就是他们的小屋了。

　　逃离雷丁的过程比他们预想得要容易许多。路易斯在大路和小路之间窜来窜去,没有人阻拦他们,后面也没有追逐的警灯,更没有哈里特从黑暗中伸出她那没有双目的疯狂的脸。

　　逃亡了半小时后,路易斯把车停在路边,让雷恩爬进了驾驶室,还有那只猫头鹰,它的加入,让车里的气氛多了一丝诡异。他们一路向北,两个小时里谁也不说话。猫头鹰偶尔歪着脑袋看看这个看看那个,样子凶巴巴的,但又一脸困惑。

　　现在他们回来了,回到了森林、白雪和小屋的世界。这是又一次的放逐,他们重新钻进了雪景球。但米莉安知道雪景球上已经遍布裂缝,里面的东西正一点一点泄露出去。

39 罪人无眠

路易斯说："我想今晚对我们每个人来说都非同一般吧。"

"不！"一个字，像一把刀子。米莉安将手比作手枪瞄准雷恩，击锤——拇指——落下。砰。"我想知道。"

雷恩眨了眨眼睛。

看着她，米莉安心里直翻跟头——她像极了刚刚离开妈妈满世界流浪时的米莉安，包括她的能力，她的人生。黑色的、狗啃一样的头发，深色眼眸，白T恤，破洞牛仔裤。这是一个游走在社会边缘的女孩儿。米莉安理解她，因为她同样也是边缘人。*我离开过边缘吗？或者，我是不是已经在边缘地带安家落户了？*

他妈的！

女孩儿板着脸，嘴角挂着冷笑，一脸蔑视。她看了看米莉安，随后又看了看路易斯。不，是瞪了一眼路易斯。她的目光不仅仅落在表面，而是穿透了他。倘若她的目光能化作长矛，恐怕路易斯早被钉到墙上去了。她怕路易斯吗？米莉安冲路易斯点点头，他转身退回小屋，走到墙角，床边有把小椅子在等着。他让自己融化在椅子上，融化在阴影里。

雷恩的傲慢和愤怒渐渐消解，她看上去累坏了，声音疲倦、沙哑、苍老。"好吧，我可以告诉你。疯子，你想知道什么？"就连"疯子"这两个本该极具爆发力的字眼也变得有气无力，让人失望。

"我……"米莉安张口结舌，竟说不上来了，"我不知道。随便什么，全部。"

"你有烟吗？"

"我已经戒了。"

雷恩奇怪地看了她一眼，好像她是个头上戳了两根天线的外星人。"好……吧。"她的手指像得了鸡爪疯一样抖个不停，"我以为你死了，真的，有人告诉我……"后边的话被她活活咽了下去。

"告诉你的人是我，或者和我很像的东西？"

雷恩愣了愣。"嗯。"

"说我死了？"

"嗯嗯。"女孩紧张地舔了舔嘴唇。

"是入侵者。"

"什么？"

"我有一个，就在我脑子里，有时候我能看见它。我称它为入侵者，我不知道它是什么鬼东西，也许是幽灵。总之我不需要它的时候它天天出来捣蛋，需要的时候它又偏偏躲着我。而且它一直逼我，把我推向麻烦，推向死亡，推向我可以挽救的或者终结的扭曲的命运。"她从自己的声音中听出了绝望，和雷恩的声音简直在前后呼应。她们两个就像一个在镜子里面，一个在镜子外面。或许不是镜子，而是一扇窗户。"我也说不清楚。我知道你有超能力，没错吧？"

"那是个诅咒。"

"这我知道。"她迫切地向前倾了倾身体，"跟我说说。"

"和你的很像，但又不一样。"

"怎么不一样？"

"我看到的不是别人如何死去。"

"那你能看到什么？"

"我能看到要行凶的人。"

雷　恩

她经常看到他们，实际上，从掉进河中开始。小时候她一度以为他们是一群镶着银边的人，因为他们就是那个样子——清晰得如同白昼，但身体被一圈明亮的光芒包围着，就像阳光射在刀身上的反光。然而他们毁了光明在她心中的形象，光明应该是好的才对，可她很清楚这些家伙绝对不是好东西。至于怎么坏，又坏到何种程度，雷恩说不上来。

后来她又认为这东西看上去几乎像液态的金属，边缘在不停地流动，就像融化的手枪，像水银。

所以这就是现在她对他们的称呼：水银人，管他是男是女。人群中总会有那么一个人格外出众，就像三维立体画中的形象。水银人就是一个2D世界中的3D形象。它鹤立鸡群，凌驾于其他人之上。

不知道为什么，看到水银人她会恶心反胃、胸口发热、心跳加速、太阳穴变得紧绷，感觉像被人用拇指使劲按压，仿佛她的脑袋是个成熟了的青春痘，非要挤爆了不可。

这些年来，他们不时出现，她也不知道为什么。此刻，临近午夜，她坐在货运站外，看到一个水银人从一辆卡车里钻了出来。周围死一般寂静，只偶尔有一两个卡车司机出入，可这个人十分显眼。他膀大腰圆，寸头，脑袋像橡皮擦，看上去呆头呆脑的那一种。可他周身被一道闪闪发光的明线包围着。水银人。

"你看见他了吗？"右边传来一个声音。雷恩并无同伴，她一人独坐，手里拿着一个已经空了的薯条盒——那是她从垃圾桶里扒出来的，只为了用湿手指刮点里面的盐吃。可这声音熟悉无比。她不由得惊讶地转过身去。

"是你。"雷恩说。她声音很小，还有些气喘吁吁。

"嘿，下周二见。"米莉安说。她嘴里叼着烟，化妆品和阴影仿佛给她的眼睛镶了个框。她用脚尖钩住旁边的一张凳子，拖动时，凳子发出刺耳的噪声，随后她在凳子上坐下。"有一阵子了。"

"你怎么……你从哪儿……"雷恩迷惑地环顾四周。她在宾夕法尼亚，眼下这鬼地方是哪儿连她自己都不知道，米莉安·布莱克是从哪儿冒出来的？她眨巴着眼睛，心想这应该是幻觉。可问题是她就在那儿坐着呀，还吊儿郎当地抽着烟。怒火在胸中燃烧，雷恩厉声说道："你抛弃了我。"

米莉安耸耸肩。"喊！我就是干这个的呀，你才知道啊？"

水银人穿过停车场，朝货运站走来。周围的快餐店全都关门了，但加油站还在营业，当然，厕所和自动售货机也不关门的。他走进加油站，雷恩终于呼出憋了好久的一口气。他走了。

她扭头面向米莉安。

"你应该照顾我的。"

"我首先得照顾自己。不过无所谓了，现在我不是来了吗。"

记忆中的许多画面忽然浮现在雷恩眼前。上路以来，她成了无家可归的流浪者。她四处搭顺风车，为了活命，她可以委身任何人。她在厕所里睡过觉，还要经常和那些想占她便宜的卡车司机、机车骑手以及警察们斗智斗勇。她被狗追过，被开着皮卡车的喝醉了的大学生渣子跟踪过。就在这一周，她还和与她在斯克兰顿一起住了几个月的毒品贩子维克干了一架。维克在她肚子上打了一拳，她用门夹断了维克的几根手指，随后他又一拳打在她脸上。现在她右眼上的伤口虽然已经愈合，但偶尔仍会流血。雷恩跑出来时偷了他的钱包，结果发现钱包里一分钱都没有，真他妈的不要脸。她真是惨到家了。所以她一直在等待一个人的出现，这人会向她伸出援手，并对她说"跟我走吧"。

她一直在等米莉安。

"你说过你会回来找我。"

"我说的是过几年会回来看你。"米莉安耸耸肩，弹飞手里的烟头，烟蒂一明一灭地飞进左边最近一场春雨留下的水洼，"而那话是几年前说的，所以……"

"我以为会很快见到你。"

"我很忙。"

"我也很忙。"

米莉安看着她，微微挑起眉毛。"说真的，你看起来就像一条丧家犬。不过你跟我还真像，除了你没死以外。"

"等等，你说什么？"

"我已经死了。"

"别扯淡了，你不是在这儿吗？活生生的。"

米莉安举起一只手。"那你来跟我击个掌呗。"

雷恩皱皱鼻子，心想管他呢，击掌就击掌，她举手向米莉安的手拍去——

可两人的手掌并没有会合。呼，她扑了个空。

现实世界仿佛倒转过来。她感觉没着没落的，好像她知道的以及相信的一切都如一根漂亮的绳子从她手中滑了出去。

雷恩扭头吐了，她胃里并没有多少食物，因此只吐出一摊痰液似的酸水。她心口火烧火燎般难受，肚子不停地收缩，直到她再也吐不出任何东西为止。

一个男人的声音问道："你没事吧？"

她吓了一跳，急忙抬头。

一个卡车司机站在近旁，他不是那个水银人，这人留着大胡子，但头顶上却干净得像个灯泡。他嘴唇干裂严重，麻子脸，但眼神很和善。她很少见到善意的眼睛，所以看到一双便记住一双。

"我……我没事。"

"那好。"但他依然站在那里，好像有点不放心。

"我是一个人吗？"她忽然问。

男子蹙眉看了她一眼，仿佛她是个精神病人。"什么？"

雷恩正要问他：*你能看见我身边的这个女人吗？* 可当她扭头时，却发现米莉安已经不知所终。

（但她的烟味儿还留在空气中。）

男子说："这附近有家诊所。"他一定看到了她脸上迷惑的表情，所以又解释说："在威尔克斯巴里的北河街。那儿有酒精，也有美沙酮，如果你需要的话。我觉得你应该用得上。"

他以为我是个瘾君子。 "去你的吧。"她恶狠狠地说，随即又觉得过意不去，"我没事，你忙你的去吧。"

他投降似的举起双手，可眼神中依旧充满了善意。他往旁边的一个餐巾架上塞了二十美元。"上帝保佑你。"说完他后退几步，才转身朝不远处的一辆彼得比尔特牌卡车走去。

雷恩狐疑地望着那二十美元。

"收下吧。"米莉安突然冒出来说。她用比克打火机点着了另外一支烟。啪嗒，啪嗒；嘶，噗。"你会用得着的。"

雷恩拿起钱，但眼睛一直盯着米莉安。"你已经死了。"

"和美国梦一样死得透透的，宝贝儿。"

"你是幽灵。"

"这么说也可以。"

"你不是真的。"

米莉安嘴里叼着致癌物说："如果这能让你晚上睡得好些的话。"

"你滚！我不想你在这儿。"

"你这驱魔术火候还太差。驱魔一般得要一个年轻牧师和一个老牧师，还要念几句高大上的词儿，不过，嘿，你这也蛮酷。如果你真心那样想，贱人，我马上就闪。"米莉安一脚把凳子向后踢翻，站了起来，"我过几年再来找你，也许到时候你就愿意听我说了。"

米莉安刚走出没几步。

"等等。"雷恩叫道。

米莉安的脸上不易察觉地露出一丝微笑。"改主意了？"

"你想跟我说什么？"

"那你得求我。"

"我从来就不知道'求'字怎么写。"

"那是自然，我也是。你和我一样高冷。"米莉安转回身，润了润嘴唇，烟蒂已经烧到接近手指的位置。她说："好吧，我可以告诉你某些人身上的银边儿是怎么回事。我可以告诉你水银人是谁。"

"那就说吧。"

"他们是怪物。"

突然之间，压抑的感觉再度袭来：她口干舌燥，太阳穴上像敲起了小军鼓，耳朵里全是高频的啸叫声。她知道这意味着什么：水银人从货运站里出来了。他一手拿着咖啡，一手拿着几颗棒形糖果，径直走向了他的卡车。

他周身像镀了一圈铬，闪闪发光。

"我不明白。"

米莉安用烟头指着水银人画了个红圈。"那边那个家伙，他叫罗伯特·本德，人都叫他鲍勃。他是个怪物，不过这你已经知道了。"

确实，雷恩心想。或者，即便她不知道，也感觉到了。

她又想吐了。或哭。

可她心里又有一丝得意，好像找到了一块失踪已久的拼图碎片，或者一个她无意破解的谜语的谜底。

雷恩看着鲍勃把咖啡和糖果腾到一只手上，另一只手掏出车钥匙准备爬上卡车。米莉安继续说道："鲍勃是个怪物，但不是那种超自然的怪物。鲍勃不是吸血鬼，不是狼人，也不是性感的科学怪人。鲍勃是最普通的怪物，他是人，但是个杀人犯。"米莉安耸耸肩，"至少他会成为一个杀人犯。虽然他现在还没有行凶，但他会的，很快就会。"

停车场那边，鲍勃终于打开了车门，开始把屁股挪到座位上。雷恩说："你怎么知道？"

"我就是干这个的呀。"

"我怎么知道你有没有骗我？"

"你用不着知道，你要用这里感觉。"米莉安伸手像敲门一样在雷恩心口敲了敲。雷恩浑身一凛，这触碰格外真实，不像刚刚的击掌。她甚至听到了胸骨里的回音。笃，笃，笃。"但是不是真的要靠你自己去发现。而是留意他，跟踪他。"

卡车的头灯亮了起来，两道光柱直插夜幕。

"猎捕怪物。"米莉安说。雷恩看她的时候，她已经消失了。空气里留下一缕青烟，缥缥缈缈，随后也像米莉安一样无影无踪了。

卡车起步，雷恩也站起了身。

她冲到车头前面，连连挥手。

嘎吱一声刹车响，男子从驾驶舱里伸出脑袋。"快让开。"

"我想搭个车。"

他愣了一会儿，好像在考虑。

但随后他摆摆手说："好，上来吧。"

雷恩和鲍勃·本德——一个潜在的杀人犯——就这样认识了。

40 我的乖孩子

凌晨4：15，米莉安说："这么说，你是用刀把他杀死的，剖鱼刀。"就像当初的路易斯。"你挖了他一只眼睛。"

雷恩踌躇着点了点头。她没有沾沾自喜，这很好。要是她露出自豪的神色，好像得了奖章似的，那才证明她无药可救了呢。

雷恩看了看路易斯。他醒着，但仍然静静地坐在小屋的角落里。米莉安想过去骑到他的大腿上，让他帮助她渡过难关。可即便是他把她和雷恩从河里救上来的，他也没有义务这么做。他和米莉安不一样。

"你的刀是从哪儿来的？"米莉安问。

"随手拿的，就在他家。"

这时路易斯开口了。"我以为他是个卡车司机，你们在一起住了多久？"

雷恩冷冷地瞥了路易斯一眼。那眼神中明显包含着恐惧，她结结巴巴地说："我……我不知道。我只知道他家在附近。"

"看来不是长途司机。"路易斯自言自语般嘟囔道，好像现在他总算明白了一样，"应该是只跑本地路线。"

"那把刀，"米莉安说，"你是在他家找到的？"

"也不完全是。"

"什么意思？"

"有人指点。"

"本德？"

"你。"她用手背擦了擦眼睛，随后长长叹了一口气，"不是现在这个你。另一个你，你的幽灵。"

"是入侵者米莉安帮你找到刀的？"

"是。我当时在他的沙发上睡觉，他只让我睡沙发。然后地下室的门就开了，我看见黑暗中藏着一张脸。那张脸就是你。她，那个幽灵。管他是什么呢。她悄悄对我说让我去地下室。我去了，在那儿看到一面墙上全是刀。"

"有多少？"

"不知道，少说也有几十把。就像有些人的工具屋一样，只是本德的是刀，各种各样的刀，猎刀、潜水刀、大砍刀、剥皮刀，还有那把剖鱼刀。那个米莉安就让我拿剖鱼刀。"

"你照做了，然后你就上楼杀了他？"

"是他在楼下发现了我。他……"雷恩打了个哆嗦，"他穿了一件脏兮兮的白T恤，可下身什么都没穿。他手里拿着一把电击枪。我知道他想干什么。"

米莉安紧绷着嘴，她也知道，她看到了，她就在现场。不是每个人都是怪物，但人群中确实隐藏着数量惊人的怪物。他们是披着羊皮的狼，伺机窜出来咬放羊的小姑娘。"后来呢？"

"我杀了他。"

"为什么冲眼睛下手？"

"是你，不，是她让我那么干的。几乎是手把手教的。"

"每次都这样吗？"

"差不多吧。只要看见水银人，她就会出现。她逼我动手。"

"有没有试过不听她的话？不照入侵者米莉安说的做？"

雷恩吞了口唾沫。"没有。"

"然后呢？"

"反正每次结果都一样。"

米莉安很想继续问下去，问个清楚——每一次谋杀，每一件武器，每一滴血。可她越来越意识到，雷恩只是这个她猜不透的游戏的傀儡。雷恩的入侵者和米莉安的入侵者是一样的吗？他们有没有什么不同？他们的目的是一致的，还是冲突的？

雷恩是傀儡，那米莉安会不会也是傀儡？

"我看该睡觉了。"米莉安说。

"同意。"路易斯闷声闷气地说，"你们两个睡床，我在椅子上凑合一下。"

雷恩对此不置一词，连句感谢的话也没有。她只是看了他一眼，随即便把目光重新投向米莉安。"她对你很生气，你知道吗？"

"谁？"

"你，你的入侵者，和你长得一模一样的幽灵。首先，是她告诉我你已经死了，她说你挨了一枪，跑到沙漠里死掉了。"

米莉安的脊椎上仿佛爬过一只冰冻蜘蛛，从下凉到上。因为事实基本上和雷恩说的相差无几，太他妈邪门儿了。她的确挨了枪，的确跑进了沙漠，但她没有死在那里。我到底死了没有呢？关键是不管是死是活，雷恩怎么会知道得这么清楚？入侵者又怎么会知道？这个入侵者究竟有什么不同？她和雷恩是不是被同一个入侵者纠缠着？

"可当我发现她不是你时，"雷恩压低了声音说，"她就发火了，气得像疯狗一样。她说是你抛弃了她，你想洗手不干，然后我就出现了。说白了就是我顶替了你的位置。"

"你什么感觉？"

雷恩冷笑一声。"你他妈的又不是我的心理医生。"

"有道理，不过你别生我的气。"

现在她的嗓门儿提高了些。"为什么不？感觉就像我对我脑子里的那个家伙说：你抛弃了我，你拍拍屁股走了，给我留下一堆感情包袱，你有没有想过我？脑子里装着这么一堆烂东西满世界流浪？"

"去你妈的。"米莉安突然动了怒，"我又不是你妈。我想着没有我你会过得更好些。"

"结果呢？和你想的一样吗？"

"吃屎去吧，你这个小畜生。你为了预防犯罪而杀人，结果呢，警察们玩命似的追着我不放。你知道吗，我原本可以把他们引向你的，或者更绝一点，我完全可以把那些你要干掉的坏蛋引向你。就因为你做的那些烂事儿，现在有个变态恨不得抽我的筋、扒我的皮、喝我的血、吃我的肉。所以别在我面前抱怨，好像这一切都是我的错。我他妈招谁惹谁了？"她竹筒倒豆子似的一口气说了这一大堆，尽管连她自己都不知道这些话能不能被相信。她感觉自己好像欠下了巨额的债务，她确实抛弃了雷恩，就像把一艘纸船丢进了大海，从此不管不问。

雷恩还想说什么，但路易斯介入了。"嘿，已经不早了。我们都很累，还是休息会儿吧，有什么事明天再说。"

明天。米莉安一阵惊慌。她害怕明天，害怕到不敢存有半个念头。他们已经找到了雷恩，现在又该如何呢？

但大块儿头说得没错，此刻不是讨论这个问题的时候。那是未来米莉安的问题。当下米莉安已经累得像条几十年的破裤衩——没有了弹性，遍布虫眼儿窟窿，丢在地板上无人问津。

于是三人各找各的地儿，谁也没工夫换睡衣，米莉安甚至连脱掉靴子的心思都没有。他们很快就被汹涌的睡意击翻在地，继而被扔进各自五光十色的梦里。

41 最后一支烟

吧嗒。

吧嗒。

咻。

眨巴眨巴眼睛。

话语声强行闯入，就像用热针头戳破一个泡泡，而这泡泡是米莉安睡觉的地方。昨天夜里，米莉安睡得并不好，她被装进睡眠的粗麻袋，然后丢进了昏迷王国。但想从那可爱而又无光的王国爬出去可没那么容易，因为它就像一个四壁溜滑的矿井，每当她试图逃出来时，那声音就陡然升高，这时她听到卡车车门关闭的声音，心不由得狂跳起来。

她抿了抿嘴，只觉口干舌燥。她挣扎起身，来到窗前，用手扒着窗台边沿，像挂在悬崖上的人一样用力向上拉自己的身体。她勉强把下巴拉到了窗台之上。

她在窗外看到了坐在卡车里的戈迪。他摇下了车窗，看起来气冲冲的。路易斯站在一旁，抱着双臂，五分防御，五分歉意。随后戈迪摇上车窗，一脚油门下去，车轮啸叫着，卷起几颗石子，但很快便走远了。

米莉安发现雷恩就站在车道旁边靠近林子的地方。她穿着她那件破外套——一件紫葡萄色的冬夹克，上面惨无人道地打满了补丁，寒风里，她把外套紧紧裹在身上。

她在抽烟。

米莉安看到雷恩，就像看到曾经的自己，她恨不得冲过去把她扑倒在地。这会儿，米莉安想象着她走在一片烟草地里，在和煦的阳光下一支接一支地采摘着香烟。她的每一个指缝间都夹了一根，全部点着，全部塞进嘴里，像吹一支充满致癌物的口琴。她沉浸在幻想带来的安慰里，可这安慰转瞬即逝，因为幻想就是幻想，除了清醒时的懊恼，它不会留下任何实在的东西。

这臭丫头居然敢抽烟！我没给过她烟。米莉安懒得穿外套了，她匆匆蹬上她的马丁靴——左脚跟甚至还留在靴外——便跑出了门。她踉踉跄跄地走在雪地上，朝雷恩追去。来到雷恩跟前，她一巴掌将烟从她嘴上打了下来。烟头掉进雪里，发出一阵嘶嘶声。

"贱人！"雷恩骂道，"那是我最后一支烟。"

"好极了，抽烟有害健康。"这样的话从她嘴里说出来实在有点好笑，感觉像她穿了别人的婚纱。这可不是我的词儿，我听着简直像别人的老妈。嘿，真他妈见鬼了。

"我好不容易才从兜里搜出一根，就这样被你糟蹋了。"

"我见什么糟蹋什么，慢慢习惯吧。"

"还真是。"

"那当然，我童叟无欺。"

两人你瞪我，我瞪你，嘴里鼻孔里冒着白气。如果配上音效，那一定是噼噼啪啪的电击声。路易斯踩着雪走过来。

"你们两个够了没有？"他问。

闷闷不乐的沉默是她们的回答。

米莉安仍能闻到空气中的烟味儿。她已经好久不抽烟了，身体里的瘾虫像久旱逢甘霖似的蠢蠢欲动，她一时竟有些晕乎乎的。一支烟能搞定任何烦恼，再加上一杯威士忌，一杯咖啡。随便碰一下某个人，看他们如何因为心脏病发作、车祸、失控的收割机，或者窒息式性行为死掉……最后，米莉安摇摇头，赶跑了这些乱七八糟的念头。"戈迪干什么？他看上去很不爽啊。"

"他看见她了。"路易斯指了指雷恩。

"那又怎样？"

"我们昨天半夜才回来，他看到了车灯，所以今天一早就来瞧瞧，结果就看见她了。人家会怎么想？咱们领了个未成年的小姑娘回来，她站在路边抽烟，还一副对我们恨之入骨的样子。"

雷恩耸耸肩。"爱怎样怎样。"

"你怎么跟他说的，有没有说她是我妹妹之类的？"米莉安问。

"其实我没说什么。"

该死的！米莉安翻了个白眼。"大哥，跟这些土包子撒个谎有那么难吗？戈迪会起疑心的。我们带着一个小妞躲在这深山老林里，人家会以为我们是变态，会把她想象成我们的性奴。"

"我去，"雷恩嫌恶地咧了咧嘴，"你们不会真有这打算吧？"

"闭嘴，你想得美。"

路易斯说："没关系的，戈迪只是觉得意外。他是朋友，不会把我们出卖给警察的。"

"你确定？"

"我确定。"

"那好吧。"但米莉安依然忧心忡忡，她感觉有好多股力量冲她而来，只是她看不到它们的来历。她需要清醒清醒。"你，"她指着雷恩说，"跟我走。"

"干什么去？"

"打猎。"

42 狩 猎

头顶，猫头鹰在树之间飞来飞去，像一根针用无形的线把树木的缝隙缝合了起来。树枝上的雪已经化了，或者掉了。剩下白花花的枝干，像一只只仅剩骨头的手从地狱里伸出来，伸向它们永远够不着的天堂。

米莉安和雷恩漫步在林间。

"你和路易斯。"雷恩说。

"我和路易斯怎么了？"

"你们一直都在一起吗？"

她们的脚踩在积雪上，使寂静的森林不那么无聊。"没有，我……我们分开了一段时间。后来我有了另一个伴儿，是个女的，她叫加比。"

"拉拉现在很流行。"

"跟流行没关系，我想怎样就怎样。"

"那小妞呢？"

米莉安轻叹一声。"她……走了，过她自己的生活去了。但愿如此，我也不知道。"一股强烈的欲望像一支利箭突如其来地射中她的身体，犹如旧伤复发，她迫切地想要见一见加比。充满爱和欲望的血液在全身流动，她愈发有种举步维艰的感觉。"我们分开是因为跟我在一起对她没好处。"尽管她对我来说简直万里挑一。

"但路易斯呢，他跟你在一起就有好处吗？"

"呃，没有，但他还是来了。"

她们默默走了一段，雷恩似乎还想说点别的，可这时一个黑影从头顶掠过，一个比黑夜更黑的影子。是猫头鹰，厄运之鸟。

"他妈的，这只猫头鹰发什么神经？"雷恩问。

"谁？厄运之鸟？它受我控制。"可这样说听起来十分刺耳，仿佛是对那猫头鹰极大的不尊重。米莉安一愣：嘿，我不介意对人不敬，倒介意起对鸟不敬了。她试着纠正道："这么说不太妥当，不是控制，是驾驭吧。我的头脑钻进它的身体。我想找到更有效的方法，我希望能同时拥有两个身体，我的和鸟的。但我现在还做不到。"迟早会的，一个微弱的声音说。

"好……吧。"

"不只是猫头鹰，其他鸟也可以。"

"我知道。我见过。"

"见过什么？"

雷恩说起在山顶上遇到的鸟群。黄莺、乌鸦、猫头鹰、老鹰。米莉安心跳加快，恐慌像坑道里的蚂蚁一样在她全身上下流窜。我怎么不记得？这比任何事都让她感到害怕。她明明在场，只是化作万千碎片附在每只鸟的身上。真没治了……

不过就算她什么都不记得，至少她把要做的事做成了。

我好牛啊。她在心里悲哀地说。

"我不知道你有这种能力，"雷恩说，"一点头绪都没有。"

"当初遇见你时，我自己也不知道。我第一次发现这个能力是在考尔德克特家，我发现我从一只乌鸦的视角看着我自己。"随后它扯出了一个知更鸟杀手的舌头。有些夜晚，她依然能想起扯掉那人舌头时的疯狂感觉。

"为什么是鸟？"

"我哪儿知道。"她叹口气说，"我听说鸟是灵魂的载体，死神的使者。"

"嗯，我看你有病。"

"我×，你他妈真是个浑蛋。"

"你也是个浑蛋。"

"这叫同类相知。"

雷恩冲米莉安竖了竖中指，米莉安也原样还回去。

她们继续向林中走去。前面，一棵树倒在一块硕大的石头上。那石头工工整整的，米莉安感觉它像个祭坛。

猫头鹰落在一根树枝上。厄运之鸟似乎察觉到了什么东西，米莉安也察觉到了——空气中有轻微的振动，是小脚踩在雪地上引起的，一个黑影在林间飞奔。距离五十码，是一只花栗鼠。

先等等，米莉安想，**我们能找到更大的猎物**。

"我能问你个问题吗？"她问雷恩。

"呃，可以。"

"你苦恼吗？"

"什么？"

"杀人让你苦恼吗？"

"不知道。"她的语调平平，透着冷酷。

"有时候我觉得懊恼，而有些时候，我毫无感觉。"

"我一直都没感觉。"

"那你不觉得奇怪吗？"

雷恩停下来，盯着自己的双脚。"是很奇怪。因为我经常感觉我不是我，就像我……"她挥舞着双手，好像她要说的话藏在空气里，"就像我是那把刀。杀死鲍勃·本德的时候，我明明是拿着刀的，对吧？可我却感觉自己好像操纵在别人手中。"

"就像你是个工具。"

"对，工具。"

"我知道这种感觉。"

"我最讨厌的就是这个部分，而不是杀人。当然，我也不喜欢杀人，只是杀人的时候感觉像是别人在做，而我就像在看电影。我失去了对自己的控制，我不再是我，我心里知道，却又无能为力。"

这是米莉安从未经历过的，她从来没有失去过对自己的控制。听着雷恩的话，她甚至羡慕得想要和她换一换，可以把自己的所作所为怪罪到别人身上，那多美啊。可话说回来，雷恩看起来并不快乐。她怎么快乐得起来呢？米莉安一直感觉自己仿佛掐着命运的喉咙。而雷恩，可能感觉更像个齿轮，装在一台因为太过巨大而看不清全貌的机器上。*也许我自己也蒙在鼓里。*

"你从来没有觉得做错了？"米莉安问。

"做错什么？"

"做错什么？你他妈的杀了人啊！"

雷恩换了个姿势。"你觉得自己错了吗？"

"觉得，我一直有这种感觉。但至少我能真的看到要发生的事情。"

"什么意思？"

"意思就是当我触碰那些倒霉蛋时，我能看到他们会怎么死去。我能看到他们是心脏爆裂，还是被冰淇淋车碾碎脑袋，而结果总是和我看到的一样。还真有这么一个人，他叫扎克，吸毒吸得五迷三道，突然想吃冰淇淋，结果冰淇淋车开过来的时候，他恰好倒在地上。最后因为糖尿病并发症死在医院里。不管怎么说吧，我能预先看到要发生的事情，我能看到一个人是病死、摔死，还是被人谋杀。我对此早就习以为常。通过这些预见的情景，有时我能看到凶手的脸。你能看见什么？你什么都看不到。你得不到指引，也得不到警告。你只是单纯地……行动。"

"我能看到轮廓，能看到人体的银边儿。"

"你看到的是暗示，银边儿或许代表着杀气，暗示他们是杀人者——"

"是杀人犯。"

"你能确定？"

"确定什么？"

"确定他们是杀人犯，万一只是一个醉驾的司机呢？或者警察出于职责杀人？或者军人？"

雷恩的脸几乎拧成了麻花，她气愤地吼道："我知道他们是什么人！我知道他们是谁！就算不知道具体细节又如何！"

"你做过调查吗？鲍勃·本德还算说得过去，他光屁股拿把电击枪，你说是防卫倒也可信。还有马克·戴利，我找到了他私藏的照片。"

"私藏的什么？"雷恩蹙起了眉。于是米莉安把地下室、盒子和照片的事一五一十说了一遍。雷恩听完说："瞧，也是杀人犯。"

"但你不能确定他会杀人。那其他人呢？毒品贩子们就不必说了，他们死有余辜。丹尼·斯廷森呢？或者哈莉·琼·雅各布斯，还有西姆斯，维兰德·西姆斯，他们真的会杀人吗？"

"我……"雷恩后退几步，下意识地摸了摸口袋，可惜那里已经没有烟，"斯廷森是个人渣、一个老贼，他开了一家典当行，我怀疑他以前就杀过人。西姆斯让我搭他的车，我在他身上也看到了光……他要杀我，他带我去了他的活动屋，然后把我领到车库，他拿着一把锤子朝我扑来……"

米莉安还记得格罗斯基说的，雷恩是用一根烧烤叉把西姆斯解决的。与米莉安在泽西海滩上的那家店铺里搞死枪手的做法如出一辙。

"雅各布斯，这个我不清楚，我不了解她，反正我在她身上看到了银光。她是个酒鬼，婚姻很失败。我在一家酒吧遇到了她，当时我手里拿着一把从斯廷森的典当行里偷来的手枪，所以……"

米莉安知道，雷恩把那女人崩了。

可现在看来，仿佛挨枪的是雷恩。也许之前她一直忍着，或者，也许这只是一种姿态。总之，她的肩膀在颤抖。她凝视着远方，眼睛闪闪发亮，仿佛什么都没看，又仿佛看到了一切。

这是决定性的时刻。汹涌的波涛铺天盖地地袭来，她的堤防已经开始出现裂缝。

米莉安大可以不管不问，那样即便堤防出现裂缝，至少也不会垮塌。或者，她可以尝试修补——用温柔的情感和语言。

又或者，她可以采取另外一种做法。

那是米莉安最擅长的事。

她继续原来的话题。"也许那个哈莉·琼·雅各布斯打算杀掉她的丈夫。也许她的丈夫是个脾气粗暴的浑蛋，经常虐待甚至殴打她，因为晚饭没有及时做好，因为她不肯跪下来给他吹箫，或者仅仅因为她看他的一个眼神不顺他的心。这种情况，她把她丈夫杀了也算谋杀，但这种谋杀和其他凶杀案不同，我持支持的态度，如果有机会的话，我甚至愿意提供帮助。但你看到的银边可不会告诉你这些背景故事。也许你的入侵者是个骗子，就像我的一样。也许你只是一个工具——一把握在坏人手中的枪。"

雷恩的心理防线终于崩溃，她喘息着，伤心欲绝地呜咽起来。她跪在地上，双手捂住脸。随后她又趴下去，头几乎触到膝盖，双臂在脑后交叉，像一颗坠落的星星。她看上去瘦小得可怜，犹如一件家具。她坐在那里，浑身发抖，哭成了泪人。

米莉安感觉到了猫头鹰的不耐烦。一个新的目标出现了，米莉安放开厄运之鸟，让它尽情去追捕猎物。雷恩只顾着哭，对此毫不知情。米莉安也没有干涉。

很快，痛彻心扉的呜咽变成了断断续续的啜泣。雷恩终于站起来

时，米莉安提着一只死兔子让她看——兔子的身体几乎完好无损，除了
几个爪洞。猫头鹰在她嘤嘤哭泣的时候解决了他们的伙食问题。米莉安
对雷恩说："走吧，回去吃早餐。"

43 灾难前诡异的平静

　　两天过去了，雪景球仿佛在自我修复。第一天夜里又下了点雪，不大，但足以令夜晚不那么黑暗。路易斯砍了些木柴，米莉安和雷恩依旧打猎，但他们的大部分时间都用在聊天上。他们聊没有卷入这一切之前的生活；聊他们狠心的妈妈；聊米莉安应该抓住机会与妈妈和解；聊雷恩连和解的机会都没有。他们还聊各自的流浪生涯，聊路上的各种艰辛，当然，有时候也逍遥快活——自由和无限的可能。米莉安和雷恩还聊起各自的超能力。米莉安说她已经搞不清自己的所作所为是好是坏，也搞不清到底她是别人的傀儡，还是别人是她的傀儡。她说她的脑袋受过很多次碰撞，所以这一切有17%的概率可能只是一场复合型的幻觉。所以，管他呢。

　　聊天最有意义的成果就是雷恩终于决定要反思自己。她说她会好好考虑自己的所作所为，考虑她的能力，甚至将考虑以后还会不会继续使用这种能力。米莉安说她们可以结伴，甚至做一对儿搭档。在这个刚刚修复的雪景球内，忽然洋溢起一股奇怪的、不真实的感觉——也许她们在朝着家庭的方向发展。当然，是一种扭曲的、令人不齿的家庭。可那好歹也算个家。

随后便到了第三天的午夜。

从这里开始，事态朝着失控的方向发展而去。

44 司机和乘客

午夜。

通往木屋的小路尽头，一道明亮的汽车灯光穿透了黑夜。它们像魔鬼的双眼盯着前方。而魔鬼正沿着碎石路稳步向前，在新雪上留下一串清晰的印迹。

这个魔鬼和许多魔鬼一样，毫不装腔作势：那是一辆森林绿色的福特福克斯，看样子已经开了几年了。整体完好，除了车门上有个凹痕。

加速的时候，车轮在水洼里打了个滑，随后便轻快地往前冲去，渐渐地，渐渐地，小屋进入了视野。小路两旁以及小屋周围的树像手持长矛的哨兵护卫着黑夜。森林仿佛吞没了一切。

车头灯正照着小屋。车子开到近前才停下，随后发动机又嗡嗡空转了几分钟，最后司机拧了拧钥匙，熄了火。

车门开了。

司机下车。

但乘客还没有露面。

45 不眠之夜的恩惠

米莉安没有睡。

她脑子里乱糟糟的。前几天夜里她倒是睡了几个好觉，可自从戒烟戒酒，加上如今连咖啡都喝不上，她身体里的化学物质就像强风里的风筝。有时候是自由下落，疲惫拖着她直扑地面，甚至一头扎进土中。而其他时候就像：嘿，大脑；你好，大脑；去你妈的大脑，不不不，咱们躺一会儿，想些事情；就像：嘿，咱们回顾回顾犯过的错误，还有那些受伤的、被虐的、恐怖的时刻，咱们把这些玩意儿聚到一块儿，强迫它们在我的大脑里像嗑药的松鼠一样打架吧。每当这个时候，风筝就在乱风中起飞了。上上下下，转个圈儿，在各种因素的影响下，晃晃悠悠钻进了风暴。

不管怎么说，她醒着。路易斯躺在椅子上，雷恩在她身旁打着鼾。她当然打鼾了，要不然米莉安怎么会睡不着呢？这家伙打鼾比格罗斯基还要猛呢。

格罗斯基。得，火上浇油，这觉是别想睡了。更多的鱼来搅乱池水。他的脑袋从记忆的迷雾中浮现出来，但脑袋上绑了一根绳，看着像个飘在空中的气球。

我忽然有些内疚。

这时，窗户上一闪，车灯照亮了小屋。其他人还在酣睡，但米莉安醒着。她差点就激活了"或打或逃"的本能反应。有人来了，但她想知道是谁。不管来者何人，总之，有一点她可以肯定，来者不善。不是戈迪，也不是卖冰淇淋的，来的人肯定打着坏算盘。

她抓起雷明顿700步枪，挎在肩上。

走向门口时，她拍拍路易斯的手，小声叫他起来。可路易斯哼了哼，并没有醒。算了，她一个人可以应付。

灯光熄灭，黑暗重新降临。

开关车门的声音传进屋里。

米莉安摸到门口，她听见钥匙的叮当声，还有脚步声。对方正在走近，靴子踩在覆盖着一层薄雪的松散的石头上，发出嘎吱嘎吱的声响。米莉安小心翼翼地向后拉了拉枪栓，然后又推向前去，一颗子弹便上了膛。**来吧，老娘准备好了。**

近了，更近了。

米莉安深吸了一口气，随后——

哗！她一把拉开门，举起步枪。枪上装有瞄准镜，不过在这里没什么用，所以她也就用不着闭上左眼。她用拇指轻轻拨开保险，食指扣住了扳机。

"不许动！"她冲站在门外的黑影喊道。

"我……"

一个女人的声音。因为恐惧而微微发颤的女人的声音。

不是哈里特。

不是警察。

也不是加比。

见鬼，这他妈是——

"是我，"女人说，"萨曼莎，你还记得我吗？"

一阵寒意向米莉安袭来，这寒意和天气无关，比冬天更冷。她依旧举着枪。"我记得你。"

"我……求你了……把枪放下吧。"

"门儿都没有，宝贝儿。"

"米莉安，我是来找路易斯的。"

恐慌令她窒息，因为这太出人意料了。萨曼莎？在这样一个寒冷的冬夜里不请自来？"首先请你告诉我，你是怎么找到这里的？另外，我还有很多问题要问，不说清楚，我是不会让你进屋的。"

"是戈登告诉我的。戈迪，他两天前回复了我的邮件。"

除了他还能有谁？他看到了雷恩，出于自身利益的考虑，他没有报警，但却通知了萨曼莎。尽管他这么做无可厚非，但此刻米莉安却真想踢爆那老东西的蛋蛋。

"你想干什么？来兴师问罪吗？"

"我不知道，我只想见见他，我是说路易斯。我只想搞清楚到底怎么回事，他为什么要不辞而别？求你了，把枪放下吧。"

现在她开始哀求了——伸出双手，掌心向前。

但米莉安不相信她。要出事，这臭婊子的出现让她起了一身鸡皮疙瘩。树林中有一只猩红比蓝雀正试图隐藏它红色的羽毛。

她想把萨曼莎痛打一顿，但这时身后传来一个声音——

"米莉安，"路易斯说，"怎么回事？"一秒钟后。"萨曼莎？是你吗？"他的信任是一扇敞开的门。他伸手按住步枪的瞄准镜，向下压去。"把枪放下，米莉安。"

"休想！"米莉安说着猛地一拉，往旁边走出几步，和路易斯，和萨曼莎都保持着一定的距离。她的枪始终处于警戒状态。"路易斯，你动动脑子，难道你一点都不觉得奇怪吗？"

"路易斯，"萨曼莎说，"我很想你，我来只想找你谈谈。"

"米莉安，"路易斯说，"我想应该没——"

"不可能没事，"米莉安吼道，"好好想想，她怎么找到我们的？又怎么来的？这背后有文章。"

"戈迪告诉我的，"萨曼莎回答，"路易斯，是戈登。"

"当然是他。"路易斯点点头，仿佛这是唯一合理的解释。也许本就如此，一切都光明正大，没有猫腻，没有阴谋。可米莉安的反应为什么会如此冷血呢？

"路易斯，"米莉安说，"我觉得这里边问题很大。"

"确实有问题，但我们可以到屋里解决，像文明人一样。把枪放下，咱们都到屋里来谈谈吧。"

她的皮肤热辣辣的。外面很冷，可她却浑身像火烧一样。*别相信她*，她想，这事儿不对。开枪打死她。可这样做也不对。米莉安是杀人犯不假，可她不是杀人魔王。

这两者还是有区别的，对吧？

就像鸟儿捕猎是为了填饱肚子，而小猫捕猎却是为了玩。一个是为了生存，而另一个却纵情于杀戮。

我是哪一个？雷恩是哪一个？

她依旧端着枪说："我的枪是不会放下的，不过进屋可以，你们两个先进，我在后面跟着。听好了，贱人，你要是敢给我来一点点小动作，我保证让你吃不了兜着走。"

萨曼莎没说什么，路易斯也无异议。

三人先后进了小屋。

乘客还留在外面。

46 当面对质

他们让萨曼莎坐在角落里的那张躺椅上。雷恩也醒了，头发翘得张牙舞爪，活像被汽车撞死的乌鸦的羽毛。"妈的，怎么回事？她是谁？你举着那该死的步枪干什么？"

米莉安仓促间做出的解释刷新了无耻的底线。"这是路易斯的未婚妻，她不该来这儿。"

路易斯迅速瞥了米莉安一眼。看得出来，他如今仍持骑墙态度。他仍爱萨曼莎，虽然爱的不一定是全部。可他也明白萨曼莎隐瞒了很多事情。而更糟糕的是，如今他被抓到和米莉安在一起，他在道德上已经落了下风。开弓没有回头箭，路易斯现在已经无路可退。人生没有倒带按钮，况且以他的人品，他连自己心里那道坎都过不去。

但如今他面临的形势是严峻的，可以说战争一触即发。即便仅剩一只眼睛，他也看得出来这是一场忠诚之战。他相信米莉安的话，可他百分百信任她吗？总之，他会愿意站在她那一边吗？米莉安自然希望看到那样的局面，她需要他的信赖和支持。

"萨曼莎。"路易斯说，内心的战争使他的胸口像潮水一样起起伏伏，"你骗了我，我想你一直都在撒谎。我不知道究竟出了什么事，所以我需要你给我一个解释。"

"路易斯，我爱你。"萨曼莎结结巴巴地说，"我只是——"

"别。"一个字，像斧头劈在木柴上，"现在不需要说这个，我想听实情，其他的……反正我不想听。"

米莉安的内心也不平静。我们不能轻易放她走，不然她会把警察带来的。当然，他们也不能一枪崩了她。这就意味着他们要把萨曼莎软禁在这里，可软禁到什么时候呢？

那是未来米莉安的问题了，当下米莉安只关心别的。她很欣慰路易斯似乎和她想的一样。她缓缓放下枪，枪口对着地板。也许路易斯就是她的枪，也许他一直都是她的枪。

雷恩有些心神不宁。她很警惕，一直待在小屋的墙边旁观。"我不喜欢他那样拷问她，"她说，"这样不对。我感觉很不好。"

"雷恩，现在不是时候，闭嘴。"米莉安说，因为此刻除了萨曼莎的坦白，其他任何人的声音都会让她心烦意乱。

"瓶子里的羽毛。"路易斯说，他看上去很难过，"还有你的网名，Scarlet-tanager99，你的电子邮箱也是这个吧？还有在讨论米莉安的论坛上发言，回过头想想，当初你特别急于见到米莉安，你几乎把她挂在嘴边，好像你们早就认识一样，尽管你们根本没有那个可能——"

萨曼莎结巴着说："她……她似乎对你很重要，所以我……我就想多了解一些——"

"不会这么简单，"路易斯说，"还有别的。"

"我担心她会给你带来危险——"

"够了！"路易斯吼道，整个小屋随之一震，连米莉安也吓了一跳。路易斯很少动怒，除非被逼到了极点。她也曾经惹怒过他一次：和萨曼莎一样，也是因为撒了谎。

雷恩从外围走上前来，她绷着嘴，瞪着路易斯。"米莉安，我不喜欢他这个样子。你能让他停下吗？"随后她又对路易斯说，"不准你伤害她！听见没有？"

米莉安朝雷恩瞪了一眼。"雷恩，闭嘴。他不会伤害她的，这事儿他妈的跟你没关系。"

但路易斯把她们两个通通无视了。他像一场风暴，一片笼罩天地的乌云。他走近几步，双手按住椅子的扶手，身影仿佛要把萨曼莎压扁。米莉安忽然想到他在浴缸中扼杀萨曼莎的那一幕。他的庞大反衬出她的矮小，他的双手掐着她的脖子。米莉安浑身一紧。

"路易斯。"米莉安不由得警觉起来。

他咬牙切齿地说："告诉我实情，萨曼莎，现在。"显然这只是威胁，米莉安不相信他会做出什么冲动之举。他不是那种人。

可她眼前再次浮现相同的画面——

双手掐着她的脖子。

她尖叫着，被他按进水中——

萨曼莎的眼中溢满泪水，终于，泪水夺眶而出，像潺潺溪水般流过脸颊。她嘴唇哆嗦着说了一句话："你说得没错。"

米莉安倒吸了口气说："什么没错？"

"你说得没错，我……"萨曼莎面朝米莉安，"一切都和你有关，从一开始我就是冲着你来的。我……我很抱歉，路易斯。我一直在找她。佛罗里达那一次，我也是当事人。我不知道发生了什么事。我在基斯的一家夏威夷风情酒吧——"

米莉安的心脏仿佛停止了跳动。

往事涌上心头，原来冥冥中一切都有联系。夏威夷风情酒吧，米莉安独坐吧台，喝着一杯名叫"老水手"的鸡尾酒，这时阿什利·盖恩斯走了进来……盖恩斯疯了，他一直在找她。不出所料，他找到她了。但要抓住她可没那么容易，阿什利掏出一把手枪，把在场的人通通干掉了。他们全都死了，酒保、角落里的老水手，还有两个女孩儿。她记得很清楚，她们当时正在喝装在鱼缸中的酒，那酒的颜色看起来就像稳洁牌的清洁剂。

"不可能，"米莉安说，"酒吧里的人全死了，我亲眼看到的。"

"我没死，我……我在厕所里。"

撒谎，肯定是撒谎。"你他妈别耍我，萨曼莎。"

"我和两个女朋友一起去的，我们本来去了基韦斯特市中心，可那里人太多，我们就换了地方，后来找到了那家酒吧。我们三个点了一大份酒，是一种加了蓝橙酒的甜酒，装在一个鱼缸里——"

两个女孩儿……正在喝装在鱼缸中的酒……

她们是三个人？有第三张椅子吗？米莉安记不清了。她只记得当天的恐怖场景：阿什利走进酒吧，开了个玩笑，放了些狠话，然后就掏出手枪，砰，砰，砰，一通狂射。最后他用枪口抵住她的下巴，把她拖出了酒吧。

可萨曼莎却知道当天的事，最起码她说对了一个细节，也就是喝着女士饮料的那两个女孩儿。这不可能是她信口胡诌的。

可她还是想不通。

"为什么是我？"米莉安问，"为什么要找我？"

萨曼莎随即把前后原委细说了一遍。

萨曼莎

他们用小车把尸体一具一具地从酒吧里推出来。全是陌生人。凌晨两点，我坐在那里，身上不停地出汗、发抖，根本控制不住。警察给了我一条毯子，你也知道，就像夜里睡觉忽冷忽热一样，我一会儿把毯子拿开，一会儿又裹上。我觉得自己好像发烧了，浑身瑟瑟发抖，上牙和下牙直打架。然后他们就把我的两个朋友推出来了，贝基和玛蒂娜。我当时崩溃了。我记得警察问了我一些问题，可我记不清自己是怎么回答的了。

总之，后来我回到了我在科勒尔盖布尔斯的酒店房间。我记得是警察送我去的，可我的车也在酒店，所以也有可能是我自己开车回去的，我真的记不清。后来那几天像做梦一样，脑子里只有一些支离破碎的画面。我不记得发生了什么，有时候我发现自己呆呆地站在镜子前，盯着自己看，嘴里还嘟嘟囔囔说着什么，仿佛在练习演讲，或在练习发声。

记得我曾经打开电视，新闻里说制造酒吧惨案的人是个身背多条命案的杀人犯，一个连环杀手。他叫阿什利·盖恩斯，警方在一艘船上找到了他的尸体，或者说一部分尸体。新闻说惨案中还有一个幸存者，是个女人。我知道我见过一个女人，躲在厕所时我看见那人用枪抵着你把你拖到了外面。一个苍白的女人，黑头发，挑染了几缕红色。是她吗？我心里想，他们在船上找到的那个女人？

他们始终没有报出她的名字。但有人告诉了我你的名字。

我至今仍想不明白。我躺在酒店床上看电视，身旁是从酒店叫来的食物和饮料。这时我听到一个声音从房间的角落里传来，声音很小，像说悄悄话。我听到的是一个名字。

你的名字。*米莉安·布莱克。*

我循声望去，看到墙角有个人，一个不该存在的人。实际上，我看到的只是一个硕大的影子，就像那里有人，又没有人。我动弹不得，也无法呼吸。那影子把一根手指竖在嘴巴前，示意我噤声。我发现那影子没有眼睛，眼窝上只有两个黑色的X。它对我说，如果我想搞清楚发生了什么，就必须要找到你。

从那以后，你……你就成了我心里的一个洞，所有的事情都奔着你去，就像水流向下水道。我不断回想当天的情景，一遍一遍地重播。还有你的名字，米莉安·布莱克，米莉安·布莱克，米莉安·布莱克，不是在我的耳朵里回响，而是在心里。它仿佛变成了一个活的东西，冲向那个洞，冲向那个下水道，把它堵住。我上网搜索你的资料，我甚至不记得那么做过。我只记得有一天我坐在电脑前，你的名字已经输进了搜索栏，我没有洗澡，没有吃东西。我……控制不住自己。

网上根本找不到你的真实存在。你没有脸谱账号，没有照片墙，什么社交媒体都没有。你只是一些小光点，新闻里的脚注。那些连环杀手或其他死人的新闻，你的名字从来都是这里露一下头，那里露一下脸。

那感觉就像掉进了兔子洞。我在红迪网的子版块上找到一个论坛，那里的人们集中议论着一个好似慈悲天使的女人，这个女人像超级英雄一样到处救人，可实际上并不是，她是一个反英雄的人物。死亡天使并不能拯救那些可能死于车祸或疾病的人，她只能拯救那些即将被谋杀的人，而方法是提前杀死凶手。

这些和你那些新闻故事联系不大，但有很多目击者提供的线索，在迈阿密、费城、夏洛特等城市。于是我想，这应该就是你了。米莉安·布莱克就是死亡天使。

我开始梦到你。那时我已经回到西海岸的家里，但脑子里始终甩不掉关于你的各种念头。我想找到你，我想知道那天你都看到了什么，你遇到了什么事，我的朋友们为什么必须死，你为什么不救她们，我想找到你。我需要找到你。

可我不知道从哪里开始。就在那时，我在梦里又知道了另外一个名字。那个双眼是X号的影子说了你的名字，路易斯。

亲爱的路易斯。我找到了你，这并不难。知更鸟杀人案发生后，你的卡车留在了现场，我只需打电话给卡车公司，他们说你到别的地方工作去了。又打了三四个电话，我终于查到了你的下落。我在你生活的地方找了份工作，在同一家公司，兼职调度。

这使我有机会接触他。接触你，路易斯。

我爱上了你，我开始感觉人生变得正常起来，我也渐渐找回了自我。我不再蹉跎光阴，心情也好了起来。干净，安全，我的生活不再充满疯狂，而是朝着一个健康的方向发展。可唯独一件事让我难以释怀——那个名字，你的名字，米莉安·布莱克。它像成千上万只虫子一样在我的大脑中蠕动。后来有一天路易斯跟我说起了你，说得不多，但他提到了你的名字。我好像一下子又重新跌回了黑暗，仿佛一股强大的力量在把我向后拖。我又看到了那个黑影，且感觉有一双粗壮有力的手从背后推着我，把我推向我不想去的地方。

我告诉路易斯说我想见你，他觉得奇怪，但我一再提出这个要求，就像我自己被人推来推去一样。我感觉我已经失去了一部分自我，消失了，或被偷走了。我给自己找借口说这是创伤所致，是正常的，是枪击案造成的创伤后应激障碍。我说服自己不要多虑，我想见你只是想把这一切画上个句号，到时候，一切问题就迎刃而解了。后来我见到了你，那种感觉就像触电一样。

接下来我只记得自己在酒店的房间里醒来。关于偷走你那根羽毛的事，我的脑海中仿佛有这么一段记忆，但感觉更像做梦，而非真实地发生过。我偷偷溜进你的房间，在你的东西中搜寻。你的名字就挂在我的嘴角边，虽然我没有说出来，但它一直都在。

我经常想，我是不是早就认识你？我感觉是的，我们似曾相识，不是从基斯的酒吧那天，而是更为久远的以前。我觉得我能理解你，甚至还妄想将来能和你成为朋友，最好的朋友，我知道，这听起来很荒唐，我甚至不敢相信这是我的想法。记得我还想过这件事应该充满危险。我知道你是危险分子，米莉安。可那却令我更加激动，好像我知道别人都不知道的秘密。我在论坛上嘲笑那些自称认识你的家伙。我用鸟的名字做网名是因为我知道你喜欢鸟。我偷走你那根羽毛以后，每晚睡觉前都会拿出来看一看，但我从来没有把它拿出过瓶子。我只是捧着瓶子，端详一分钟，或许五分钟，陷入各种遐想。我想到了你，想到了酒吧那天。有时候我会哭，有时候我会笑，哭过笑过，就把瓶子重新收起来藏好。

接下来路易斯不辞而别，我又一次乱了方寸。有时候，不经意间几小时就过去了，而有些时候，甚至连续几天浑浑噩噩。我不记得给戈登写过信，但我确实写了。我不记得租过车，只记得曾开车穿过黑暗，走过雪地。即便现在我的脑子依然很乱。我甚至不确定眼前这一切是真实的，还是梦境。请你告诉我，我真的在这里吗？

对不起，真的对不起，路易斯。对不起，米莉安。

请原谅我。

请原谅我。

请帮帮我。

47 悬而未决的问题

她只觉得肚子里翻江倒海，仿佛坐上了速度太快的旋转木马。一圈又一圈，各种色彩飞一样后撤，背景中是疯狂的汽笛风琴的声音。米莉安不知道该怎么做，也不知道该怎么说。说实在的，她才不在乎萨曼莎对她的痴迷。这女人在惨案那天受到了刺激，那创伤在她心里留下了一个永远无法弥合的洞。而因为这个洞，乱七八糟的东西就都能钻进去了。

入侵者似乎也是从这个洞钻进去的。

这才是最见鬼的部分，两只眼睛上打着X的符号，硕大的黑影？那显然就是她的心魔，那就是入侵者。这个扭曲变态的幽灵不仅仅在她耳朵里说话，他还像寄生虫一样钻进她的心里。他也钻进我的心里了吗？米莉安一直觉得从未对自己失去过掌控。可雷恩……

雷恩显然已经迷失了自我。她自己说的：*我感觉我不是我，好像我是那把刀。杀死鲍勃·本德的时候，我明明是拿着刀……*

可我却感觉自己好像操纵在别人手中。

很多股力量交织在一起，她不明白为什么，也不明白它们来自哪里，但她非常肯定的是，还有更多的力量正源源不断地加入进来。米莉安仿佛看到一台庞大而又残酷的机器，只是她不知道自己到底是这台机器上的一个齿轮，还是它的目标，就好像这台该死的机器唯一的目的就是随时可能碾碎她的脑袋。她心神不宁，许多问题悬而未决，还有压倒一切的恐惧仿佛将她推到这场奇怪而又虚无的风暴的中心。她相信入侵者就是这一切的幕后黑手。

米莉安望向路易斯，他似乎也有些失魂落魄，心神犹如失去锚的船。她见过他的这个样子。（当然，也是由她引起的。）他背对萨曼莎，在局促的小屋里踱了几步。

米莉安放下了步枪。

"你想知道什么？"她用尽量平静的语气问。

"什么？"萨曼莎问。

"我是说，你想知道什么，我都可以告诉你。你似乎对我很感兴趣，那现在我就坐在你面前了。我可以填上你的洞，呃，这听起来好像有点色情，不好意思，反正你有什么问题就问吧，这是你的机会。"也许，米莉安心想，*如果我能解开她的心结，说不定就能把入侵者拒之门外了。就像打开最亮的灯，让蟑螂四散逃窜。*

"米莉安，别遂她的意。"路易斯咆哮着说。

雷恩"哼"了一声，但保持了沉默。

"没关系，"米莉安说，而她没有明说的意思是：*这背后隐藏着更为惊人的阴谋，我们需要解开谜团。*"我没事，继续，萨曼莎。"

"我……"她优雅地深吸了一口气，好像她不知道该如何继续，或者眼前的情形出乎了她的意料。她站起身，两只手紧张地捏来捏去。"我想——"

事发突然，米莉安直到发现自己脸上和胸口全是血才反应过来。伴随着一阵惊天动地的枪声，一梭子弹飞进了屋里，木墙板上出现一道弹孔，像针脚一样一直延伸到窗户。玻璃碎了。随后米莉安只知道萨曼莎倒在她的怀里，脖子一侧有个洞口在汩汩向外冒着血。萨曼莎无力地张张嘴巴，但却发不出声音。路易斯同时拽住她们两个，把她们拉到床上，又从另一侧床沿滚下去。雷恩也匆忙弯腰和他们一起躲到床后。

这时米莉安才醒过神来。

我们遭到袭击了。

她用肩膀顶住弹簧床垫，在路易斯的帮助下，把床垫立了起来。虽然这挡不住子弹，可总能起到一点缓冲作用。

又是一通扫射，显然是机枪。小屋墙上又多了一串弹孔。

米莉安喘着粗气，她首先查看同伴们的情况：雷恩没事，但萨曼莎受伤严重。路易斯已经撕下一条床单缠住她的脖子。白布瞬间被染红，萨曼莎眼皮直翻，但还活着。路易斯身上全是她的血——

不，那是他的血。他衬衣袖子上有个明显的裂口，二头肌的位置，鲜血正从那里染红衬衣。

"你受伤了。"米莉安说。

路易斯低头看了一眼。"哦，没事，皮外伤。"随后他用充满恳求的眼神望着米莉安。眼前的情形已经超出了他的控制范围，他有什么办法呢？"我们怎么办？谁在外面——"

又一梭子弹，木板墙上又多了几个洞，更多的玻璃碎落在地。身后墙上的一幅画像被黄蜂蜇了屁股的青蛙跳下来，雷恩尖叫着，用双手捂住了耳朵。

"到底是什么人？"路易斯喊道。

哈里特

彼时：

失去双目又断了胳膊的哈里特站在屋外。她看不见从胳膊里伸出的骨头，但能感觉到。她也能闻到血的腥味儿，被米莉安那个贱人踢中的膝盖似乎脱了臼。

她冷静下来，仔细聆听米莉安逃进树林的声音。复活之后，她的感官变得更加敏锐了，敏锐得就像图钉，即便是在空气中，她都能闻到米莉安的恐惧：汗水中的盐味儿，胆怯的味道，使她放弃了战斗而选择逃跑。

哈里特的身体内部也在发生变化，骨头磨着骨头，白细胞仿佛在沸腾。内脏像许多石头一样堆在一起。换作任何别的人，如此严重的伤害都是难以忍受的，但对她而言，虽然同样痛苦，可痛苦的时间却很短暂。她眼窝的边缘已经开始发痒，那是愈合的征兆。她的胳膊渐渐失去知觉，像一根粗大的香肠垂在肩膀上。从皮肉中露出来的骨头会像枯烂的木棍一样渐渐干燥、断裂，直至脱落。皮肤会慢慢复原，断骨会自动修复，但要伴随巨大的痛苦。

她不担心痛苦，哈里特能感受到的痛苦和病人打了麻药之后做手术的感觉差不多。她知道那应该很疼，可对她来说，却只是朦朦胧胧的刺痛。

但她已经在乎不了那么多了。

腿会首先复原，接着是双眼，或者胳膊。

在那之后，她又可以像之前那样追捕米莉安了。她会找到她，杀了她，吃掉她的心，夺走她的超能力。因为那个神秘的声音向她保证过，唯有这么做才能成功。这是生命的循环，死亡的纠缠，力量的传递，自然向超自然的进化。吃掉另一个人的肉，占有其生命，获得其能量。吃掉米莉安的心，获得她的超能力：看到死亡的能力；影响光明与黑暗，命运与意志，自由和定数的能力。

可米莉安再次逃进了茫茫人海，该如何找到她呢？

那个小贱人是怎么说的来着？用谷歌都能查到我，你个蠢货。也许真该试试。

这自然要花点时间，不过新闻媒体已经代劳了一部分：关于米莉安的种种玄之又玄的传说直指网上的某个论坛，那里有个被人称作死亡天使的人物。哈里特果然按照米莉安的话去做了——利用网络寻找答案。她很快搜到了讨论死亡天使的论坛，并迅速找到了一个自称认识死亡天使、网名为Scarlet-tanager99的女人。

哈里特创建了一个账号。

而后她在论坛上给这个女人发了一封私信。

我想见死亡天使。

如果你能促成此事，我愿付重金酬谢。

随后她开始等待。

等待。

　　同时，她也考虑了其他方案，毕竟以前跟着英格索尔的时候，她认识了一些俄国人。如今世道变了，黑帮也都改头换面。现在的黑帮里几乎是黑客当家，他们大多数都做倒卡生意，就是在网上盗取和转卖信用卡号。其他人则干勒索的勾当：从恒温器黑某个富翁家的控制系统，黑进医院的电脑系统，偷取全部资料或破坏某些功能，从而向对方勒索巨款。所以要黑进Scarlet-tanager99的账户，实在易如反掌。

　　不过这时她突然时来运转。几周后，她的收件箱里收到了回音。从此她便和Scarlet-tanager99联络上了。对方并没有立即表明身份。但她确实说她知道死亡天使的身份，还说新闻是真的。如此要不了多久，她就能知道米莉安的下落。

　　这个女人毫无戒心，她几乎知道什么就说什么。包括她的名字：萨曼莎·阿登特。

　　她渐渐发现，这个女人对米莉安达到了痴迷的程度。她有明显的创伤后心理问题，因为她是一起酒吧惨案的亲历者和幸存者。而那次酒吧惨案的制造者正是阿什利·盖恩斯，他袭击了酒吧，并绑架了米莉安。（哈里特不由得想起他们在英格索尔的车上锯断阿什利小腿的事，和英格索尔胡作非为的日子真是令人怀念啊。）

　　而且很有可能这个女人经历过或正在经历着精神崩溃的折磨，这给了哈里特可乘之机。她心理上的每一丝松动都给了哈里特深挖的可能，她就像一根藤蔓，即便一道细细的墙缝，也能顽强地钻进去，扎下根，直到最终稳稳地站住脚。

　　可即便如此，哈里特也很沮丧，因为这需要花费大量的时间。关键是这个可怜的女人并没有给她提供任何有价值的线索，看来此路不通。虽然一点一点窥探那个女人的内心感觉有趣而刺激，可效果远不及他们采取非法的手段那么干脆直接，因为她依然没有米莉安的消息。

　　接下来到了十二月的一天。

　　她收到了萨曼莎的一封信。

我知道她在哪儿。

哈里特立刻回复：

告诉我。

随后哈里特制订了一个计划。她要求和萨曼莎见面。她们如约见面，在宾夕法尼亚的一个小餐馆里。哈里特只要了杯黑咖啡，那个女人——萨曼莎——紧张兮兮地吃一份越橘派，吃到最后，有趣的事情发生了。看起来唯唯诺诺胆小如鼠的萨曼莎忽然之间性情大变，她的眼睛里闪动起自信的光芒，举手投足也变得嚣张和自以为是。她以秋风扫落叶般的气势迅速吃掉了派，感觉就像她已经饿了很久，或者她第一次吃到如此美味的东西，所以要迫不及待地占有它，以满足她的口腹之欲。她连嘴巴都懒得擦，隔着桌子咧嘴冲哈里特笑，牙齿上还沾满了浆果肉。那样子像个享受猎物的肉食动物，充满了野性。那一刻，哈里特理解了她的心情，同时她也认识到，眼前这个女人不仅仅经受着人格上的崩溃与分裂，她还经历着某种更深层次、更奇怪的非自然的改变。

后来萨曼莎说："我带你去找她。米莉安需要人推她一把。"

哈里特点点头，尽管那时她已经不知道感激为何物，但她还是强迫自己说了声"谢谢"。

接下去的一幕更神奇，好像有人按下了转换开关，萨曼莎一下子又变回了原样。她窘迫地擦擦嘴巴，把碟子推到一边，掩住嘴巴悄悄打了个嗝，然后便匆匆跑去了洗手间。哈里特闻到了一股呕吐物的酸臭味儿。

于是，两人一起上了萨曼莎租来的福特福克斯，开始了她们共同寻找米莉安的旅程。

路上大多数时候，哈里特都坐在副驾。驶上通往小屋的路时，她爬到了后排，并用一张毯子蒙住自己。萨曼莎可能有所不知，就在她去洗手间的时候，哈里特已经偷偷往她的后备厢里塞了两个朋友：一把乌兹冲锋枪（严格地说，是一把迷你型的乌兹卡宾枪，由半自动改造成了全自动）和一把大砍刀。砍刀是件特别的武器，在不会用的人手中发挥不了太大的作用，但哈里特玩起来却得心应手。哦，还有那锋利的刀刃，绝对削铁如泥。

　　用来把米莉安·布莱克大卸八块，并挖出她的心，正合适。

　　为了保险起见，她在灯芯绒裤子的屁股兜里还藏了一把背锁猎刀，以备精切之用。

　　（另外，她的脚踝上还绑了一把点380口径的西格绍尔手枪。）

　　（所以，一共四个朋友。）

　　哈里特等待萨曼莎停好车，等到时机成熟了，她掀开毯子，爬到前排按下后备厢开关。然后她下车来到车尾，从后备厢里解救出她的朋友。

　　她检查了一下冲锋枪，随后便开始干了。她的胳膊还有点僵，就像快要滑下齿轮的传动带。很快它就能恢复如初了。现在有一件事她还没有搞清楚：她真的永生不死了吗？她比从前任何时候都感到更有活力。她的肉体能抵御疾病吗？她会变老吗？衰老是一种疾病呢，还是一种自然且必要的演变？

　　（谁都杀不了我，她心想，我总会回来的。）

　　这个问题恐怕要很久以后才能找到答案。

　　况且它和眼下的情形并无太大关系。

　　因为目前的情况是：哈里特找到了米莉安·布莱克。

　　她要杀了她，还要挖她的心吃。

　　哈里特站在小屋外，手里端着乌兹冲锋枪，砍刀插在身体一侧的刀鞘里。她面对着一扇窗户，透过窗户和小屋里的灯光，她看到几个晃动的人影。目标已经很明确了，没必要费心瞄准，乌兹在这里不是用来杀人的，它只是用来告诉人们：她来了。

　　于是，出场音乐响起来了。

48 战斗还是逃跑

枪声停止时，米莉安才意识到他们麻烦大了。

倘若外面的人是哈里特，那她肯定还没完，接下来会更加不好对付。

路易斯在问她，雷恩也在问她，萨曼莎血流不止。可她现在没工夫理会他们，她需要眼睛。

她找到了。

她自己的眼睛闭上了。

厄运之鸟的眼睛睁开了。

猫头鹰在黑暗中腾空而起，它上下扇动着翅膀，在米莉安的控制下，降低了高度。它轻盈地掠过树梢，小屋里的灯光就在不远处。车道上停着一辆车子，车子旁边丢着一把冲锋枪。

却不见哈里特的踪影。

米莉安一阵慌乱——

这时她忽然想起：

你在鸟的身体里呢，笨蛋。

每一处热辐射，每一个振动，都逃不过鸟的感官。厄运之鸟能听到哈里特·亚当斯呆滞的心跳和凌乱的呼吸，于是它朝小屋一侧飞去。她果然在那里，正提着砍刀绕到小屋后面。

米莉安回归本体，发现路易斯和雷恩正吵得不可开交。他们在争论该怎么办，向哪里逃，如何救萨曼莎。

但米莉安顾不了这些。

哈里特马上就要杀进来了。

最多三十秒，也许更快。

哈里特要的是米莉安，所以她决定赌一把，这一赌必须得赢。那怪物应该不会为难其他人。路易斯、雷恩、萨曼莎，他们都是附带伤害。放在以前，哈里特或许会利用这些人对付米莉安，但如今的哈里特已经不同往日。过去的哈里特冷酷狡诈，现在的哈里特虽然同样冷酷，但却像头饥饿的动物一样，是个一根筋——看见肉，就只奔着肉去。

我就是她要的肉。

"待在这儿别动。"米莉安小声说。随后她又问雷恩："那把枪你还拿着吗，点22？"

雷恩迟疑地点了点头。"在房间另一头呢，我的外套里。"

"好，记得拿上。我出去引开她。"

路易斯拉住她的胳膊。"太冒险了。"

"待在这儿，看着她们，保护好她们。"

"米莉安。"雷恩叫住她，恐慌像电流一样在她的眼睛里闪着火花，"有件事我要告诉你——"

"现在不是时候，回头再说。"

"很重要的事。"

"我说了，回头再说。"

说完米莉安已经弓腰站了起来。她瞥见地板上的雷明顿步枪——它丢在萨曼莎中枪的椅子旁。她用脚尖钩住枪带，拖到自己身边，抓起来便向后门冲去。

她刚跑到，后门已经开了一条缝——

米莉安像火车一样撞了过去。哈里特被撞了个趔趄，踉跄着向后退去，砍刀嗖的一声划过空气。

就在这一刹那，米莉安看到了哈里特的脸。她的双眼白得异常醒目，断了的胳膊完好如初，腿也安然无恙。米莉安不由得大吃一惊：这家伙比阿什利·盖恩斯更难对付。阿什利总能提前知道他会遭到怎样的袭击，但哈里特不需要知道，因为任何袭击都拿她没辙。她死而复生，眼睛瞎了又能复明，骨头断了还能接上，而且跟原来一样结实。

"米莉安。"哈里特咆哮着，就连叫人家名字都感觉像在骂人。她扑过来，举刀砍向米莉安。

米莉安举起步枪格挡，刀砍在瞄准镜上。她奋力一顶，随即出招，用枪托朝哈里特的臭脸砸去。

可那女人轻松躲开了，她身体向后一仰，枪托扑了个空。米莉安的脑子转得飞快——她不能和哈里特在这里打，要不然其他人会出来帮忙的。

那样只会害死他们。

所以，一切按计划行事，该是什么，就是什么。

米莉安撞开哈里特——

向林中跑去。

49 死亡森林

米莉安弯腰低头在树林里狂奔，同时还要小心不被脚下的冰、雪、落叶和松针滑倒。

子弹嗖嗖穿透空气，周围的树枝应声折断坠落。他妈的，哈里特还有一把枪。

米莉安手里也有枪，可她用得不顺手，况且狙击步枪也不适合边跑边射击。

哈里特紧追不放。米莉安必须得想个别的办法，最好能把她引进圈套。一颗子弹击中她正前方的一棵树，溅起一片碎渣。米莉安忽然向右急转，跳过一棵倒着的树，经过她平时清理猎物的那块大石头——石头上是一层冻了的血迹。她从石头上滑过，然后继续以"之"字形路线向北逃去。

她知道前面有个干涸的小河床，据戈迪所说，那条河已经断流许久。河床不深，但里面长满了又高又密的荆棘。她看到岸边正好有道窄窄的空隙，便径直钻过去。荆棘刺在她的身上，但她顾不上疼痛，迅速来到河床上蹲下，把步枪举在手中，让枪口钻进荆棘丛中，做好瞄准的姿势。

米莉安透过瞄准镜观察，可镜片上模模糊糊什么也看不清。她连忙用拇指扯着袖子擦了擦。

擦完，她再次趴在瞄准镜前。

瞄准镜中的视野和电影里一点都不一样，你根本看不到清晰的画面，圆环若隐若现，也没有十字线用来锁定目标。圆圈在黑色的海洋上移动，你很快就失去了方向感，甚至很难分辨你在看什么。更糟糕的是，每次轻微的抖动，每次呼吸，眼前的画面都会晃动失真起来。

她什么也没有看到。哈里特死哪儿去了？

她侧耳倾听树林中的动静，她听见了风，听见了树枝的晃动，听见了遥远的冬季大地的沉淀。可她偏偏听不到捕猎者的声音：脚步、枪声、沉重的呼吸，什么都没有。

时间一秒一秒地过去，汇聚成分钟。米莉安冻得瑟瑟发抖，她拼命稳住步枪，因为只要动一动，旁边的荆棘丛就会抗议似的发出噼啪声。

她需要眼睛，需要搜寻她的捕猎者。

厄运之鸟打开了雷达，它在林间盘旋，大概高出她的头顶三十英尺。她想利用猫头鹰的感官，可又担心自己的身体会遇到危险。

有动静。

米莉安悄悄把枪口往右移动，这时她看到了五十码开外的哈里特——那女人和她一样，也在搜寻她的位置。她蹲在一棵纸皮桦树的旁边，蓝色的枪管上反射着月光。

哈里特的手枪对准了米莉安。

不好！

米莉安扣动了扳机。

哈里特的枪口也冒出了火花。

步枪在米莉安的手中猛地跳起，强大的后坐力像一记重拳打在她的肩膀上。她失去平衡向后倒去，而与此同时，她胸前靠近左侧腋窝的地方好像被什么东西犁了一道沟，又倒进去一桶岩浆，热辣辣的痛。她叫了一声躺倒在地，脑袋扎进了荆棘丛。她感觉头发像被人抓住了一样，不得不伸手抓掉缠在头上的荆棘。

她忍着痛，喘着粗气，想学军人那样匍匐着爬到另一边，可她的左胳膊似乎用不上力气。疼痛点亮了左侧身体，左胳膊也开始麻木起来。

动起来，笨蛋，快动起来。她咬牙骂道，拼尽全力爬出了荆棘丛，重新钻进树林。她把步枪当拐杖用，所过之处，灌木丛噼噼啪啪响个不停，空气中弥漫着火药味儿。她的左侧身体全湿了，疼痛渐渐让位于麻木。**该死，该死，该死！**

急促的脚步声在林中回荡。

哈里特。

米莉安以步枪为支撑，可她步履缓慢，站立不稳。哈里特忽然像一群苍蝇似的扑上来。那女人的手从下方而来，抓住枪托猛地往上一顶，瞄准镜正中米莉安的鼻子。血喷射而出，眼睛里顿时全是泪。她松开枪，蹒跚后退。哈里特把步枪往旁边一扔，一手拿着手枪，一手举起了砍刀，两样家伙在月光下同时闪着诡异的光。

地面湿滑，米莉安踩在了一片结冰的落叶上——

砍刀落下，恰是米莉安滑倒前的位置。虽然躲过一刀，但她的尾椎却重重摔在地上。

而此时，她的眼睛仍然看不清东西。她尝到了血的味道，脸上仿佛糊满了水泥，她的一侧身体和胳膊好像已经不再属于她。

哈里特步步紧逼。透过水汪汪的眼睛，米莉安发现哈里特的身上也在流血。她的锁骨上有个明显的洞，就像有人拿冰淇淋勺在上面挖了一下。**她打中了我，我也打中了她。**唯一的问题是：哈里特不在乎这点伤，米莉安甚至不确定她是否能感觉到疼痛。

我完蛋了。

就在哈里特冲上来的一瞬间，一道黑影从半空中俯冲而下。一双巨大的翅膀张开着，锋利的爪子伸向目标。厄运之鸟来救驾了，这一刻，米莉安骄傲极了，因为她甚至没有附身到猫头鹰身上，她没有控制它。猫头鹰是主动来帮忙的。

但哈里特一定感觉到了空气的流动，她敏捷地做出了防御动作，速度之快超乎寻常。她举起一条胳膊护住脸，猫头鹰的爪子抓在她的胳膊上，哈里特的手枪掉了下去，但另一只手上的砍刀却像雨刮器一样划了一个大大的弧度。

猫头鹰结结实实地挨了一刀，零碎的羽毛和溅出的血像下雨一样落下来。

厄运之鸟扑通一声落在地上。疼痛与恐怖同时向米莉安袭来，一道白色的核爆闪光，她感觉到了猫头鹰的痛。

快跑，你已经输了，快跑！快跑！快跑！

米莉安挣扎着爬起来，发现步枪就在眼前。她笨拙地抓住枪带，提起来抱在怀中，随后头也不回地蹿进了树林。

米莉安，有件事我要告诉你

雷恩手里的点22左轮手枪感觉格外冰凉。

米莉安把他们撇在了小屋，此刻，她觉得暴露、孤单，还有恐惧。路易斯也在，他正抱着萨曼莎躲在竖起的床垫后面。

流动的水银仿佛给他镶了一个边。有时候看得久了，雷恩甚至忘记了他也是水银人，是个杀人的凶手，或潜在的凶手，但如今他身上放射出黑冰一样暗淡的光芒。

她头顶上升起一团黑烟。

米莉安靠在墙上，哑着舌头说："你看见我看见的了吗？"

雷恩不回答，她不希望让路易斯或任何别的人听到她在和一个幽灵、幻觉或随便叫什么的鬼东西说话。相反，她故意忽略它的存在，轻声问路易斯："她怎么样？"

路易斯脸色苍白，他看了一眼雷恩说："她还活着。血还没有彻底止住，但出血速度已经没那么快了。怎么样我也不知道。"

"我们可以开车带她离开这儿。"

"是啊。"可他纹丝不动，连起身的意思都没有。

他身上的银边像活物一样闪闪发亮。

"好吧，"假米莉安说，"无视我吧。"她抽了一口烟，倒勾起了雷恩的烟瘾。假米莉安用手指敲着墙。"她要死在他的手上了，就算今天不在这儿死在他手上，将来在别的地方，她一样会死在他手上。死在他的手上，这就是她的命。路易斯认为她背叛了他，所以他要杀了她。你也是凶手。"

闭嘴，闭嘴，闭嘴！

"我可不会闭嘴，"假米莉安说，"你见我闭过嘴吗？没有吧，我也没见过。有句话怎么说来着？你不说话别人会把你当哑巴。小丫头，承认吧，你也想看着她死，所以你才坐在这里无动于衷。可你又想救她，好矛盾啊。"雷恩手中的枪似乎抖了抖，好像刚刚通过了一股微弱的电流。"你很想是不是？你可以的。"

米莉安，快回来吧……

我不知道我还能撑多久。

50 尽 头

她不停地跑啊跑，直到跑不动了为止。

米莉安蹒跚着闯进一片开阔的空地。天空再度飘起了小雪花，她忽然冒出一个没心没肺的念头：快到圣诞节了。连她自己都差点笑出来。

血在她身后滴成虚线。她用手指摸索着，找到了胳膊下受伤的地方。说实在的，比这更严重的伤她也受过，但子弹不仅仅只是擦伤，虽然她瘦骨嶙峋，可从胳膊下到肩胛骨的位置多少还是有点肉的，而子弹正好从这块肉里穿透过去。还有她脸上挨的那一下也不将就，鼻子塌方了似的，就像有人在里面塞了一团棉球和石子。她想打喷嚏，可身体却不允许。一个喷嚏都可能把她震晕过去。

她继续跌跌撞撞地向前走。

然后她停了下来。

不行，不能再这样下去了。她已经逃了好久——不只今晚，不只逃避哈里特。她一直都在奔逃，活了半辈子，她好像只干这一件事：逃。大爷的，她累了。

哈里特飘飘忽忽的声音从身后传来。"不跑了？"

"不跑了。"

米莉安艰难地转过身，右手提着步枪，枪托夹在胳膊下，枪口朝着地面。她的左胳膊差不多废了，手指感觉圆滚滚的，像带血的香肠晃来晃去。

哈里特站在一百英尺外的地方，她的胸口前同样鲜血淋漓。她没有找回她的手枪，手里只拿着那把砍刀。她把刀平举起来，冲着米莉安，雪花落在刀身上，无声无息地融化。

"你就像我舌头下的水泡。"哈里特说。

"这只是我的众多天赋之一。"米莉安含糊不清地揶揄说。

"我总能感觉到它，总是禁不住地想碰一碰它。它永远都在。你永远都在。我闭上眼，却还是看见你。我很想说我和你之间并不是什么私人恩怨，可现在它就是私人的了，你我之间的。"

"那你得排队了，想找我的人多了去了。"

哈里特微微一笑。米莉安不记得这女人笑过，可她笑起来比不笑更吓人。

"我要去找你啦，"哈里特说，"我要吃掉你的心。一个动物吃掉另一个动物的能力。"

"你可以试试。"

"你阻止不了我。"

"我可以试试。"

哈里特挥了挥手里的刀，然后大步向前走去，她脸上邪恶的笑容成了开路先锋。90英尺，80英尺，70英尺。米莉安使出了吃奶的力气，她脸上的肌肉抽搐着，一只手颤颤巍巍地举起枪，把枪口对准哈里特的方向——

砰！

打偏了，哈里特身后的树枝咔嚓一声断落在地。米莉安的枪差点脱手。这家伙的后坐力实在太大，她根本没办法稳定。

哈里特走得不紧不慢，现在她们的距离缩短了一半。

米莉安开始后退，她咬牙抬起左臂，用它来当枪的支架。她笨拙地用右手拉动枪栓，把又一颗子弹推上膛，而后手指摸索着找到了扳机——

40英尺。

30。

砰！

火药味儿瞬间钻进鼻孔，子弹出膛，一头钻进哈里特的左大腿。她甚至能听见子弹入肉的声音，就像把一支箭射进牛肉。

可哈里特还在向前走，表情依旧从容，步履依旧坚定。

米莉安慌了，她紧握步枪，像荡秋千一样向上摆动，架到胳膊上，然后手滑到枪栓处，这个动作差点让她失足跌倒。接着是拉枪栓，前推，子弹上膛。哈里特越走越近，20英尺，10英尺，眼看就要来到她跟前——

一段意识忽然袭来。一个存在。

活的东西。一只猫头鹰。

厄运之鸟。

它还没死，就在林间的空地上。她看到一幕画面，是以记忆的形式展现出来的这种神奇动物的天赋：

一群乌鸦不停地袭击厄运之鸟。它们聚集在周围的树枝上，从不同的方向朝猫头鹰发动攻击。猫头鹰可以从上面和前后左右感知到敌人的靠近，但从下方来的敌人它就有些无能为力了。乌鸦们发现了这一点，于是它们一只接一只地发动进攻，先是飞到下方，而后向上攻击猫头鹰的胸膛，用猛烈的撞击迫使它失去平衡。就这样一次又一次，从下方攻击——

下方。

我不是食肉动物。我是食腐动物。

哈里特冲上来了——

米莉安猛然躺下——

她的手指同时扣动扳机——

砰！犹如大炮轰鸣。

哈里特的脑袋猛地向上弹起，头顶上仿佛绽开一朵血之花，随后她的脑袋晃了晃，抖了抖。

砍刀掉在雪地上。

哈里特趴倒在刀上面，脚跟弹起又落下。熟悉的画面，和上次米莉安隔着门一枪打在她头上时一样。

米莉安一度曾想留下，就坐在雪地里。她的耳朵被枪声震得不停嗡鸣。她想找到厄运之鸟，可却抓不到半点线索。它仿佛不存在了。没有光，没有生命。

"对不起。"米莉安对着漫天飞雪喃喃说道。此时雪已经更大了些，但还没有到暴风雪的程度，而只是温柔从容地下着，让人既觉得冷，又觉得温暖。

她呻吟着站起来。

这时哈里特也发出一声呻吟。

那女人的后背忽然弓起，双手插进雪地。"喔。"她嘴里冒着血泡，眼睛大得像两个月亮。她一边爬起来，一边低沉地叫嚣："你杀不掉我的，我能死而复生。你杀不掉我的，我能死而复生。"

米莉安愣住了，她祈祷这只是回光返照，或临死前的最后一口气。很多人死前都会经历这一步。他们先死掉，然后又活过来，突然坐起，或突然喋喋不休地说一通话。

（地毯，面条。米莉安想起哈里特上次的遗言。）

但随后他们会重新死掉。

可哈里特却像刚刚学会支撑的婴儿一样半坐了起来。她苍白的脸上血流如注，嘴角咕咕冒着泡，但她依然念叨着："你杀不掉我的，我能死而复生！"

　　看来哈里特并不是唬人。

　　她果然死不掉啊。

　　但这时米莉安想起了哈里特说过的话。

　　她忽然知道该怎么结束这一切了。

哈里特

　　哈里特忽而坠入黑暗，忽而又爬了出来。她记得一刀砍了空，记得米莉安突然倒下，枪口朝天。她记得自己满嘴的牙齿好像被连根拔起，与舌头、大脑以及所有的念头一起从天灵盖上冲了出去，飞向半空，而后与雪花一同落向地面。

　　她知道自己没死。

　　她知道自己死不了。

　　谁都杀不掉我。

　　她的头盖骨已经开始像漂移的大陆版块一样渐渐合拢。即便在意识混沌的此刻，她的大脑也已经开始重建。很快她就又能完好如初了。她会继续她的猎杀，直到杀死她的猎物，吃掉猎物的心——不达目的誓不罢休。

　　米莉安的心。她一阵激动。眼睛猛地睁开了。四周依然一片黑暗，但她看得见白雪，和像骷髅手指一样的冬天的树。

　　这时，她的脸缓缓进入视野。微笑的脸。

　　"嗨。"米莉安说。她晃动着手指，手指上滴着血。而她的另一只手正把玩着哈里特的砍刀。"你一定很纳闷儿，她怎么还在这儿？她想干什么呢？"米莉安从齿缝间嗞嗞吸了口气，"嘿，我刚才忽然灵光一闪。实际上，我是想起了你说过的一句话，所以谢谢你的启发。你说什么来着？哦，你说：我要吃掉你的心。一个动物吃掉另一个动物。不对，是吃掉另一个动物的能力，是不是？我想这话应该不是没有根据吧？所以也许我可以以其人之道还治其人之身。所以……真对不起，我不是外科医生，所以活儿干得不太漂亮，谁知道人的胸口有这么多肋骨，还会流这么多血啊。"

哈里特浑身发抖，她感觉到米莉安的手指伸进了她的胸膛，像蚯蚓一样在里面钻来钻去。终于，她的手停在了她生命的中心——她的心脏。"不……"她想说不。

"假如我把它掏出来——"

啊，她已经掏出来了。哈里特感觉到心脏离开了她的胸膛，就像果实离开枝头。她听到拖泥带水的声音，好像从地里连根拔出一棵野草。米莉安把她的心脏举在手中。它还在跳动呢，噗，噗，噗。动脉像扯断的电线垂下来。

"然后，假如我把它吃了——"

米莉安微笑着，张开了嘴。啊呜。牙齿深深陷进肌肉。

犹如被闪电击中，哈里特的身体迎来一阵难以形容的剧痛。米莉安的脸像食尸鬼一样被染得通红，她张开满是血的嘴巴又咬了一口，然后再一口，她停不下来，牙齿像疯了一样要把这人类的器官嚼碎。她每咬一口，哈里特就像被闪电劈一次。吃到只剩下最后一口时，她重复了当初在松林泥炭地时哈里特说过的话："这就对了，做个听话的好姑娘。"

"&@#……"

"地毯，面条。贱人。"

食腐动物把心脏的最后一块塞进了口中。

51 乌 鸦

哈里特死了。她的胸口只剩下一个恐怖的大窟窿，而她的心已经进了米莉安的肚子，像石头一样沉甸甸的。米莉安捂嘴打了个饱嗝。雪落在尸体上，哈里特的皮肤开始起泡变黑。随后像抽干空气的密封袋一样紧紧裹在骨头上。骨头仿佛不堪重压，纷纷收缩断裂，胸口的大洞里像疲惫的火山口一样喷出一团灰。

这便是哈里特的结局，尘归尘土归土。

米莉安捡起步枪，蹒跚着穿过树林，向小屋走去。

插　曲

埃莉诺的预言

（一个暗示）

米莉安冷得直哆嗦。透过花棚，她只看见苍茫的瓢泼大雨和远处树木的模糊轮廓。头顶，雨水从古藤和棚顶渗透下来，在脚下汇聚成一个个小水洼。

"我想见雷恩。"

她走向温室。埃莉诺·考尔德克特碰了碰她的胳膊。"米莉安，我是通过她才看到你的。你是她人生的一部分，但你只不过是她的又一个受害者。因为劳伦·马丁，将来的你会失去一些重要的东西。"埃莉诺的声音渐渐弱弱了下去，"你和我，咱们并没有太大的不同。"

52 失 去

小屋的门吱呀一声打开了。

米莉安走进去，身后跟着几片旋转的雪花。

屋里一片狼藉，床垫丢在床的一边，弹簧从夹层中伸出来。萨曼莎躺在路易斯的腿上，脸上毫无生气。路易斯盘腿坐在地板上，背靠着已经挪位了的床尾。"路易斯。"米莉安叫道。

他没有回答。

她上前一步，重重的一步，地板也跟着震动起来——

路易斯的头猛然垂下。这时米莉安才看到他一侧太阳穴上鲜红的伤口。一只苍蝇——居然没被严寒冻死——仓皇飞走。

米莉安不由得浑身发抖，她不知道自己在原地愣了多久，该用秒算或用分钟，或像车床上被无限拉伸的线。她小心翼翼地又迈出一步，噘起的嘴唇不由自主地战栗着。内心有个声音在劝她停住，转身离开，因为小屋外面才是真实的世界，而这里正在上演的是一场噩梦，是入侵者精心编造的用来折磨她、诱骗她的幻觉。

她在路易斯身边缓缓跪下。

他的嘴唇已经冰冷，脸上的皮肤也硬邦邦的。

他另一侧太阳穴上的子弹出口，像是小口径手枪留下的。

米莉安挪开萨曼莎。她的尸体已经僵硬，搬动起来很是费力。然后她把步枪放在尸体旁边，钻进路易斯的怀中。她抬起路易斯的胳膊放在自己身上，就那样静静地待了许久。泪水沿着脸颊滚滚而下，她茫然盯着前方。路易斯身上没有了熟悉的温度，当她搂住他结实的胸膛时，他也没有回之以热情的拥抱。路易斯死了。

不知什么时候，她从路易斯的怀里爬出来，坐在地板上痛哭流涕。她一直怀揣的那个本就不切实际的梦想，彻底破碎了。她渴望被遗忘，她想把自己化作无数碎片，丢进世界上所有的鸟类体内，那样每一只鸟便携带了她的意识的一个分子。她的人性，以及作为人的记忆，都将消失，永远被忘掉。

一块地板发出轻微的嘎吱声。

"是你干的。"米莉安说。

"嗯。"雷恩回答。她一直躲在厕所里。

米莉安缓缓站起，她的心仿佛已经死了，什么都没有留下。起身时，她顺手拿起了步枪。

雷恩手里拿着手枪。

"为什么？"

雷恩也哭过。"我跟你说过，我有事要告诉你。我看到路易斯了，他身上也有银边儿，他是水银人。"

"他以前杀过人，而且是为了你才杀的，他帮助我们铲平了坑害你的考尔德克特家族。"

"我……我知道，可不是那回事。我根本控制不了，而你又不在——"她又哭了起来，"可后来你出现了，我知道那不是你，可你不停地在我耳边唠叨，说他会杀死萨曼莎，他会让她自生自灭，如果我想送她去医院，就必须……就必须得结果他。"

米莉安怒火中烧。"结果呢？你救了萨曼莎吗？她活下来了吗？"

"没有，我出手太晚了。"

"太晚了。你不觉得讽刺吗？太晚了。"

"我说过，这不是我能控制的——"

"你出手太晚了。我跟你说过不要相信自己，不要听入侵者的话。我对这个世界早就厌恶透顶了，你他妈的知道吗？路易斯是这个世上唯一让我留恋的东西。现在你把他也从我身边夺走了。"

米莉安举起了步枪。

"米莉安，求求你，我……"

米莉安拉了拉枪栓，把子弹推上膛。她舔了舔嘴唇，舌头上和嘴唇上依旧还有哈里特心脏的味道。

"用《圣经》里的话说，"她咆哮道，"你眼不可顾惜，要以命偿命、以眼还眼、以牙还牙、以手还手、以脚还脚。我妈妈以前经常这么说。她的目的是提醒我，这就是世界运行的法则，它在任何方面都需要保证平衡，而我一直都充当着代理人的角色。我取一人性命，从而保住另一人的性命，我让生死实现了平衡。现在你带走了一个生命，一个非常伟大、非常美丽的生命。我这辈子很少遇到好人，而他就是其中之一。杀了你也不足以弥补失去他的痛苦。"

雷恩丢下枪。"我知道。"

米莉安的手指蜷在扳机旁。"我真该让你淹死在河里。埃莉诺·考尔德克特对你的评价没有错。她对我说，你是个坏女孩儿。还说我会是你的受害者，因为你会夺走我的某些东西，某些重要的东西。现在看来，她的预言应验了。"

"我知道，妈的，我知道，我知道，我知道……"她的话变成了含混不清的咿咿呀呀。从她喉咙里发出的声音已经不像是语言，而更像被逼进角落里的困兽所发出的恐惧的哀鸣。

米莉安的拇指移向保险。

她关上了保险。

随后她把枪扔到了地上。

雷恩吓了一跳。"不，不，不。杀了我吧。你得杀了我，你必须得——我做了一件可怕的事——"

"闭嘴！"

雷恩老老实实闭嘴了，她脸色煞白，充满畏惧。

"我做不到。我不能再杀人了，我已经失去了猫头鹰，又失去了路易斯。你走吧，把车开走，走得越远越好。从此改过自新，好好赎罪。如果你再让我撞见，小畜生，我就把你的心掏出来吃掉。"

她们站在原地，彼此凝视了片刻。

随后，雷恩走到萨曼莎的尸体跟前，从她的口袋里掏出车钥匙，然后跑出门去。很快，小屋外响起了引擎发动的声音。车子开远了。雷恩离开了她的巢穴。

现在，米莉安也该走了。

第六部分

巢穴

53 回 报

　　手铐很松，她以为会很紧。她身上依旧血淋淋的，甚至冻成了血块。她就这样哆哆嗦嗦地走进了警察局。警察给她披上一条毯子，录了口供。（颤抖的牙齿说出了大概这么一个意思：*老娘也不知道该怎么说，总之去你妈的，我杀了很多人。*她提供了一些名字，其中包括雷恩干掉的。）警察可能蒙了，这种事他们还从来没有遇见过，所以也不知道该怎么处理她。况且局里现在只有三个警察。他们神情紧张，全都戴着乳胶手套，生怕她身上的血携带着什么疾病。也许这种担心并不多余，谁知道呢。

　　谁他妈在乎啊?

　　她坐在桌前，双手铐在前面。警察在电脑上指指点点，偶尔还用充满忧虑的眼神看看她。这警察是个大鼻子，而且鼻梁几乎陡成直角，下面是像鞋刷一样的小胡子。另外两个警察，她偷偷给他们也取了外号，一个叫大屏哥，一个叫鱼缸姐。大屏哥是个矮墩子。鱼缸姐其实叫萨拉·韦伯，米莉安之所以知道，是因为她做过自我介绍。韦伯有一双金鱼眼，不是正常的金鱼眼，而是被弯曲的鱼缸玻璃折射后扭曲放大的金鱼眼，或者在目前情况下，代替鱼缸的是一副超大的眼镜。这两人不断地窃窃私语。她隐约听到"精神崩溃"和"精神病院"之类的字眼。他们把她看成了神经病。随便了，他们爱把她送到哪里就送到哪里吧。监狱也好，精神病院也罢，关塔那摩监狱都行，甚至挖个小坑把她埋了也无所谓。她只想找个地方好好歇歇。

当然，她已经知道了这三个家伙最终都会以怎样的方式死掉，这对她来说，没什么新鲜的。小胡子二十三年后会死于胃癌；鱼缸姐死于车祸，准确地说，是她坐的火车脱轨撞上了另一列火车；大屌哥是在餐厅吃饭时被肉丸子噎死的，可怜的家伙，当时餐厅里没人帮他。

小胡子对她说："我看还是先让你洗洗，然后给你找间牢房休息一下，等我们弄明白了再说吧。"他很单纯地以为她只是个疯子。

"我身上的血迹难道不用采样取证吗？这可不是我的血。"

于是他们首先取证。可惜他们既不是刑警，也不是法医，他们先让她坐在那里拍了几张照片，然后其中一人走过来从她身上刮掉一点血样，装进一个塑料袋。那塑料袋可不是实验室里用的东西，而是他们从与大厅相连的警局小厨房里找来的杂物袋。

然后是洗澡，带她去浴室的是鱼缸姐。她脱光衣服后，鱼缸姐大吃一惊道："那是你的血啊。"

"啊？"

米莉安低头一看。

哦，是呢，她身上有伤。她抬起胳膊，伤口再度张开，他们甚至能听到痂被撕裂的声音。她疼得龇牙咧嘴，忍不住还叫出了声。他们提出要送她去医院，所以在她洗澡的时候，他们会叫来一辆救护车。但米莉安根本无所谓，她只想赶紧躺下来睡一觉，或者死了都行。*就像路易斯，像厄运之鸟，像我遇到的每一个人，因为我们都得死，事情就该这个样子，所以还费他妈的什么劲呢？*

香皂粉粉的，颜色特别不自然，大概是天外来货吧。闻着像机油。

她在全身上下都擦了擦，包括塌方的鼻子和胳膊下结痂的伤处。哦，疼。火烧火燎般的疼，疼得她手指直哆嗦，疼得她差点晕过去。但疼痛的感觉很好。

　　然而从淋浴间里走出来时——

　　除了自己，她没有碰任何人或任何东西——

　　她只是伸手去拿浴巾——

插　曲

灵　视

　　有源自无；光源自黑暗；生命源自死亡。不知名的实体看到了缝隙，一个可以逃出去的囟门①。它尚不具备复杂的思维，只会以最原始和最本能的方式理解周围的一切。那是出口，这里曾经是家，但现在不是了。它得出去，尽管它渴望留在这里。这里很安全，这是个庇护所，离开这里意味着暴露。外面的光很强烈，接着又暗淡下去——什么东西抓住了它，手指很尖，随后便出现了喷涌的鲜血和扭转的声音。不知名的实体想要呼喊，却无法发声，它的喉咙里堵了东西，身体被紧紧勒住。粉色变成蓝色，又变成黑色。它快要窒息了。光线模糊起来，生命一点一点消亡。粗糙的手挤压着它，有点滑溜，还有点笨拙。它的头被包进柔软的薄纱，缠在脖子上的带子慢慢收紧——

———————————
① 囟门：指婴儿头顶骨未合缝处。

54 灰烬和火花

米莉安几乎透不过气，她跪倒在地。鱼缸姐也大吃一惊，冲过去扶她起来。可米莉安的双腿软得像面条一样，根本站立不住。女警察给她搬来一把椅子。"救护车马上就到。"鱼缸姐告诉她。米莉安点了点头。

她眼睛里闪着泪花。

灵视画面像翻滚的波涛拍打着她的意识。

（像红色的雪铲击在她的背上。）

那是死亡的灵视。

可她没有触碰任何人啊。

她已经知道这三个警察是怎么死的了。

难道是——？

"我需要打个电话。"她声音颤抖着说。

"什么？"鱼缸姐问。

"电话，我得打个电话，现在就要。"她勉强拿出一点礼貌，"求你了。"

"好，好，你等一下。"鱼缸姐去拿了一台无绳电话递给米莉安。米莉安使劲润了润口腔，手指哆嗦着按下号码。嘟。嘟。嘟。

那头传来加比睡意蒙眬的声音。

"嗯，"她说，"谁呀？"

"加比。"

片刻的沉默。"米莉安？"

"我需要你的帮助。"

"啊？你在哪儿？出什么事了？"

米莉安鼻子一酸，刚眨了下眼睛，泪水便不由自主地夺眶而出，它们从脸颊一直流到了电话上。"加比，我怀孕了。路易斯死了，我怀了他的孩子。"而下面的话，她咬着牙才勉强说出口，"可孩子会死掉。我需要你的帮助，求求你，来找我吧。"

"好，你等着我。"加比果断地说。

挂断电话，米莉安把话机放在额头，仿佛那是用来祷告的东西。未来忽然变得朦胧，有明有暗，她不知道自己会进入哪一边。

致　谢

谢谢×1000。

专有名词中英对照表

Miriam -------------------------------------米莉安（女主）

Florida -----------------------------------佛罗里达州（美国）

Arizona ----------------------------------亚利桑那州（美国）

Gabby --加比（女名）

Egyptian Rat Screw ------------------埃及打老鼠（纸牌游戏）

Rita Shermansky ------------------丽塔·谢尔曼斯基（女名）

Delray Beach ------------------------德尔雷比奇（佛州城市）

Evelyn Black ------------------------伊芙琳·布莱克（女名）

Atlantic Avenue ------------------------------------大西洋街

Newports ------------------------------------新港（香烟）

Empire State Building --------------------帝国大厦（纽约）

Mervin Delgado ----------------------默文·德尔加多（男名）

Louis --------------------------------------路易斯（男名）

Samantha Ardent-------------------萨曼莎·阿登特（女名）

Isaiah --------------------------------------艾赛亚（男名）

Mary Stitch ------------------------玛丽·史迪奇（女名）

Trespasser ---------------------------------------入侵者

Walmart ------------------------------------沃尔玛（超市）

Roy Lichtenstein ----------------罗伊·利希滕斯坦（美国画家）

Blossom Drive -------------------------------------兴旺大道

Frank Wornacki --------------------弗兰克·沃纳基（男名）

Meretta Higgins --------------------梅瑞塔·希金斯（女名）

Bill Nolan ---------------------------------比尔·诺兰（男名）

Merlot --------------------------------------美乐（葡萄酒）

Zoloft --------------------------------------左洛复（药物）

Ativan --------------------------------------劳拉西泮（药物）

Percocet -------------------------------------扑热息痛（药物）

Synthroid ------------------------------左甲状腺素（药物）

Boniva --------------------------------------骨维壮（药物）

Ethan Key ----------------------------------伊森·基（男名）

Ashley --------------------------------------阿什利（男名）

Thomas Richard Grosky--------托马斯·理查德·格罗斯基（男名）

Delray PD ------------------------------------德尔雷警察局

Ronald McDonald --------------------------------麦当劳大叔

Making a Murderer ----------------《制造杀人犯》（纪录片）

Carl Keener ----------------------------------卡尔·基纳（男名）

Colorado -----------------------------------科罗拉多州（美国）

Weldon Stitch ---------------------------威尔顿·史迪奇（男名）

Reddit ---------------------------------------红迪网（网站）

Slenderman ---------------------------------瘦长鬼影（传说）

Ben Drowned -------------------------------淹死鬼本（传说）

Waco ---韦科（美国地名）

Ruby Ridge -----------------------------红宝石山脊（美国地名）

MK-Ultra -----------------------------------大脑控制实验

Lock Haven ----------------------------------洛克海文（宾州）

PA ---------------------------------------宾夕法尼亚州（美国）

Falls Creek ----------------------------福尔斯克里克（宾州小镇）

Collbran -----------------------------------科尔布伦（美国城市）

Miami ---------------------------------------迈阿密（美国城市）

Philadelphia ——————————————费城（美国城市）

Caldecott School ——————————————考尔德克特学校

Alaska ——————————————阿拉斯加（美国）

sandman ——————————————睡魔（童话人物）

EL Mar ——————————————埃尔玛

Orphan Black ——————————————《黑色孤儿》（电视剧）

Tap-Tap ——————————————啪啪（绰号）

Eleanor Caldecott ——————————埃莉诺·考尔德克特（女名）

Lauren Martin ——————————————劳伦·马丁（女名）

Wren ——————————————雷恩（女名）

Beck ——————————————贝克（男名）

Earl ——————————————厄尔（男名）

Edwin ——————————————埃德温（男名）

Vills ——————————————韦尔斯（女名）

Ari Monk ——————————————阿里·蒙克（男名）

Sticky Goldstein ——————————斯迪奇·戈德斯坦（男名）

Kosher Nostra ——————————————犹太帮

Orthodox ——————————————东正教

Mangrove ——————————————红树林大街

Malcolm ——————————————马尔科姆（男名）

North Carolina ——————————————北卡罗来纳州（美国）

Mark Daley ——————————————马克·戴利（男名）

DuBois Mall ——————————————杜布瓦购物中心

Rottweiler ——————————————罗特韦尔犬

Gardenia ——————————————栀子花（房间名）

Rose Garden ——————————————玫瑰园（房间名）

Mildew ——————————————霉菌（房间名）

Sadness Special ——————————————特别的悲伤（房间名）

Best Western ——————————————贝斯特韦斯特（酒店）

Melora ——————————————————梅洛拉（女名）

Bob Bender ——————————————鲍勃·本德（男名）

Danny Stinson ——————————————丹尼·斯廷森（男名）

Berks County ——————————————伯克斯县（宾州）

Harley June Jacobs ——————————哈莉·琼·雅各布斯（女名）

Harriet Adams ——————————————哈里特·亚当斯（女名）

Ingersoll ——————————————————英格索尔（男名）

Wayland Sims ——————————————维兰德·西姆斯（男名）

Long Beach Island ——————————————长滩岛（美国）

Walt ——————————————————————沃尔特（男名）

Giant Eagle ——————————————————巨鹰（公司）

Afghanistan ——————————————————阿富汗（亚洲国家）

Billy ——————————————————————比利（男名）

Debbie ——————————————————————黛比（女名）

IKEA ——————————————————————宜家（家具）

Luddite ——————————————————————卢德分子

Vanna White ——————————————————凡娜·怀特（女名）

Instagram ——————————————————照片墙（社交媒体）

Facebook ——————————————————脸谱（社交媒体）

Patty ——————————————————————帕蒂（女名）

Jason ——————————————————————杰森（男名）

Marcia ——————————————————————玛西亚（女名）

Brady Bunch ——————————————《脱线家族》（美剧）

Dark Hollow Road ——————————————————暗谷路

Ben Hodge ——————————————————本·霍奇（男名）

Schuylkill County ──────────────斯古吉尔县（宾州）

Tuggy Bear ──────────────倒霉熊（绰号）

Donald Tuggins ──────────────唐纳德·塔金斯（男名）

Johnny Tratez ──────────────约翰尼·特拉特兹

Easton ──────────────伊斯顿（宾州）

Wilkes-Barre ──────────────威尔克斯（宾州）

Williamsport ──────────────威廉斯波特（宾州）

Pittsburgh ──────────────匹兹堡（宾州）

Pottsville ──────────────波茨维尔（宾州）

Devil Kings ──────────────魔王（帮派）

Skittles ──────────────彩虹糖

Buick ──────────────别克（汽车）

Peanuts ──────────────花生（漫画）

Charlie Brown ──────────────查理·布朗（漫画角色）

Linus ──────────────莱纳斯（漫画角色）

Mr. Diamond ──────────────戴蒙德先生

Annie Valentine ──────────────安妮·瓦伦丁（女名）

Atropos ──────────────阿特洛波斯（命运女神）

Woodwine ──────────────伍德瓦恩（学校）

Bell Athyn ──────────────贝尔阿辛（学校）

Breckworth ──────────────布雷克沃斯（学校）

Yuengling ──────────────云岭（啤酒）

Rick ──────────────里克（男名）

Valerie ──────────────瓦莱丽（女名）

Staggs ──────────────斯泰格斯（男名）

Kampgrounds of America（KOA）──────美国露营地（公司）

Led Zeppelin ──────────────齐柏林飞艇（乐队）

Black Dog ————————————————————《黑狗》（歌曲）

Dartmoor Dog ————————————————达特姆尔狗

Barghest ——————————————————————犬魔

Cerberus ———————————————————冥府看门狗

Stephen King —————————————斯蒂芬·金（作家）

Doctor Sleep ————————————《长眠医生》（小说）

Donner Party ——————————————————当纳聚会

Sugar ——————————————————————休格（女名）

Frankenstein ———————————科学怪人（科幻人物）

Frankie ———————————————————弗兰克（男名）

Ship Bottom ——————————————————船底（商店）

Honda —————————————————————本田（汽车）

Gordy —————————————————————戈迪（男名）

Gordon Stavros ——————————戈登·斯塔夫罗斯（男名）

Chevy Silverado ——————————雪佛兰索罗德（皮卡）

Scranton ——————————————斯克兰顿（宾州城市）

Times-Tribune ——————————《斯克兰顿时报-论坛》（报纸）

Morning Call ————————————————《晨钟网》（报纸）

Intell ———————————————————————《知识报》（报纸）

Conifer St————————————————————科尼弗大街

John "John Boy" Bosworth ————约翰仔-约翰·博斯沃思（男名）

Wile E. Coyote ————————————怀尔狼（卡通形象）

Road Runner ——————————————哔哔鸟（卡通形象）

Van Gogh ———————————————凡·高（荷兰画家）

Starry Night ——————————————《星空》（梵高名画）

Reading ——————————————————雷丁（宾州城市）

Witch's Hat ———————————————————巫师帽

Saab --萨博（汽车）

South Street ---南大街

Fairview ---费尔维街

Vic ---维克（男名）

Wilkes-Barre --------------------威尔克斯巴里（宾州城市）

North River Street -----------------------------------北河街

Peterbilt ---------------------------彼得比尔特（卡车）

Bic lighter ------------------------------比克打火机

Zack --扎克（男名）

Ford Focus ---------------------福特福克斯（汽车）

Ancient Mariner -----------------老水手（鸡尾酒）

Windex --------------------------------稳洁（清洁剂）

Key West ---------------------基韦斯特（佛州城市）

Becky ------------------------------------贝基（女名）

Martina -------------------------------玛蒂娜（女名）

Coral Gables -------------科勒尔盖布尔斯（佛州城市）

Charlotte ------------------夏洛特（北卡罗来纳城市）

PTSD ---------------------------创伤后应激障碍

SIG sauer -----------------------西格绍尔（手枪）

Fatfront ---------------------------大屏哥（绰号）

Fishbowl ----------------------------鱼缸姐（绰号）

Sarah Weber ---------------------萨拉·韦伯（女名）

Guantanamo ----------------------关塔那摩（监狱）